1. Auflage Dezember 2016

Covergestaltung: Catrin Sommer www.rausch-gold.com
Coverfotos: Hannah Kaiser
Lektorat: Alexandra Balzer
1. Korrektorat: Sybille Weingrill, SW Korrekturen e.U
2. Korrektorat: Lektorat Sabine Maria Steck

Inhalt

Kapitel 1 8
Kapitel 2 16
Kapitel 3 31
Kapitel 4 39
Kapitel 5 55
Kapitel 6 62
Kapitel 7 68
Kapitel 8 74
Kapitel 9 82
Kapitel 10 88
Kapitel 11 94
Kapitel 12 101
Kapitel 13 108
Kapitel 14 116
Kapitel 15 126
Kapitel 16 135
Kapitel 17 144
Kapitel 18 149
Kapitel 19 156
Kapitel 20 165

Hannah Kaiser

Let it snow - Schneeflockenalarm

Liebesroman

Kapitel 21 174
Kapitel 22 181
Kapitel 23 190
Kapitel 24 196
Kapitel 25 202
Kapitel 26 207
Kapitel 27 216
Kapitel 28 227
Kapitel 29 234
Kapitel 30 242
Kapitel 31 248
Kapitel 32 259
Kapitel 33 268
Kapitel 34 272
Kapitel 35 282
Kapitel 36 292
Kapitel 37 311
Epilog 321
Rezept: Eggnog mit Amaretto 324
Weitere Bücher von Hannah Kaiser 325
Impressum 333

Kapitel 1

„Ich mach das nicht, auf gar keinen Fall. Meine Frau würde die Scheidung einreichen – und zwar umgehend! Unsere Tochter hat übermorgen Geburtstag. Außerdem … außerdem steht Weihnachten kurz vor der Tür!“ Mein Kollege Dan schüttelt so vehement den Kopf, dass ich befürchte, er könne dadurch jeden Moment ein Schleudertrauma erleiden.

Ich lehne mich zurück und begegne dem Blick meiner Assistentin Sally, die mir stillschweigend zuzwinkert. Denn ehrlich gesagt sollte ein verpasster Geburtstag sein geringstes Problem sein. Grinsend betrachte ich sein Profil mit der akkurat geföhnten Haartolle. Der Typ ist so sehr in sich selbst verliebt, dass es mich wundert, dass er überhaupt dazu bereit war, eine Beziehung mit einem anderen Wesen als sich selbst einzugehen, und dass er es obendrein geschafft hat, mit einer anderen Person als sich selbst Sex zu haben. Vielleicht hat er zu Hause einen Spiegel über dem Bett hängen und stöhnt beim Akt seinem eigenen Spiegelbild zu – wundern würde es mich jedenfalls nicht.

Wahrscheinlich würde ich Dans Frau einen Gefallen tun, wenn sie endlich einen Grund hätte, die Scheidung tatsächlich einzureichen; aber für seine kleine Tochter täte es mir wirklich leid, denn vermutlich freut sie sich auf ihren Daddy, weil sie noch nicht erkannt hat, was dieser für ein Arschloch ist.

„Ich werde fliegen, mir macht das nichts aus. Midway soll um diese Jahreszeit ja furchtbar romantisch sein …“

Mein Chef atmet erleichtert auf, und ich könnte schwören, dass ich hören kann, wie dem einen oder anderen meiner Kollegen ein Stein vom Herzen fällt. Es ist noch eine knappe Woche bis Heiligabend, da fliegt niemand gerne von zu Hause weg, vor allem dann nicht, wenn es für die nächsten Tage überall Schneewarnungen gibt.

Zumindest niemand, der Wert darauf legt, Weihnachten zu Hause zu sein.

„Mir war gar nicht bewusst, dass du überhaupt etwas über Romantik weißt. Gibt es für dich nicht einzig deine Arbeit?"

Dan grinst mich an und scheint sehr zufrieden mit sich zu sein. Er stupst sogar den Kollegen, der neben ihm sitzt, nach Beifall heischend mit dem Ellenbogen an.

„Ich an deiner Stelle würde die Klappe halten!", zische ich zurück. „Im Gegensatz zu dir habe ich in diesem Jahr mehr als genug unangenehme Aufträge übernommen. Wenn ich mich zu sehr über dich ärgere, bekomme ich garantiert Migräne und falle die nächsten beiden Tage aus! Ich befürchte, dann wirst du wohl derjenige sein, der nach Midway fliegen muss."

Ich habe in den fünf Jahren, die ich bei Johnson & Clarks beschäftigt bin, nicht einen Tag gefehlt, aber Dan hebt trotzdem beschwichtigend die Hände in die Luft und hält nun Gott sei Dank die Klappe.

„Ich danke Ihnen, Dana. Wir treffen uns in einer halben Stunde in meinem Büro, um die Details zu besprechen." Mr. Clarks steht auf, das ist seine Art, ein Meeting zu beenden.

„Du willst wirklich noch nach Midway fliegen? So kurz vor Weihnachten?“ Sally sieht mich ungläubig an, als ich zurück in meinem Büro bin; ihre braunen Augen sind dabei so weit aufgerissen, dass sie ein wenig wirkt wie ein erschrecktes Kaninchen.

„Warum denn nicht?“ Ich nehme ein paar Unterlagen aus dem Schrank und packe sie in meine Aktentasche. „Alle Geschenke sind schon gekauft und bis Weihnachten bin ich zurück. Die Verhandlung scheint in einem Eilverfahren festgesetzt worden zu sein und findet schon in drei Tagen statt. Ich habe keine Kinder, die auf mich warten, und meine Eltern sind ohnehin unterwegs. Das Einzige, was mich an Weihnachten interessiert, ist der Brunch mit dir am zweiten Weihnachtstag. Aber mal ganz abgesehen davon, dass ich mir ziemlich sicher bin, bis dahin wieder zurück in Boston zu sein, wirst du es zur Not auch überstehen, mich an Weihnachten nicht zu treffen.“ Unser Weihnachtsbrunch ist mir zwar mittlerweile zu einer lieb gewonnenen Tradition geworden, allerdings bin ich mir sehr sicher, dass es für Dans Familie schmerzhafter wäre, wenn er über Weihnachten tatsächlich woanders festsitzen sollte, als für Sally, wenn sie den einen Vormittag auf mich verzichten muss. „Könntest du bitte den Termin mit Grayson White für morgen absagen? Sag ihm, ich melde mich im neuen Jahr bei ihm, damit wir besprechen können, wie es mit seiner Stiftung weitergeht.“

„Natürlich!“ Sally lächelt. „Auch wenn du damit den Mädels von der Anmeldung eines ihrer größten Weihnachtsgeschenke vorenthältst. Die überlegen schon seit Tagen, was sie anziehen wollen, wenn Grayson White ins Büro kommt."

„Sie werden es überleben, zumal Mr. White ohnehin nur Augen für seine schwangere Frau hat." Einer der Gründe, weshalb ich so gerne mit ihm zusammenarbeite: weil es nie zu unangenehmen Missverständnissen mit ihm kommt, so wie es bei anderen Männern oft der Fall ist.

Sally seufzt.

„Ach, muss das schön sein! Ein Typ wie Grayson White, der einzig Augen für einen selbst hat. Ich beneide seine Frau wirklich von ganzem Herzen. Sie hat ihre große Liebe gefunden."

„Du kannst dir ja einen Mann zu Weihnachten wünschen, vielleicht ist Santa nett und bringt dir einen …"

„Ich glaube nicht mehr an den Weihnachtsmann. Aber wenn doch, stünde das auf meinem Wunschzettel ganz oben." Sally lächelt, und ich erwidere ihr Lächeln.

„Siehst du, und ich glaube nicht an die große Liebe. Deshalb steht auf meinem Wunschzettel ganz oben diese süße Uhr aus Roségold, die ich neulich bei dem Juwelier unten am Hafen entdeckt habe." Und die ich mir selbst schenken werde, sobald ich wieder zurück in Boston bin, denn ich vermute mal, dass Mr. Clarks eine schöne Prämie dafür springen lassen wird, dass ich so kurzfristig noch nach Midway fliege.

„Ich kann Dan zwar nicht leiden, allerdings hat er in einem recht: Von Romantik hast du wirklich nicht allzu viel Ahnung."

„Auch wenn ich es nur sehr ungern zugebe, stimmt das leider. Dafür bin ich eine hervorragende Anwältin.“

„Eine der besten, wenn du mich fragst.“ Sally zwinkert mir zu. „Insofern verstehe ich nicht, warum der große Boss dich nicht gleich geschickt hat, wo ihm dieser Fall ja anscheinend so sehr am Herzen liegt. Du bist um Klassen besser als Dan, und du hast ein viel besseres Gespür für deine Mandanten, als er es für seine hat.“

„O bitte – mach mir eine Notiz, damit ich dich für eine Gehaltserhöhung vorschlage.“

„Schon erledigt.“ Sie reicht mir ein Klemmbrett und meinen Lieblingskugelschreiber. „Und jetzt sieh zu, dass du zu Mr. Clarks kommst. Du weißt doch, wie sehr er Unpünktlichkeit verabscheut!“ Lächelnd scheucht sie mich aus meinem eigenen Büro, und ich beeile mich, ihren Anweisungen Folge zu leisten, denn meistens hat sie damit völlig recht. Mr. Clarks hasst es tatsächlich, wenn man zu spät kommt, und normalerweise sitzt er bereits eine Viertelstunde vor der vereinbarten Zeit wie auf heißen Kohlen. Obwohl zu früh per Definition eigentlich auch unpünktlich ist, aber da er mein Chef ist, weise ich ihn lieber nicht darauf hin.

Seine Sekretärin ist damit beschäftigt, irgendwelche Abschriften in den Computer einzugeben, als ich komme, und ihre langen Fingernägel klappern rhythmisch über die Tastatur.

„Gehen Sie einfach durch, Ms. Donovan. Mr. Clarks erwartet Sie schon“, sagt sie, ohne dabei aufzublicken, und ich frage mich einmal mehr, woher sie, ohne hinzusehen, weiß, wer gerade vor ihr steht.

„Ich kenne die Familie Callery bereits seit Jahren, Charles und ich sind zusammen zur Schule gegangen. Vielleicht ist Ihnen Nathan Callery, Charles' Sohn, ein Begriff, er war Eishockeyprofi bei den Icefoxes, bevor er verletzungsbedingt mit dem Sport aufhören musste. Seitdem arbeitet er als Talentcoach für die Foxes und ist ziemlich erfolgreich. Er ist einer der besten in seinem Bereich, und die Vereine reißen sich seit geraumer Zeit um ihn." Er unterbricht sich und sieht mich an. „Sie interessieren sich nicht für Eishockey, oder, Dana?"

„Ich bin kein sonderlicher Sportfreak", erwidere ich lächelnd. „Aber ich interessiere mich für alles, was zum Fall gehört." Ich beuge mich vor, um ihm zu signalisieren, dass er weitersprechen soll.

„Die Familie Callery lebt in White Crossing, das ist ein kleiner Ort ein paar Kilometer nördlich von Midway, jedoch gibt es dort eine hervorragende Infrastruktur, mit Kindergärten und Grundschulen." Was sich anhört, als wolle er mir dort eine Immobilie verkaufen, kann vor Gericht durchaus interessant sein – vielen Richtern ist es wichtig, wo ein Kind aufwächst und wie es in die Schule kommt, wenn es so weit ist. „Die ganze Familie lebt dort auf einem umgebauten Gutshof zusammen, aber natürlich in separaten Wohnungen. Charles und seine Frau sind bereits seit mehreren Jahren in Rente, früher hat er mal als Trainer für die Icefoxes gearbeitet. Sagt Ihnen die Mannschaft eigentlich irgendetwas?"

„Wenn ich mich nicht irre, dann haben sie in der letzten Saison die Play-offs gewonnen." Auch wenn ich mich nicht sehr für Sport interessiere, schaue ich dennoch Nachrichten, und das habe selbst ich mitbekommen.

Mein Chef nickt zufrieden.

„Haben Sie denn von der Familie auch schon einmal etwas gehört, Dana?“

Das habe ich nicht, genauso wie die meisten anderen Menschen vermutlich auch nicht. Aber mein Chef wird mit den Jahren immer verschrobener und geht davon aus, dass alles, was für ihn wichtig ist, auch für andere wichtig sein muss.

„Nein, habe ich nicht. Ich werde Sally bitten, mir alle notwendigen Informationen zusammenzustellen, dann lese ich mich auf dem Flug nach Midway ein.“

„Gut.“ Mr. Clarks nickt kurz. „Die Unterlagen zu diesem Fall liegen ebenfalls für Sie bereit. Es geht dabei um Charles’ Tochter Isabella und deren Mann Jayden. Die beiden haben letzten Monat ein Baby adoptiert, und nun scheint es da Probleme mit der leiblichen Mutter zu geben.“ Nervös klopft Mr. Clarks mit den Fingern auf die Schreibtischplatte. „Für mich sieht das alles nach keiner sonderlich großen Sache aus, dennoch ist die Familie völlig aufgelöst, zusätzlich steht Weihnachten kurz vor der Tür, was alles noch emotionaler macht. Normalerweise würde ich so kurz vor Weihnachten niemanden mehr wegschicken. Aber na ja … wie schon gesagt, Charles und ich sind alte Freunde, und ich bin ihm den einen oder anderen Gefallen schuldig. Leider habe ich hier Termine, die ich nicht verschieben konnte. Außerdem …“ Er zögert, als würde es ihm schwerfallen, fortzufahren. „Ich bin froh, dass Sie sich bereit erklärt haben, dorthin zu fliegen. Sie sind in Sorgerechtsfällen einfach die Beste.“

Mr. Clarks hat immer Termine, die er auf keinen Fall verschieben kann, wenn es darum geht, irgendwo hinzufliegen, wo er nicht hinmöchte. Aber er ist der Boss, und als solcher kann er sich diesen Luxus durchaus leisten. Obendrein sind seine Komplimente rar gesät, sodass mich seine Anerkennung von allem anderen ablenkt und mit Stolz erfüllt.

„Dankeschön. Machen Sie sich keine Sorgen, Mr. Clarks. Ich bekomme das schon hin." Mit einem Lächeln, das hoffentlich selbstbewusst und zuversichtlich wirkt, greife ich über den massiven Mahagoni-Schreibtisch und nehme die Unterlagen an mich, die er mir vorhin hingeschoben hat.

„Davon gehe ich aus, Dana. Also bitte – enttäuschen Sie mich nicht."

Kapitel 2

Gleich am nächsten Morgen sitze ich im Flugzeug nach Midway und bin einmal mehr froh darüber, dass ich weder ein Haustier noch Topfpflanzen besitze, die regelmäßig gefüttert oder gegossen werden müssten.

Ohnehin sollte man keine hilflosen Lebewesen in meine Verantwortung geben, das geht niemals gut. Was keinesfalls bedeuten soll, dass es mir an Verantwortungsbewusstsein mangelt, ganz im Gegenteil; aber irgendwie fehlt bei mir einfach jeglicher Mutterinstinkt, und zwar völlig. Zum Glück braucht man den als Anwältin auch eher selten, selbst dann nicht, wenn man Anwältin mit Schwerpunkt Scheidungs- und Familienrecht ist. Stattdessen stehen andere Fähigkeiten im Vordergrund: eine gute Menschenkenntnis, eine gewisse Gerissenheit, Kampfgeist und die besseren Strategien als sein Gegner.

Außerdem benötigt man natürlich Fachwissen sowie eine gründliche Recherche, wenn man gewinnen will – und ich will gewinnen. Immer. Ich nehme es überaus persönlich, wenn ich einen Fall verliere.

Genau aus diesem Grund beschäftige ich mich den gesamten Flug über damit, mich in den neuen Fall einzulesen und alles Wissenswerte über die Familie Callery in Erfahrung zu bringen.

+++

„Du musst los, Nathan!" Isabella steht ungeduldig in der Küche, das schreiende Baby auf dem Arm, während sie mit der freien Hand das gerade zubereitete Milchfläschchen schüttelt.

„Bis zum Flughafen sind es anderthalb Stunden Fahrt, und ich habe noch drei Stunden Zeit. Nur keine Panik, Schwesterherz."

„Bei diesen Wetterverhältnissen braucht man oft länger, das weißt du doch selbst!" Isabella klingt schärfer als gewohnt. Sie testet die Temperatur der Milch auf ihrem Handgelenk, und als sie sich mit Baby und Fläschchen auf den Schaukelstuhl sinken lässt, der in der Ecke der großen Wohnküche steht, kann Nathan schon wieder Tränen in ihren Augen glitzern sehen. „Es tut mir leid, dass ich im Moment eine solche Zicke bin", flüstert sie, während das Kind in ihrem Arm zufrieden anfängt zu trinken. „Man könnte beinahe meinen, dass ich Ava selbst zur Welt gebracht hätte und nun unter Babyblues leide." Unter Tränen lächelt sie ihn an, und Nathan geht zu ihr hinüber, um ihr die Schulter zu tätscheln.

„Hey, das ist völlig in Ordnung. Du machst dir halt Sorgen. Wir alle machen uns Sorgen."

„Dass sie uns Ava wieder wegnehmen und zu dieser … dieser schrecklichen Frau geben, wäre das Schlimmste für mich, was passieren könnte." Sie wendet ihren Blick nicht von Avas kleinem Gesicht ab, während ihr unaufhörlich Tränen über die Wangen laufen.

„Wir werden alles tun, damit Ava bei euch bleiben kann, okay? Ich verspreche hoch und heilig, dass ich die Anwältin pünktlich vom Flughafen abholen werde."

„Dana Donovan."

„Hm?"

„Die Anwältin. Sie heißt Dana Donovan, und laut ihrem Chef soll sie eine der Besten auf ihrem Gebiet sein. Und da ihr Chef einer von Daddys alten Freunden ist und er nicht so schnell Freundschaften schließt, hoffe ich, dass sie wirklich so gut ist, wie er behauptet."

Nathan lächelt.

„Also – in Ordnung. Ich werde in fünf Minuten losfahren, Ms. Donovan pünktlich vom Flughafen abholen und anschließend heil hierherbringen. Was hältst du davon?"

„Das klingt großartig."

Nathan streichelt seiner Schwester über die Wange, und sie schnieft lautstark, aber immerhin lächelt sie bereits wieder zaghaft, als er die Küche verlässt.

Die meisten Passagiere, die aus dem Flugzeug aus Boston steigen, sind Einheimische, die ihre Feiertage zu Hause in Midway verbringen wollen. Sie lächeln, ihre Koffer sind riesig, weil sie so viel Sachen und Geschenke mitbringen, sie sind in legere Freizeitklamotten gekleidet und werden von ihren wartenden Familien herzlich in Empfang genommen.

Nathan erkennt Dana Donovan auf den ersten Blick, wahrscheinlich, weil sie so anders aussieht als die gut gelaunten Heimreisenden. Sie trägt gerade geschnittene Stoffhosen, Pumps mit hohen Absätzen und einen schlichten, grauen Wollmantel; mit der einen Hand zieht sie einen kleinen schwarzen Hartschalenkoffer hinter sich her, in der anderen hält sie eine Aktentasche. Aber es ist weniger ihre Kleidung, die den Unterschied ausmacht, als vielmehr ihr Auftreten. Während alle anderen Passagiere bereits im Urlaubsmodus zu sein scheinen, wirkt Dana Donovan so zielgerichtet, geradeaus und orientiert, so siegesgewiss, dass Nathan sich ihr lieber nicht in den Weg stellen würde – und das, obwohl er einen Kopf größer als sie sein dürfte und vermutlich das Doppelte wiegt.

Es gibt Menschen, mit denen man sich lieber nicht anlegen möchte, und Dana Donovan zählt ganz eindeutig zu dieser Kategorie.

Das vage Gefühl von Erleichterung durchströmt Nathan. Sie sieht aus, als würde sie niemals verlieren. Isabella wird entzückt sein.

Als sie ihn entdeckt, weicht ihr vorher beinahe starrer Gesichtsausdruck einem professionellen Lächeln, und sie steuert zielstrebig auf ihn zu.

„Sie müssen Nathan Callery sein!" Sie lässt den Griff ihres Koffers los, um ihm die Hand hinzustrecken.

„Und Sie sind sicherlich Dana Donovan. Meine Familie erwartet Sie sehnsüchtig und setzt große Hoffnungen in Sie."

„Dann wollen wir mal sehen, dass ich ihre Hoffnungen nicht enttäusche."

Nathan will nach ihrem Koffer greifen, doch Dana Donovan hat diesen bereits wieder in der Hand und sich in Richtung Ausgang in Bewegung gesetzt, ohne groß nachzufragen – vermutlich folgt sie dem Hinweisschild, auf dem die Parkplätze ausgewiesen sind. Stirnrunzelnd folgt Nathan ihr, innerhalb weniger Schritte hat er sie eingeholt.

„Lassen Sie mich Ihren Koffer nehmen."

„Ach nein. Machen Sie sich meinetwegen bitte keine Umstände. Ich bin schon froh, dass mich überhaupt jemand abholen kommt, aber auch das wäre nicht nötig gewesen. Ich komme auch immer sehr gut allein zurecht, wissen Sie …"

Nathan mustert sie von der Seite. In ihrem stahlgrauen Mantel in Kombination mit dem platinblonden Haar und den hellblauen Augen wirkt sie wie eine Eisprinzessin. Kurz fragt er sich, ob ihre Haarfarbe wohl echt ist oder ob sie künstlich nachhilft. Ihm würde ein Weg einfallen, es ziemlich sicher herauszufinden, allerdings wirkt Dana Donovan nicht wie eine Frau, die sich auf einen One-Night-Stand einlässt oder sich einfach so für ihn ausziehen würde, damit er die Farbe ihrer Schambehaarung begutachten kann. Genau genommen wirkt Ms. Donovan überhaupt nicht, als ob sie jemals Sex haben würde – oder irgendetwas anderes, bei dem ihr Haar in Unordnung geraten könnte. Sie wirkt eine Spur überheblich und obendrein unterkühlt. Nicht unbedingt die Art von Frau, die ihm gefällt.

Nathan seufzt.

„Dass Sie hervorragend allein zurechtkommen, glaube ich Ihnen aufs Wort. Aber wenn mich jemand mit Ihnen sieht, der meine Mutter kennt, und sie davon Wind bekommen sollte, dass ich Ihnen Ihren Koffer nicht abgenommen habe, muss ich mir stundenlange Tiraden darüber anhören, dass all ihre Erziehungsversuche vergebens waren. Vermutlich bis ins neue Jahr hinein. Und das werden Sie doch keinesfalls wollen, oder?"

Dana Donovan wirft ihm einen Blick zu, den Nathan nicht deuten kann, dann hebt sich ihre linke Augenbraue um wenige Millimeter. Doch sie stellt ihren Koffer ab und tritt zur Seite, um ihn Nathan zu überlassen. Nicht so ihre

Aktentasche, die sie beinahe erbittert festzuhalten scheint. Kurz ist Nathan versucht, sie ihr aus den Händen zu nehmen, einfach so, um sie ein bisschen aus der Fassung zu bringen, er gibt den Gedanken allerdings schnell wieder auf. Isabella würde ihn umbringen, wenn sie mitbekäme, dass er die Anwältin ärgert, in die sie so große Hoffnungen setzt.

+++

Sally hatte mir ein Exposé über die Familie Callery zusammengestellt, in das sie Fotos von allen eingefügt hatte – weiß der Himmel, wo sie die immer hernimmt. Auf das Bild von Nathan hatte sie ein Post-it geklebt, auf dem „very hot!" stand, daneben war ein grinsender Smiley gemalt. Natürlich habe ich das Post-it umgehend entfernt; nichts wäre peinlicher, als wenn so etwas einem Mandanten oder einem seiner Verwandten versehentlich in die Finger fallen würde.

Dennoch führt dieser lächerliche Zettel nun dazu, dass ich Nathan Callery von der Seite mustere und mich bemühe, dabei so unauffällig wie möglich zu sein.

Er gehört zu der Art von Männern, die sofort auffällt. Nathan Callery wirkt wie ein riesiger Bär, und zwar bevor er sich den Winterspeck angefressen hat. Alles an ihm scheint irgendwie überdimensioniert und mächtig, von der Körpergröße über die Breite seiner Schultern bis hin zu seiner tiefen, lauten Stimme.

Sein Haar ist kastanienbraun und dick, und obwohl es kurz geschnitten ist, kann man erkennen, dass es sich an den Haarspitzen leicht lockt, was ihm etwas Verwegenes verleiht. Seine Augen sind erstaunlich grün, das ist mir bereits auf dem Foto aufgefallen, bei dem ich mir nicht ganz sicher war, ob jemand bei der Augenfarbe eventuell mit einem Bildbearbeitungsprogramm nachgeholfen hatte.

Ein attraktiver Mann, ohne Frage; Sally wäre sicherlich entzückt. Aber ich bin zum Arbeiten hier, und auch privat pflege ich mein Leben so unkompliziert wie möglich zu halten, indem ich Beziehungen aus dem Weg gehe. Ich bin fest davon überzeugt, dass solche Dinge völlig überbewertet werden, obendrein bin ich gerne allein, wirklich.

„Erzählen Sie mir etwas über Ihre Schwester, Ihren Schwager und die kleine Ava?"

„Sind Sie immer so arbeitseifrig?" Er wirft mir einen kurzen Blick zu, einen von der Art, die mir zu verstehen geben, ich solle mich mal locker machen, bevor er sich wieder auf die Straße vor sich konzentriert. Ich zucke mit den Schultern. Solche Blicke bin ich gewohnt.

„Dazu bin ich schließlich hergekommen, also will ich die Zeit auch so effektiv wie möglich nutzen."

„Sie könnten sich auch einfach ein paar Minuten die wunderschöne Landschaft anschauen. Den meisten Menschen gefällt es hier ziemlich gut. Sie genießen die Aussicht auf Berge, Bäume, Weiden und die gesamte Umgebung."

„Wenn ich als Touristin hier wäre, würde ich die Landschaft sicherlich genießen wollen. Aber ich bin zum Arbeiten hergekommen." Ich klinge schärfer als beabsichtigt. „Ich kann Ihrer Familie nur helfen, wenn ich so viel wie möglich weiß", setze ich etwas sanfter hinterher. „Insofern bin ich auf alle Informationen angewiesen, die Sie mir geben können."

„Also gut." Nathan zuckt ebenfalls mit den Schultern. „Isabella und Jayden sind seit neun Jahren verheiratet. Sie gehören zu diesen Paaren, bei denen die erste Liebe gleich die richtige war, und sie waren beide erst Anfang zwanzig, als sie sich das Jawort gegeben haben. Soweit ich weiß, versuchen sie seitdem, ein Kind zu bekommen." Kurz schüttelt er den Kopf und nimmt gleichzeitig abwehrend eine Hand vom Lenkrad. „Ganz genau weiß ich das nicht, intimere Details über das Liebesleben meiner Schwester interessieren mich nicht." Er räuspert sich. „Jedenfalls hat es nicht geklappt mit dem Schwangerwerden. Sie haben beide eine endlose Reihe von Untersuchungen über sich ergehen lassen, letztendlich stellte sich heraus, dass weder Isabella noch Jayden ideale Voraussetzungen dafür mitbringen. Irgendwelche Hormonprobleme bei Isabella, die sich nur schlecht behandeln lassen, und mit den kleinen Schwimmern meines Schwagers stimmt auch etwas nicht." Erneut sieht er zu mir herüber, und ich schaue kurz von meinem Notizblock zu ihm auf. Seine Wangenknochen sind hoch, seine Nase ist eine Spur zu breit, sein Kinn ist sehr männlich. Insgesamt wirkt er viel zu maskulin, als dass man ihn als schön bezeichnen könnte, aber er ist durchaus attraktiv. „Machen Sie sich darüber etwa ernsthaft Notizen?"

Über sein Aussehen? Kurz bin ich irritiert, bis mir einfällt, was er meint.

„Natürlich!" Ich tippe mit dem Kugelschreiber auf die noch beinahe leere Seite der kleinen Kladde, die ich für solche Zwecke immer dabeihabe. „Man weiß nie, welche Informationen man braucht, und was ich mir aufgeschrieben habe, kann ich nicht vergessen. Also bitte, fahren Sie fort!“

Einen Moment lang zögert er, als würde er nicht wirklich wissen, ob es okay ist, wenn ich mir so persönliche Dinge über seine Familie aufschreibe. Vielleicht findet er mich auch einfach ein bisschen seltsam. Ich nehme ihm beides nicht übel, denn so geht es zunächst vielen Leuten. Es ist eben ein merkwürdiges Gefühl, mit völlig Fremden über die intimsten Familiengeschichten zu sprechen, leider ist es in solchen Fällen fast unumgänglich, es dennoch zu tun. „Isabella und Jayden haben sich also dazu entschlossen, ein Kind zu adoptieren, da sie selbst nicht dazu in der Lage waren, eines zu bekommen“, helfe ich Nathan Callery ein wenig auf die Sprünge.

„Ja, das haben sie. Wochenlang ging es bei uns um nichts anderes als die Voraussetzungen, die man erfüllen muss, wenn man ein Kind adoptieren will. Als die Dame von der Adoptionsagentur vorbeikam, um die Eignung der beiden zu überprüfen, war Isabella so nervös, dass ich Sorge hatte, sie würde jeden Moment in Ohnmacht fallen, während Jayden vor lauter Aufregung kein Wort mehr herausgebracht hat. Aber es war alles in Ordnung, und wir waren sehr erleichtert darüber.“ Ein paar Augenblicke lang sagt er nichts, als würde er seinen Gedanken nachhängen. „Ich weiß nicht, wie gut Sie sich in Adoptionsverfahren auskennen, vermutlich sehr gut. Isabella und Jayden haben sich für ein offenes Verfahren entschieden, bei denen die werdende Mutter sich die zukünftigen Adoptiveltern mit aussuchen kann."

Solche offenen Adoptionen werden immer beliebter. Diese sollen es der leiblichen Mutter einfacher machen, weil sie weiß, wohin ihr Kind kommt; außerdem soll es für das Kind leichter sein, weil es die Chance hat, seine Wurzeln kennenzulernen, wenn es größer ist. Die leibliche Mutter wird dabei schon vor der Geburt von den werdenden Eltern unterstützt, sie zahlen ihr Arztbesuche und einen gewissen Lebensunterhalt – Dinge, die sich die Frauen oft selbst nicht leisten können. Außerdem bekommen die leiblichen Mütter eine festgelegte Summe zur Geburt, danach manchmal noch für ein paar weitere Wochen Unterhalt, bis sie wieder in der Lage sind, zu arbeiten. An sich ein gutes System, wenn es nicht so oft ausgenutzt werden würde. Mir sind Fälle von Frauen bekannt, die wie am Fließband Kinder bekommen, die sie anschließend weggeben, nur weil sich damit so viel Geld verdienen lässt.

„Haben Ihre Schwester und deren Mann schnell eine Schwangere gefunden, die ihnen ihr Kind geben wollte?"

„Ja, sehr schnell. Sie haben sie die letzten fünf Monate ihrer Schwangerschaft begleitet. Isabella war zu allen Vorsorgeterminen mit und wahrscheinlich noch nie so glücklich." Er zögert. „Aber vielleicht ist es besser, wenn Jayden und Isabella Ihnen den Rest der Geschichte erzählen. Ich will hier nicht zu viel Privates preisgeben."

Diese Reaktion kenne ich schon, sie kommt sehr häufig, wenn ich Angehörige befrage, und sie ist auch durchaus verständlich. Dennoch würden die meisten sich vermutlich schwer darüber wundern, wie viel Privates ich letztendlich erzählt bekomme. Manchmal weitaus mehr, als ich tatsächlich hören will, als wäre es ab einem bestimmten Punkt auch egal, wie tief ich in das Leben von Menschen eindringe. Bei Scheidungsfällen ist es oft besonders heftig.

„Dann erzählen Sie mir doch etwas darüber, wie Sie leben. Wenn ich das richtig verstanden habe, wohnen Sie alle zusammen in einem gemeinsamen Haus?"

„Wow, Sie haben Ihre Hausaufgaben aber wirklich gemacht, oder?" Er wirft mir wieder diesen Blick zu, der irgendwo zwischen erstaunt und genervt liegt.

„Immer. Ich hasse es, wenn ich nicht gut vorbereitet bin."

Ich ignoriere seine leichte Gereiztheit ganz bewusst. Er soll mich nicht mögen, er soll bloß reden.

„Das glaube ich Ihnen nur zu gerne. Aber in diesem Fall war Ihre Recherche nicht gründlich genug. Meine Familie – also meine Eltern, ich und Isabella mit ihrem Mann Jayden – wohnen auf ein- und demselben Grundstück, aber in unterschiedlichen Häusern. Allerdings findet ein Großteil des Lebens in der Küche meiner Eltern statt, die eine Art Gemeinschaftsraum darstellt. Dort essen wir regelmäßig zusammen."

„Ihr Schwager arbeitet als Oberarzt der Chirurgie in Midway am Krankenhaus? Und Sie selbst sind Talentcoach für die Midway Icefoxes?"

„Richtig. Ich mache diesen Job bereits seit Jahren, ich habe kurz nach dem verletzungsbedingten Ende meiner Zeit als aktiver Spieler bei den Icefoxes damit angefangen. Allerdings verstehe ich nicht so ganz, was mein Beruf mit der Adoption von Ava zu tun hat."

Ich zucke mit den Schultern.

„Das kleine Mädchen wird immerhin in Ihrer Nähe aufwachsen, und wenn ich es richtig verstanden habe, nehmen Sie zumindest regelmäßig Mahlzeiten mit ihr zusammen ein. Insofern ist es durchaus relevant. Ein sicheres, familiäres Umfeld ist schließlich eine gute Voraussetzung für das Wohlergehen eines Kindes. Ihre Eltern sind beide in Rente?"

„Sie hätten Auftragsschnüfflerin werden sollen …"

„Ich bin Anwältin. Das ist so etwas Ähnliches."

„Meine Eltern sind sehr liebevolle Großeltern und schon seit einiger Zeit in Rente, sodass sie jede Menge Zeit haben, um sich um ihre kleine Enkeltochter zu kümmern."

Das klingt ein bisschen, als wolle er mich zufriedenstellen. Dabei bin nicht ich diejenige, die überzeugt werden muss.

+++

Nathan Callery gehört zu den Männern, die gerne allein sind, weil es ihm auf den Geist geht, wenn ständig jemand redet. Noch mehr stört es ihn, wenn permanent jemand Fragen stellt, von denen erwartet wird, dass er sie beantwortet.

Am allerschlimmsten ist es jedoch, wenn er sich auch noch in irgendeiner Form moralisch dazu verpflichtet fühlt, diese Fragen zu beantworten; leider ist er sich ziemlich sicher, dass Isabella ihn umbringen würde, wenn sie wüsste, dass er es nicht tut.

Unwillig presst er die Kiefer zusammen.

Vielleicht hätte er Isabella sagen sollen, dass sie sich selbst um Ms. Donovan kümmern soll, das hätte ihm diese unangenehme Fragerunde sicherlich erspart. Allerdings hat seine Schwester in den letzten Wochen wirklich genug durchmachen müssen, außerdem findet Nathan es selbstverständlich, ihr zu helfen, wenn sie Hilfe braucht.

Ms. Donovans Stimme durchdringt seine Gedanken. „Wie sieht es bei Ihnen aus?“

„Womit denn?“, antwortet Nathan leicht irritiert.

„Mit Beziehungen.“ Die Anwältin klingt, als würde sie mit einem minderbemittelten Kleinkind sprechen.

„Fragen Sie mich gerade, wie es um mein Liebesleben bestellt ist?“

Das muss ein Scherz sein! Jedoch wirkt sie völlig ernst, während sie sich nach wie vor diese verdammten Notizen macht.

„Die intimen Details interessieren mich nicht. Aber wenn Sie beispielsweise ständig wechselnde, intime Bekanntschaften mit nach Hause bringen, wäre ich gerne darauf vorbereitet.“

„Warum? Wollen Sie sich gerne in die Schlange meiner ständig wechselnden, intimen Bekanntschaften einreihen?“

Irgendwie findet er diese Unterstellung beleidigend, ohne zu wissen, warum eigentlich. Zumal sie obendrein recht nah an der Wahrheit liegt. Ständig wechseln seine „intimen Bekanntschaften“ zwar nicht – aber dennoch sind sie in den letzten Jahren eher oberflächlich und dementsprechend kurz geblieben.

„O nein. Nichts läge mir ferner!“ Sie lächelt flüchtig und ein bisschen abwesend, dennoch kommt ihre Antwort so schnell, dass Nathan kurz versucht ist, ihr zu erklären, dass sie etwas verpasst, weil er den Ruf eines hervorragenden Liebhabers genießt. Schließlich entscheidet er sich doch schnell dafür, einfach die Klappe zu halten – zumindest, was dieses Thema betrifft.

„Hören Sie, Ms. Donovan. Ich helfe meiner Schwester wirklich gerne, aber ich bin nicht bereit, Fragen über mein Liebesleben vor Wildfremden zu erörtern.“

Erneut lächelt Dana Donovan, sie scheint so schnell nichts aus der Ruhe zu bringen.

„In Ordnung.“ Sie sieht beinahe vergnügt aus und tippt ein paarmal nacheinander mit der Mine ihres Kugelschreibers auf ihr Notizbuch. „Dann frage ich Sie morgen noch einmal danach – da sind wir einander ja nicht mehr ganz so fremd.“

Nathan Callery unterdrückt ein Stöhnen, während er sich fragt, ob diese Frau abgebrüht, unsensibel oder doch furchtbar gerissen ist.

+++

Beinahe genauso wichtig, wie es ist, Fragen zu stellen, ist es, zu wissen, wann man still sein muss – also verbringen wir den Rest der Fahrt schweigend, auch wenn es mir zuwider ist, Zeit zu vergeuden.

Dennoch bin ich mir ziemlich sicher, dass ich Nathan Callery höchstens verärgern werde, wenn ich jetzt versuche, weiterhin Informationen aus ihm herauszubekommen.

Viele Menschen nehmen das sehr persönlich, auch wenn ich ihn für etwas tougher gehalten hätte.

Schließlich tue ich, wie mir geheißen, und betrachte die von ihm so hoch angepriesene Landschaft.

Midway liegt beinahe an der kanadischen Grenze, und es ist wirklich malerisch schön hier, Wälder und Berge, soweit das Auge reicht.

Ich kann es kaum abwarten, wieder von hier wegzukommen.

Kapitel 3

+++

„Ich habe die Eisprinzessin ordnungsgemäß abgeliefert, Isabella. In einer halben Stunde kommt sie zu euch."

„Oh!" Isabellas Augen werden groß und rund. „Bitte sag, dass sie keine Eisprinzessin, sondern nett ist, Nathan!"

„Muss sie das denn sein? Viel wichtiger ist doch, dass sie gut und gründlich ist."

„Da hast du natürlich recht. Bitte entschuldige mich – ich glaube, Ava ist gerade wach geworden." Seine Schwester stellt sich auf die Zehenspitzen, um ihn auf die Wange zu küssen. „Danke, dass du Ms. Donovan abgeholt hast." Im Hintergrund wird das Babygebrüll lauter, und Isabella knallt ihm die Tür mehr oder weniger vor der Nase zu, in Gedanken schon völlig bei ihrer kleinen Tochter – wie so oft, seitdem Ava in ihr Leben gekommen ist.

Auf dem Weg zurück zu seinem Haus denkt Nathan darüber nach, ob man Dana Donovan als nett bezeichnen könnte, von seinen persönlichen Empfindungen einmal abgesehen. Sicher, sie ist höflich. Sie ist interessiert. Wahrscheinlich würden sie auch viele Menschen als attraktiv bezeichnen. Obendrein hat er keinen Zweifel daran, dass sie sehr zielstrebig ist, außerdem fleißig und kompetent.

Aber nett?

Das ist beim besten Willen kein Attribut, das er mit ihr in Zusammenhang bringen würde. Auf ihn wirkt sie eher arrogant, und der Rest an ihr ist einfach eine Nummer zu viel. Sie ist zu zielstrebig, zu akkurat gestylt, zu kontrolliert.

Um es auf den Punkt zu bringen: Sie gehört ganz eindeutig nicht zu den Menschen, mit denen er mehr Zeit als notwendig verbringen möchte.

Kopfschüttelnd schließt er die Tür zu seinem Haus auf. Die letzten Wochen gab es hier so viel Action, dass er sich nach ein paar Tagen Ruhe sehnt. Das Drama um Ava zerrt an ihrer aller Nerven, und auch bei seiner Arbeit war jede Menge los. Die Midway Icefoxes hatten in diesem Jahr verletzungsbedingt sehr viele Ausfälle zu verzeichnen, und selbst Nathan weiß langsam nicht mehr, woher er noch neue Spieler nehmen soll – zumal sie sich mitten in der Saison befinden und jeder, der wirklich gut ist, längst irgendwo unter Vertrag steht.

So oder so würde er sich am liebsten ein paar Tage irgendwo verkriechen, am besten in einer einsamen Hütte ohne Internet, ohne Telefon – ein Traum!

Müde reibt er sich die Augen.

Wahrscheinlich ist einfach in seinem ganzen verdammten Leben ständig so viel los gewesen, dass er sich nach Ruhe sehnt.

Er muss nur noch Weihnachten hinter sich bringen, dann wird er vielleicht ein paar Tage wegfahren, irgendwohin, wo ihn niemand kennt und niemand was von ihm will.

Ein seltener Luxus, der hier in Midway kaum möglich ist.

Beinahe wie aufs Stichwort klingelt sein Handy, und Nathan nimmt den Anruf seufzend entgegen.

„Hallo, Sarah!“ Er kann die Müdigkeit aus seiner Stimme nicht völlig heraushalten, obwohl Sarah Wellington die Tochter seines Arbeitgebers ist, die dessen Geschäfte immer mehr übernimmt.

„Guten Tag, Nathan.“ Sie klingt ein wenig verlegen. „Ich weiß, dass ihr wegen Ava alle wahnsinnig im Stress seid und du dir ein paar freie Tage wirklich verdient hast. Aber könntest du dir zwischen den Jahren vielleicht doch noch ein College-Spiel anschauen? Dort sollen angeblich ein paar hoffnungsvolle Talente mitspielen … Mit Terry Welsons Knieverletzung sieht es nicht gut aus, und wir bekommen ein ernsthaftes Problem, wenn wir im neuen Jahr keinen zweiten Torhüter bekommen. Einen, der nicht ständig ausfällt. Ich würde dich nicht bitten, wenn es nicht wirklich dringend wäre …“

„Verdammt.“ Nathan setzt sich gerade hin und klappt seinen Laptop auf. „Ist es so übel mit Terrys Knie?“

„Es scheint schlimm zu sein, Terry muss vermutlich operiert werden, und auch danach ist es noch ungewiss, ob er so bald wieder spielen kann.“ Sarah seufzt. „Oder ob überhaupt. Aber wem sage ich das? Du kennst dich schließlich damit aus, du hast es ja am eigenen Leib erfahren.“

Das hat er allerdings. Er hatte genau eine Saison als Profi bei den Icefoxes gespielt, bevor er verletzungsbedingt ausscheiden musste und nie wieder als aktiver Spieler in den Profisport zurückkehren konnte. Knie sind eine heikle Sache, und gerade beim Eishockey werden sie über alle Maßen belastet.

„Schickst du mir bitte die Informationen per Mail, Sarah? Soll ich mich selbst um die Flüge kümmern oder übernimmt das jemand?“

„Du bist der Beste, Nathan.“ Die Erleichterung ist ihr deutlich anzuhören. „Ich lasse alles in die Wege leiten, auch die Hotelreservierung und die Flüge. Es tut mir wirklich sehr leid, dass ich dich zwischen den Feiertagen damit belästigen muss.“

„Das ist schon okay. Hier hätte ich ohnehin keine Ruhe.“ Sein Plan, wegzufahren, war auch eher theoretischer Natur, denn seine Familie hätte es ihm vermutlich ohnehin krummgenommen, wenn er einfach so verschwunden wäre, statt mit ihnen zu feiern.

„Ich drücke euch fest die Daumen wegen Ava. Für Isabella muss das schrecklich sein.“

„Sie hält sich erstaunlich tapfer, aber es ist eine große Belastung für uns alle.“

„Ja, das kann ich mir vorstellen. Wie gesagt – wir sind in Gedanken bei euch. Und danke noch mal, dass du nächste Woche noch für uns arbeiten gehst.“

„Kein Thema.“ Er verabschiedet sich und legt auf.

Seine Deutsch-Drahthaar-Hündin Whisper betrachtet ihn mit schief gelegtem Kopf, bevor sie zu ihm aufs Sofa springt und zufrieden ihre Schnauze auf seine Brust bettet.

„So ist das, mein Mädchen“, sagt Nathan, während er ihre weichen Schlappohren krault. „Man sehnt sich nach Ruhe – stattdessen gibt es nur noch mehr Action. Und du wirst wieder einmal ein paar Tage bei Mom und Dad wohnen müssen.“

Whisper gibt ein leises Schnauben von sich, als wäre das durchaus okay für sie, wahrscheinlich, weil sie dort nach Strich und Faden verwöhnt wird.

+++

Nathans Familie gehört ein Riesenareal in White Crossing, einem Stadtteil Midways, der beinahe autark zum Rest der Stadt zu funktionieren scheint und somit einen kleinen Ort für sich bildet.

Wobei klein natürlich sehr relativ ist, ich habe schon an deutlich einsameren Flecken auf dieser Erde Zeit verbringen müssen. Sallys Unterlagen nach verfügt White Crossing über eigene Schulen sowie einen Hausarzt und die wichtigsten Einkaufsmöglichkeiten.

Die optimale Vorstadtidylle also, um ein Kind behütet aufwachsen zu lassen – und somit die optimalen Bedingungen, um ein Gericht davon zu überzeugen, dass ein Kind nirgendwo besser als hier aufgehoben wäre.

Die Pension, vor der Nathan mich abgesetzt hat, ist nur wenige Minuten fußläufig vom Hof der Callerys entfernt, und eine sehr beflissene, sehr üppige Pensionswirtin Ende fünfzig begrüßt mich gleich am Eingang.

„Oh, Sie müssen die Anwältin sein, die wegen der kleinen Ava gekommen ist, richtig?“ Sie mustert mich, als wäre ich eine exotische Pflanze, die sie noch nie zuvor gesehen hat und bei der sie sich nicht sicher ist, ob sie ihr nun gefallen soll oder nicht; doch schließlich lächelt sie. „Ich freue mich ja so sehr, Sie bei uns begrüßen zu dürfen, Euer Ehren.“

Ich runzle die Stirn.

„Sie können mich einfach Ms. Donovan nennen oder auch Dana, ganz wie Sie möchten. ‚Euer Ehren' sagt man bloß zu Richtern und auch nur am Gericht selbst. Außerhalb des Gerichts wird dieser Titel nicht gebraucht."

„Aber nein, Euer Ehren! So viel Zeit muss sein, ob nun am Gericht oder nicht. Meine Großmutter hat immer gesagt: Erst kommt es zum Verfall der Sitten, dann zum Verfall der Moral, und am Ende bricht Chaos über die Menschheit herein. Und wissen Sie was? Wenn Sie mich fragen, hatte sie völlig recht damit. Schauen Sie sich doch an, wie die jungen Leute heute sind. Manchmal denke ich, das totale Chaos steht uns bereits kurz bevor."

Sie schwatzt ohne Unterlass, während sie mit meinem Koffer in der Hand vorangeht, um mir mein Zimmer zu zeigen. Ich bin mehr als froh, als wir dort endlich angekommen sind.

„Also, hier sind wir!", sagt Mrs. Baker geschäftig und schließt mir die Tür auf. „Falls Sie noch etwas brauchen, wenden Sie sich getrost an mich. Sie können einfach bei mir klingeln, ich wohne gleich hinter der Tür neben der Rezeption, wenn Sie noch irgendeinen Wunsch haben. Auch nachts – ich bin immer für meine Gäste da, Euer Ehren."

„Das ist sehr nett von Ihnen, Mrs. Baker. So etwas erlebt man heute wirklich nur noch selten." Das meine ich ernst. Ich liebe diese kleinen Pensionen, in denen man als Gast nicht bloß eine anonyme Zahl darstellt, und ich mag es eigentlich auch, wenn jemand so ein kleines bisschen schrullig ist wie Mrs. Baker.

Sie lächelt erfreut, bevor sie mich schließlich mit meinem Zimmer alleinlässt.

Ich schiebe den rot-weiß karierten Vorhang zur Seite und schaue nach draußen. Die gesamte Pension – und auch mein Zimmer – ist sehr geschmackvoll und eine Spur rustikal gehalten, ohne dabei spießig oder altmodisch zu wirken. Wie gemacht für romantische Winter- und Weihnachtsstimmung und an mich somit verschwendet.

Der Wald vor dem Fenster sieht wunderschön aus. Sobald der erste Schnee fällt, dürfte es hier wie in einem Wintermärchen wirken – aber der Schnee lässt in diesem Jahr auf sich warten.

Nicht, dass mir das sonderlich leidtun würde, denn sobald es zu schneien beginnt, werden diverse Geschäftsreisen deutlich schwieriger, Flüge fallen aus und Boston verwandelt sich in einen großen Haufen grauen Matsch.

Auch sonst habe ich keine sonderlich guten Erinnerungen an Winter, Schnee und Weihnachten. All das sind Dinge, auf die meine Eltern keinen großen Wert gelegt haben, zumindest nicht auf die Art und Weise, wie es andere Menschen vermutlich tun. Nicht auf die Art und Weise, die ich mir als Kind gewünscht hätte jedenfalls. Als Erwachsene ist es mir mittlerweile egal, wahrscheinlich, weil ich es nie anders kennengelernt habe.

Seufzend ziehe ich den Vorhang wieder vor das Fenster und schließe die ganze verdammte Idylle somit aus meinem Zimmer aus. Anschließend lege ich meinen

Koffer auf das Bett und suche mir wärmere Kleidung heraus. Nur gut, dass ich so etwas mitgenommen habe, denn hier ist es deutlich kälter, als es in Boston war.

Meine lange Hose aus Wollstoff lasse ich an, entscheide mich aber für einen grauen Rollkragenpullover aus Kaschmir sowie ein Paar gefütterter Stiefel mit einem kleinen Absatz dazu. Ich hasse es, zu frieren, das war schon immer so.

Während ich den Pullover über meinen Kopf ziehe, kann ich beinahe den missbilligenden Gesichtsausdruck meiner Mutter sehen, die über so viel Dekadenz nur den Kopf schütteln kann.

„Überleg nur mal, was mit dem Geld alles Gutes hätte getan werden können. Und du gibst es für einen Pullover aus!“

Mit einem Kopfschütteln versuche ich, sie wieder aus meinen Gedanken zu vertreiben. Ich muss mich eindeutig auf Wichtigeres konzentrieren.

Aber sosehr ich Weihnachten auch versuche zu vermeiden, es lässt sich dennoch nicht ganz aus meinem Kopf verbannen, und mit jeder Stunde, die die Feiertage näher rücken, wird es schlimmer. So wie jedes Jahr.

Kapitel 4

Obwohl Sally auch von Isabella Jones-Callery Fotos aufgetrieben hatte – wo auch immer sie so etwas findet –, ist sie ganz anders, als ich sie mir vorgestellt habe.

Sie ist klein und irgendwie überall rund, ohne dabei auch nur annähernd dick zu sein. Stattdessen wirkt sie einfach auf eine wunderhübsche Art weich, weiblich und mütterlich. Obwohl ich meistens versuche, meine Klienten und ihre Fälle nicht zu nah an mich herankommen zu lassen, ist es schwer, ja sogar geradezu unmöglich, Isabella nicht sympathisch zu finden.

Wir treffen uns in der großen Wohnküche ihrer Eltern, die anscheinend als eine Art überdurchschnittlich gemütlicher Gemeinschaftsraum fungiert, und in der ein großer Teil des gemeinsamen Familienlebens stattfindet.

Bereits als Isabella mir ihre Hand hinstreckt, um mich zu begrüßen, kann ich die ersten Tränen in ihren Augen glitzern sehen. In einer Ecke des Raumes steht ein kleiner Stubenwagen mit der schlafenden Ava darin.

„Ich freue mich so sehr, dass Sie da sind, Ms. Donovan. Und bitte verzeihen Sie, dass ich ständig in Tränen ausbreche. Ich kann es nicht einmal auf die Stillhormone schieben so wie andere frischgebackene Mütter." Mit einem zittrigen Seufzen lässt sie sich auf einen der Küchenstühle fallen. „Bitte setzen Sie sich doch." Sie deutet mit einer fahrigen Handbewegung auf den Platz ihr gegenüber. „Die Situation ist für uns alle eine furchtbare Belastung, eine schreckliche Zerreißprobe. Wir hatten uns so sehr darauf gefreut, endlich ein Kind zu haben, und jetzt das …"

Ich ergreife ihre Hand über dem Tisch und drücke sie kurz.

„Es ist in Ordnung und mehr als verständlich, dass Sie emotional reagieren. Wirklich. Ich würde mich sehr wundern, wenn es anders wäre. Aber ich bin hier, um Ihnen zu helfen, und am besten kann ich das, wenn Sie und Ihre Familie mir so viele Informationen wie möglich geben."

Isabella nickt und schließt dabei kurz die Augen, unter denen die Strapazen der letzten Wochen dunkle Ringe hinterlassen haben.

„Wir werden Ihnen alle helfen, wo wir nur können. Mein Mann Jayden wird in einer Stunde ebenfalls hier sein, er muss heute leider bis spätnachmittags arbeiten", sagt sie entschuldigend und knetet verlegen ihre Hände. „Er hat heute einen ziemlich vollen OP-Plan, und ich bin schon froh, dass er über die Feiertage freibekommen hat. Als Arzt ist so etwas ja nicht immer einfach."

„*Zum Glück* muss er arbeiten. Ein stabiles Umfeld, zu dem auch finanzielle Sicherheit gehört, wird vom Richter sicherlich gern gesehen werden." Ich lächle ihr aufmunternd zu. „Wollen wir bis dahin ohne ihn beginnen? Sie könnten damit anfangen, mir zu erzählen, über welche Agentur Sie Ihre kleine Tochter adoptiert haben – und warum Sie sich genau für diese entschieden haben." Natürlich weiß ich bereits, über welche Adoptionsagentur alles gelaufen ist, aber ich will es ihr so leicht wie möglich machen. Tatsächlich funktioniert es auch. Isabella sammelt sich kurz, dann beginnt sie zu erzählen. Über ihren Kinderwunsch, über die Sehnsucht nach einem Kind, über das Gefühl des Versagens, als sie über Jahre hinweg keines bekommen konnten. Sie erzählt mir von den vielen vergossenen Tränen im Badezimmer, wenn trotz aller Versuche doch wieder ihre monatlichen Blutungen eingesetzt haben, und sie berichtet darüber, wie schwer es gewesen ist, sich einzugestehen, dass sie niemals ein leibliches Kind haben würde.

„Ein Kind zu adoptieren klingt so einfach. Man füllt einen Antrag aus, anschließend wartet man ein bisschen, irgendwann lernt man die werdende Mutter kennen und alle sind glücklich. Aber so unkompliziert ist es leider nicht. Sich dazu zu entschließen, ein fremdes Kind anzunehmen, ist ein großer Schritt, und mir hat es Angst gemacht, auch wenn die Sehnsucht danach, ein Baby zu haben, letztendlich gewonnen hat. Wir haben uns für ein offenes Adoptionsverfahren entschieden, weil wir gerne bereits vor der Geburt so viel wie möglich von unserem Kind mitbekommen wollten. Außerdem war es uns wichtig, dass Ava später eine Chance hat, ihre Wurzeln kennenzulernen. Es gibt wohl viele Kinder, die ihre leiblichen Eltern eines Tages kennenlernen wollen, und wir wollten unserem eigenen Kind die Möglichkeit dazu bieten.“ Kopfschüttelnd wischt sie sich mit dem Ärmel ihrer ordentlich gebügelten Bluse über die Augen. Ich bin mir sicher, dass sie diese extra frisch angezogen hat, um einen guten Eindruck bei mir zu hinterlassen, und ich muss darüber lächeln, dass sie an der Schulter trotzdem bereits erste Flecken aufweist, als hätte ihr Baby sie vollgespuckt, ohne Rücksicht auf ihre Termine zu nehmen. „Ich kam mir so egoistisch dabei vor. So viele Paare warten auf ein Kind, und vielleicht hätte ich einfach mit dem Leben zufrieden sein sollen, das ich hatte. Ich meine, ich hatte auch vorher ein gutes Leben. Einen Mann, den ich liebe und der mich liebt, eine liebevolle Familie, tolle Freunde, selbst meinen Job im Reisebüro habe ich gemocht. Trotzdem hatte ich immer das Gefühl, irgendwie unvollständig zu sein. Ich wollte mein ganzes Leben lang Kinder haben, auch, als ich selbst noch ein Kind war …“

„Sie brauchen sich dafür nicht zu entschuldigen“, unterbreche ich sie sanft. „Es ergeht vielen Menschen wie Ihnen. Bei manchen ist die Sehnsucht nach einem Kind sogar so groß, dass sie dafür illegale Wege in Kauf nehmen.“ Auch wenn ich persönlich weder das eine noch das andere nachvollziehen kann, entspricht es dennoch den Fakten.

„Ja, ich weiß.“ Isabella lächelt schwach. „Es war mein größter Wunsch, dennoch war ich gleichzeitig voller Zweifel. Was, wenn ich das Kind nicht so lieben könnte, wie es das verdient hätte? Ich meine, eine Mutter, die ein Kind selbst austrägt, hat vierzig Wochen Zeit, um sich mit ihm anzufreunden, sie spürt es in sich wachsen, es ist ein Teil von ihr. Und selbst dann gelingt es manchen Frauen nicht, ihren Kindern das zu geben, was sie brauchen. Wenn ich da an meine leibliche Mutter denke …“ Mitten im Satz bricht sie ab, und für einen Moment gleitet ihr Blick in die Ferne. Ich will gerade nachhaken, was sie damit genau meint – denn ich weiß zwar, dass sie und Nathan als Kinder von den Callerys adoptiert worden sind, aber über die genaueren Umstände konnte ich bisher nichts herausfinden – als sie wieder zu sprechen ansetzt. Also mache ich mir stattdessen eine Notiz, um später darauf zurückzukommen. „Und plötzlich war Ava da. Die Hebamme hat uns angerufen, als die Wehen losgingen, doch dann ging alles ganz schnell … Ava musste mit einem Notkaiserschnitt geholt werden, weil ihre Herztöne auf einmal so schlecht waren, und wir waren kaum im Krankenhaus angekommen, als wir auch schon unser Baby in die Arme gedrückt bekommen haben. Sie war unglaublich klein und furchtbar hilflos, und ich wusste kaum, wie ich sie halten sollte, um sie nicht kaputt zu machen. Mein Mann und ich haben sie minutenlang nur angestarrt, schweigend und voller Ehrfurcht. Und dann hat sie gelächelt." Auf Isabellas Gesicht taucht ebenfalls ein Lächeln auf, das sie weich und wahnsinnig verletzlich wirken lässt. „Ich weiß, dass Neugeborene noch gar nicht wirklich lächeln können. Man nennt das Engellächeln, und es ist nicht mehr als ein Muskelzucken, aber dennoch hat sie gelächelt, und spätestens in diesem Augenblick war es völlig um uns geschehen. Es gibt bestimmte Momente, die das ganze Leben verändern. Manchmal ist es einem erst im Nachhinein klar, wie bedeutend diese Augenblicke waren, doch als Ava uns angelächelt hat, haben wir gewusst, dass wir ihre Eltern sind und sie unser Kind ist. Egal, ob sie unsere Gene in sich trägt oder nicht. Niemals hätte ich damit gerechnet, wie sehr man so ein kleines Wesen lieben kann, obwohl man es erst wenige Minuten lang kennt. Normalerweise ist Liebe ja etwas, was wachsen muss, etwas, was sich nach und nach entwickelt. Selbst wenn man an etwas wie Liebe auf den ersten Blick glaubt, entwickeln sich die tieferen Gefühle ja erst mit der Zeit. Doch mit Ava war alles anders. Ich wäre vom ersten Tag an ohne mit der Wimper zu zucken für dieses Kind gestorben." Ein paar Atemzüge lang herrscht Stille im Raum, die lediglich vom Ticken einer Uhr durchbrochen wird. Isabella hat den Blick gesenkt und ihre Hände streichen über die Holztischplatte, als würde sie dort nach Halt suchen. „Und dann brach plötzlich das Chaos los. Avas Mutter war auf einmal verschwunden, ohne die Unterschriften geleistet zu haben, die die Adoption unter Dach und Fach gebracht hätte. Zunächst haben wir uns gar nichts dabei gedacht. Avas Mutter … na ja … sie war nicht unbedingt immer sonderlich zuverlässig. Sie hat es im Leben wirklich nicht leicht gehabt, das arme Ding. Viel hat sie nicht erzählt, aber das wenige, was ich über ihre Kindheit erfahren habe, reicht mir aus. Ihre eigene Mutter hat sich nie um sie gekümmert, hat sie ständig alleingelassen. Oft war nicht genug zu essen im Haus, auch als Avas Mutter noch sehr klein war, und sie ist mehr als nur einmal schwer misshandelt worden. Sie hat es nicht eindeutig gesagt, aber ich glaube, sie ist von ihrer eigenen Mutter auch vor deren Männerbekanntschaften nicht immer ausreichend geschützt worden. Sie war sehr instabil, deshalb wollte sie ja auch Ava nicht selbst aufziehen. Und dann ist sie einfach aus dem Krankenhaus abgehauen, und später haben sie Lindsay, also Avas Mutter, tot in der Wohnung eines Freundes gefunden." Isabella schweigt einen Augenblick lang. „Es war ein schrecklicher Schock, als wir von Lindsays Tod erfahren haben, das ist alles so entsetzlich. Aber ich kann es nicht mehr ändern, auch wenn ich es gerne tun würde. Aber wer hätte schon damit gerechnet, dass sie mit einer frischen OP-Wunde einfach aus dem Krankenhaus abhaut? Ich weiß, dass es nicht meine Schuld ist, dass sie gestorben ist, dennoch habe ich immer das Gefühl, ich hätte besser aufpassen müssen." Sie holt ein Taschentuch hervor und wischt sich die Tränen vom Gesicht. „Aber es nützt ja nichts, ich kann die Dinge nicht mehr ändern. Aber Ava … sie ist doch mein Kind! Wenn sie mir nun wieder weggenommen werden sollte … Ich weiß nicht, was ich in diesem Fall machen werde. Wie ich das aushalten soll. Wenn ich mir vorstelle, dass sie bei ihrer Großmutter aufwachsen soll, ausgerechnet der Frau, die bereits ihre Mutter völlig kaputt gemacht hat … Ich kann nicht verstehen, warum ihre Großmutter Ava nun bei sich haben will. Reicht es ihr denn nicht, wenn sie ein Leben vollkommen zerstört hat?" Ihre Stimme bricht, und ihre Schultern beginnen verdächtig zu beben. Sichtlich ringt sie um Fassung. Aus Erfahrung weiß ich, dass man es in solchen Momenten nur noch schlimmer macht, wenn man die Menschen berührt, dass sie dann auch noch das letzte kleine bisschen Haltung verlieren, das sie so mühsam zu bewahren versuchen. An sich ist das nicht weiter schlimm – aber ich bin nicht hier, um ihr den Trost und den Halt zu geben, den sie gerade braucht. Das können vertrautere Personen viel besser, ihre Familie, ihre Freunde. Vor Fremden zu weinen ist vielen Menschen unangenehm – und ich bin hergekommen, um zu helfen, nicht, um sie zu trösten. Also vermeide ich es, sie zu berühren, und räuspere mich.

„Ich verspreche Ihnen, dass ich alles in meiner Macht Stehende tun werde, damit Ava bei Ihnen bleiben kann. Genau dafür bin ich hergekommen. Und glauben Sie mir: Ich verliere nicht gern."

Müde schaut sie zu mir hoch, und ich kann erahnen, wie schlimm die letzten Tage und Wochen für sie gewesen sein müssen. Als sie mich aufmerksam mustert, wird ihr Blick wieder klarer.

„Sind Sie gut auf Ihrem Gebiet?"

„Klingt es sehr arrogant, wenn ich sage, dass ich eine der Besten bin?"

Isabella lächelt schwach.

„Ein klein wenig. Aber es beruhigt mich auch ungemein."

„Okay." Ich lächle ebenfalls. „Dann sage ich Ihnen jetzt, dass ich eine der Besten bin."

Jetzt ist sie es, die nach meiner Hand greift.

„Danke. Danke, dass Sie da sind und sich um uns und Ava kümmern."

„Das ist mein Job, und ich mache ihn sehr gerne."

„Gut!" Isabella hat die Tränen mittlerweile weggeblinzelt. „Das ist sehr gut."

Nur wenige Minuten später kommt Isabellas Mann Jayden nach Hause, der ebenso müde und abgespannt wirkt wie seine Frau.

Er ist genauso kooperativ wie Isabella, auch wenn er mir nicht viel Neues zu erzählen hat.

„Sie haben die Akte ja sicherlich gelesen", beendet er schließlich seinen Bericht. „Die Dinge sind kompliziert geworden, noch viel komplizierter, als wir sie uns je vorgestellt hätten. Wenn Ava jetzt wirklich zu ihrer leiblichen Großmutter gehen muss, wir gezwungen sind, sie wieder herzugeben …" Seine Stimme bricht, und seine Worte bleiben in der Leere des Raumes hängen.

Beinahe im selben Augenblick fängt Ava in ihrem Stubenwagen an zu schreien, und Jayden steht auf, um zu ihr zu gehen.

„Bitte entschuldigen Sie“, sagt Isabella, als sie aufsteht, um ihm zu folgen.

„Bitte, lassen Sie sich Zeit!“ Denn wenn ich ehrlich bin, habe ich gerade gar nichts dagegen, ein paar Minuten hier zu sitzen und meine Gedanken zu sortieren. Eine kleine Pause ab und an erhöht nachweislich die Produktivität.

Ich nutze die Zeit, um einen Schluck von meinem Tee zu trinken, den Isabella mir vorhin gekocht hat und der mittlerweile beinahe kalt geworden ist, außerdem sehe ich mich zum ersten Mal an diesem Abend wirklich in Ruhe in der Küche um.

Der Raum ist überdurchschnittlich groß, eine Küche, die für eine Großfamilie wie geschaffen erscheint. Sehr viel Holz und weiße Wände harmonieren perfekt mit einem modernen Landhausstil, das Ganze wird von einem Holzofen in einer Ecke abgerundet, in dem ein munteres Feuer brennt und der den Raum behaglich erscheinen lässt.

Da Weihnachten vor der Tür steht, ist obendrein alles voller Weihnachtsdeko, traditionell in Rot und Grün. Hier sieht es aus wie in einem kitschigen Familienfilm, und ich spüre etwas, was ich schon lange nicht mehr gespürt habe – einen Anflug von Eifersucht.

In Küchen wie dieser sitzt man als Familie gemütlich zusammen, und zwar an jedem Tag. Aber Weihnachten … Weihnachten, da bin ich mir ganz sicher, wird ein absolutes Highlight sein. Nicht dieses gezwungene Beisammensein, wie es in anderen Familien der Fall ist, sondern ein Treffen, bei dem man sich aufrichtig darüber freut, einander zu begegnen, und bei dem Weihnachten nur den feierlichen Rahmen für eine solche Begegnung bietet.

Ich ertappe mich dabei, wie ich unkoordinierte Kreise neben meine Notizen male, und lege den Bleistift ärgerlich zur Seite.

Überall erzähle ich, dass ich nicht viel Wert auf Weihnachten lege, was auch durchaus der Wahrheit entspricht. Allerdings würde ich genau das gerne tun. Ich würde gerne Wert auf Weihnachten legen; ich würde gerne Wert auf meine Familie legen. Es ist nicht so, als ob sie mir egal wären, aber manchmal denke ich, dass meine Eltern mir nicht so viel bedeuten, wie sie es vielleicht sollten – was daran liegen mag, dass ich ihnen vermutlich ebenfalls nicht so viel bedeute, wie ich es könnte.

Seit Jahren beschäftige ich mich mit dem Leid und dem Glück von Familien, und immer wieder werden mir Gefühle beschrieben wie die, die Isabella für Ava empfindet. Jedes Mal ist das etwas, was mir zwar theoretisch verständlich ist, das ich aber praktisch nicht begreifen kann. Obendrein wage ich zu bezweifeln, dass meine Eltern jemals solche Gefühle für mich gehegt haben, und außerdem bin ich mir ziemlich sicher, dass ich selbst nicht dazu in der Lage bin, in einer solchen Intensität zu fühlen, was ich gleichermaßen erschreckend und beruhigend finde. Erschreckend, weil ich mich frage, ob irgendein Teil in mir nicht richtig entwickelt ist, und beruhigend, weil ich mir sicher bin, dass es mir eine Menge Kummer erspart. Je weniger man fühlt, desto geringer ist die Gefahr, verletzt zu werden und außer

Kontrolle zu geraten – und ich liebe es, alles unter Kontrolle zu haben.

Seufzend schiebe ich die Zettel vor mir so zusammen, dass ihre Unterkante parallel zur Tischkante liegt, dann kommt Isabella zurück, eine schreiende Ava auf dem Arm.

Lächelnd blicke ich in das kleine Gesichtchen des Säuglings, das nun vom Schreien gerötet ist.

„Sie hat Hunger. Ich mache ihr nur schnell ihr Fläschchen zurecht, anschließend können wir weitermachen“, sagt Isabella entschuldigend und gibt das brüllende Mädchen an ihren Mann weiter. Sie wirken so vertraut miteinander, als würden sie immer wissen, dass auf den anderen zu hundert Prozent Verlass ist, egal, was passiert. Sie werden die perfekte glückliche Familie sein, sobald die Angelegenheit hier geklärt ist.

Meine Gedanken werden durch das Klingeln von Jaydens Handy unterbrochen.

„Bitte entschuldigen Sie, aber da muss ich kurz rangehen. Ich warte noch auf die Rückmeldung wegen einiger Laborwerte …“ Ein wenig hilflos blickt er sich im Raum um, dann kommt er mit dem schreienden Baby auf dem Arm auf mich zu. „Kleinen Moment bitte“, murmelt er ins Telefon und sieht mich dabei an. Ich erahne seinen Plan, und in mir passiert etwas, was ich nicht aufhalten kann. Auf einmal wird mein Mund ganz trocken, und in meiner Brust bildet sich dieses unangenehme Gefühl von Enge, das mir so vertraut ist. Bevor er dazu kommt, mich darum zu bitten, Ava kurz zu nehmen, stehe ich auf und halte meine Aktentasche wie einen Schutzschild vor mich.

„Ich denke, ich lasse Sie für heute Abend allein, und wir machen morgen weiter.“ Auf einmal fühle ich mich völlig erschöpft. „Für heute habe ich genug Informationen gesammelt. Ich danke Ihnen für Ihre Hilfe!“

Reichlich überstürzt sammle ich alle Unterlagen zusammen und greife nach meinem Mantel. Ich muss raus hier, und zwar so schnell wie möglich.

Nach ein paar flüchtig gemurmelten Abschiedsformeln stolpere ich durch die Küchentür hinaus, die direkt ins Freie führt und durch die ich vorhin mit Isabella hereingekommen bin.

Die eiskalte Luft draußen bildet einen so starken Kontrast zu den behaglichen Temperaturen in der Küche, dass sie mir einen Moment lang den Atem raubt. Ich gehe ein paar Schritte weiter, lehne mich dann an einen Baum und warte darauf, dass sich mein viel zu schnell schlagendes Herz wieder beruhigt.

Ich hasse diese Panikanfälle, die sich mal mehr, mal weniger stark ausgeprägt bei mir zeigen. Meistens kommen sie ohne ersichtlichen Grund, und ich fühle mich ihnen ausgeliefert, ein Gefühl, das für mich ebenso schrecklich ist wie der Anfall selbst.

Aber ich kenne es schon, es dauert ein, zwei Minuten, dann wird es wieder besser, und zum Glück ist es bisher immer nur in Situationen passiert, in denen es außer mir hoffentlich niemand mitbekommen hat.

„Ms. Donovan? Geht es Ihnen nicht gut?“

Langsam öffne ich die Lider wieder und blicke direkt in die intensiv grünen Augen von Nathan Callery, über denen sich ein Paar dunkler Brauen fragend zusammengezogen hat.

So viel zum Thema: Es bekommt nie jemand mit.

„Es ist nichts. Alles in bester Ordnung.“ Hoffentlich sieht mein Lächeln weniger unnatürlich aus, als es sich anfühlt. „Ich genieße bloß die kühle, klare Luft hier draußen. Wissen Sie … in Boston gibt es so etwas selten. In großen Städten ist die Luft einfach irgendwie anders.“

Als ich wieder losgehen will, stolpere ich über die Aktentasche zu meinen Füßen, die ich vorhin anscheinend habe fallen lassen, ohne dass ich es bemerkt habe.

+++

Mit einem unterdrückten Fluch fängt Nathan Dana auf, als sie ins Straucheln gerät und direkt in seine Arme fällt.

Von wegen, es ist nichts.

Es ist immer irgendwas. Nur dann nicht, wenn man eine Frau fragt, was mit ihr los sei. Dann ist angeblich nie etwas. Ein seltsames, aber leider weit verbreitetes Phänomen.

„Anscheinend ist Ihnen die frische Luft zu Kopf gestiegen.“ Nathan hält Dana an der Taille eng umfangen, und trotz der Lagen dicker Winterkleidung zwischen ihnen kann er spüren, wie sich ihre Brüste gegen seinen Körper drücken und sich unter ihrer viel zu schnellen Atmung heben und senken.

Na, sieh mal einer an, die Eisprinzessin hat Kurven!

Vorher muss ihm völlig entgangen sein, wie üppig sie ausgestattet ist. Seltsam, normalerweise entgeht ihm so etwas nie.

In den unteren Regionen von Nathans Körper beginnt sich etwas zu regen, und er schiebt Dana von sich, bevor es ihr auffallen könnte. Einen Augenblick lang hält er sie noch sanft an den Oberarmen fest, bis er sich sicher sein kann, dass sie fest auf ihren eigenen Füßen steht, dann lässt er sie los, um sich nach ihrer Aktentasche zu bücken.

„Kommen Sie, ich bringe Sie zurück zur Pension."

„O nein, danke. Das wird nicht nötig sein. Ich freue mich schon den ganzen Abend auf einen kleinen Spaziergang und ein bisschen Ruhe." Dana fährt mit den Händen über ihr Haar, als wolle sie sichergehen, dass noch alles an Ort und Stelle sitzt; aber nicht eine Strähne hat es bisher gewagt, den glatten, strengen Chignon zu verlassen.

„Was denn, Sie wollen nicht reden? Ich dachte, Sie wären so versessen darauf."

Ein wenig irritiert sieht sie ihn an, beinahe so, als wäre sie bisher gar nicht richtig anwesend gewesen; schließlich setzt sie ein kleines, schiefes Lächeln auf, das ihr Gesicht auf einmal viel sanfter wirken lässt.

„Ich habe meine Wörter für heute anscheinend verbraucht." Sie versucht, nach ihrer Aktentasche zu greifen, aber Nathan ist schneller und setzt sich einfach in Bewegung.

„Also gut, dann bringe ich Sie eben schweigend zurück zu Ihrer Pension. Es ist dunkel, und außerhalb des Grundstückes ist die Beleuchtung eher dürftig."

„Es sind nur ein paar Meter. Ich verfüge über einen hervorragenden Orientierungssinn und bin mir sicher, dass ich den Weg problemlos allein finden werde. Außerdem habe ich eine Taschenlampe dabei."

Eine Taschenlampe?

Ja, natürlich hat sie das, Frauen wie Dana Donovan haben gerne alles unter Kontrolle und sind vermutlich auf jegliche Eventualitäten vorbereitet.

Sie verliert nicht gerne, hat sie gesagt – aber Nathan liebt es ebenfalls, zu gewinnen. Aufgeben kam für ihn noch niemals infrage, und sei es nur bei Kleinigkeiten.

Also ignoriert er ihre Einwände einfach und geht los, Danas Aktentasche fest in der Hand, sodass sie gezwungen ist, ihm zu folgen.

Was sie auch macht, allerdings nicht, ohne dabei demonstrativ mit der Taschenlampe umher zu leuchten und beharrlich zu schweigen.

Erst vor der Tür der kleinen Pension, in der sie untergebracht ist, überreicht ihr Nathan ihre Tasche.

„Und?", fragt sie und legt beinahe provozierend den Kopf schief, während sie seinem Blick ohne Mühe standhält.

„Was und?", erwidert Nathan.

„Fühlen Sie Sich jetzt besser? Hat es Ihren Ritter-in-strahlender-Rüstung-Drang befriedigt, dass Sie mich nach Hause gebracht haben? Oder wovon träumen kleine Jungs, die zu viel Zeit in Pfadfindervereinen verbracht haben, sonst so?"

In ihren Augen blitzt es und ihre Brauen sind in die Höhe gezogen. Er kann leider nicht deuten, ob sie amüsiert oder verärgert ist.

„Ich bin schon lange kein kleiner Junge mehr“, antwortet er und beugt sich zu ihr vor, nah genug, dass er ihren Duft einatmen kann. Sie duftet süß und weiblich, nach Honig und nach sonnengereiften Pfirsichen, ein Geruch, der so gar nicht in diese kalte Winternacht passen will und ihn dazu bringt, dumme Sachen zu sagen. „Nach meinen Träumen solltest du mich lieber nicht fragen, Süße. Die sind bereits seit Jahren nicht mehr jugendfrei.“

Dann dreht er sich um und geht zurück nach Hause. Dabei summt er fröhlich vor sich hin, einfach nur deshalb, weil er davon ausgeht, dass sie sich darüber ärgern könnte.

+++

Kapitel 5

Eine ganze Weile noch bleibe ich stehen und blicke Nathan Callery ein wenig fassungslos hinterher.

Ich kann Typen wie ihn nicht ausstehen. Männer, die von sich zu sehr überzeugt sind, die zum einen davon ausgehen, dass keine Frau ihrem ach so unglaublichen Charme widerstehen kann, und zum anderen offenkundig der Meinung sind, dass man nicht auf sich allein aufpassen kann, nur weil man weiblichen Geschlechts ist.

Männern wie ihm begegne ich immer wieder, in Juristenkreisen muss es irgendwo ein Nest von solchen Möchtegern-Alphas geben. Ich bin schon lange darüber hinweg, mich ernsthaft über sie zu ärgern, denn ansonsten würde ich vermutlich den halben Tag lang nichts anderes tun.

Dennoch hat Nathan es geschafft, mich irgendwie aus der Reserve zu locken. Eindeutig habe ich mich über ihn geärgert; und dann ist da noch ein anderes Gefühl, das er in mir auslöst, dunkler und schwerer zu fassen.

Kopfschüttelnd drehe ich mich um, greife nach der Türklinke, betrete das kleine Gebäude, lächle Mrs. Baker zu, die gerade um die Ecke biegt, und suche umgehend mein Zimmer auf, bevor sie dazu kommt, mich in ein Gespräch zu verwickeln.

Ein heißes Bad und ein paar Stunden Schlaf – und morgen früh werde ich mich wie neu geboren fühlen.

Nur wenige Minuten später ziehe ich mich aus, lasse mich in das heiße Wasser der Badewanne gleiten und schalte die Whirlpoolfunktion an.

Wohlig schließe ich die Augen, lehne mich an und warte darauf, dass die erhoffte Entspannung endlich einsetzt.

Ich warte …

Und warte!

Und warte.

Tatsächlich kommt mein Körper ein bisschen zur Ruhe. Mir wird wieder warm, meine Atmung beruhigt sich endgültig, aber ich bekomme den Kopf einfach nicht frei.

Jedes Mal, wenn ich einen Versuch starte, meine Lider länger als ein paar Sekunden zu schließen, sehe ich ein Paar moosgrüner Augen vor mir, die mich in einer Mischung aus Amüsement und Empörung anblicken. Sobald es mir gelingt, dieses Bild aus meinem Kopf zu vertreiben, wird es abgelöst von der Erinnerung an Säuglinge und Kleinkinder in verschiedensten Phasen von Leid, Krankheit und Tod, was eindeutig noch schlimmer ist.

Ich weiß nicht, warum mir dieser Fall so viel stärker unter die Haut geht als andere. Normalerweise gelingt es mir deutlich besser, mich zu distanzieren – denn auch wenn es herzlos klingen mag, ist eine gewisse Distanz überlebenswichtig. Zu viele Emotionen meinerseits lassen mich unprofessionell werden und den Blick fürs Wesentliche verlieren. Außerdem macht mangelnder Abstand zu den Fällen auf Dauer krank. Das bedeutet nicht, dass ich nicht mitfühlend wäre, aber es ist von enormer Wichtigkeit, dass man nicht alles so nah an sich heranlässt. Dazu bekomme ich viel zu viel Elend und zu tiefe menschliche Abgründe mit. Seit ich gelegentlich Probono-Fälle aus einer Beratungsstelle für sozial schwache Kinder und deren Familien übernehme, ist es noch schlimmer geworden. Immer wieder spielen häusliche Gewalt und Missbrauch eine Rolle, und irgendwann muss man lernen, damit umzugehen, ohne sich jede Nacht in den Schlaf zu weinen, ansonsten macht man den Job nicht lange.

Ich habe am eigenen Leib erfahren müssen, was es bedeutet, wenn man zu viel Elend miterleben muss, ohne dabei über die entsprechenden seelischen Schutzmaßnahmen zu verfügen – weil ich einfach noch zu jung war, als meine Eltern mich im Rahmen des Entwicklungshilfeprogramms, für das sie arbeiten, mit nach Afrika genommen haben. Ich habe zu viel gesehen und erlebt in einem Alter, in dem ich noch nicht bereit dafür war, und wenn ich abends deswegen geweint habe, wenn ich die Augen vor all dem Elend nicht verschließen konnte, haben meine Eltern mich ermahnt, dass ich mich gefälligst zusammenreißen solle. Dass ich mich nicht so anstellen möge und stattdessen Dankbarkeit an den Tag zu legen hätte, weil es mir viel besser gehe als den ganzen Kindern, die jeden Tag um ihr Überleben kämpfen müssen.

Natürlich hatten sie ein Stück weit recht damit, es ging mir ja tatsächlich besser als den Kindern, denen ich tagtäglich beim Sterben zugeschaut habe. Den Säuglingen, die ich im Arm gehalten habe und die dermaßen entkräftet waren, dass sie den nächsten

Morgen nicht mehr gesehen haben. Bei all dem habe ich sehr schnell gelernt, dass es besser ist, auf Distanz zu bleiben, um sich selbst zu schützen, dass man es im Leben einfacher hat, wenn man keine zu engen Bindungen eingeht und bloß niemanden zu sehr in sein Herz schließt.

Eigentlich ist es mehr als seltsam, dass es mir mitunter dennoch nicht gelingt, emotionalen Abstand zu halten.

Müde reibe ich mir die Augen und klettere aus der Wanne.

In solchen Fällen hilft nur eines: Den Fernseher anschalten, irgendein möglichst unverfängliches Programm heraussuchen und so lange zuschauen, bis einem wie von selbst die Augen zufallen.

Als ich am nächsten Morgen aufwache, fühle ich mich wieder erstaunlich fit, und das, obwohl ich bloß wenige Stunden Schlaf gefunden habe.

Nachdem ich eine heiße Dusche genommen, mich angezogen und geschminkt habe, koche ich mir einen extrastarken Kaffee und bin überaus dankbar dafür, dass mein Zimmer mit dem Luxus einer Kaffeemaschine ausgestattet ist. Anschließend rufe ich Sally an, um sie zu bitten, für mich nach Referenzfällen zu recherchieren, denn der Fall von Ava ist komplizierter, als ich zunächst gedacht hatte.

„Bist du Nathan Callery schon begegnet?“ Sally klingt völlig entzückt bei dem Gedanken.

„Ja, er hat mich gestern vom Flughafen abgeholt.“ Von unserer abendlichen Begegnung erzähle ich ihr nichts – sie muss schließlich nicht alles wissen.

„Und?“

„Was und?“

„Ist er tatsächlich so heiß, wie ich gedacht habe? Sind seine Augen wirklich so wahnsinnig grün?“

Ich muss lachen.

„Was nützt es dir denn, so etwas zu wissen?“

„Man nennt das gesunde Neugier.“

„Neugier bringt die Katze um, hast du das nicht gewusst?“

„Du bist doch selbst der neugierigste Mensch, den ich kenne. Du fragst deinen Mandanten ein Loch in den Bauch, bis sie ihr Innerstes nach außen gekrempelt haben und es kein Geheimnis mehr gibt, das sie für dich nicht preisgegeben haben …“

„Dasselbe mache ich übrigens auch mit den Mandanten der Gegenpartei, vorzugsweise vor Gericht!“, antworte ich nicht ganz ohne Stolz. „Allerdings nennt man das in meinem Fall nicht Neugierde, sondern Recherche beziehungsweise Befragungstechnik.“

„Nenn es, wie du willst, aber es läuft auf dasselbe hinaus, nämlich den Gewinn von Informationen, die man vorher nicht hatte. Und genau darum geht es auch, wenn man neugierig ist.“

„Also gut, ich gebe mich geschlagen. Nathan Callery sieht genauso aus wie auf den Fotos, und seine Augen sind tatsächlich erstaunlich grün. Bist du jetzt zufrieden?“

„Hattest du Sex mit ihm?“

Ich verschlucke mich an meinem Kaffee und bekomme einen heftigen Hustenanfall.

„Wie bitte?“

„Du bist doch sonst so clever. Was gab’s denn an dieser Frage nicht zu verstehen?“

„Wieso sollte ich denn Sex mit ihm gehabt haben?“, frage ich noch immer keuchend und von Hustenattacken geplagt.

„Er ist heiß und Single, und du bist auch heiß und du bist Single.“

„Und genau das will ich auch bleiben.“ Langsam bekomme ich wieder etwas besser Luft.

„Du sollst ihn ja auch nicht gleich heiraten. Aber so ein kleines Abenteuer könnte dir durchaus guttun.“

„Er ist der Bruder meiner Mandantin.“

„Dann warte, bis du den Fall abgeschlossen hast. Entspann dich mal und gönn dir ein bisschen was. Du hast dieses Jahr so viele Überstunden gemacht, dass du dir etwas Spaß verdient hast. Niemand würde dir das übel nehmen.“

„Das ist unprofessionell. Ich selbst würde mir das übel nehmen!“

„Wie du meinst.“ Ich kann beinahe vor mir sehen, wie sie lächelnd mit den Schultern zuckt. „Aber wenn du es dir doch anders überlegen solltest, will ich einen ganz genauen Bericht.“

„Schick du mir lieber die Berichte über die Referenzfälle“, antworte ich lachend.

„Wird erledigt. Ich melde mich, sobald ich etwas gefunden habe.“

Wir verabschieden uns und ich lege grinsend und kopfschüttelnd auf. Bei all ihrer Flapsigkeit ist Sally die beste Assistentin, die ich jemals hatte. Sie ist loyal, schnell und gründlich, und außerdem meint sie es vermutlich nur gut mit mir. Obendrein hat sie wahrscheinlich recht, ich sollte wirklich mal wieder etwas für mich selbst tun. Sex mit Nathan Callery ist dabei allerdings trotzdem ausgeschlossen.

Kapitel 6

+++

„Ist die Eisprinzessin noch gar nicht hier?" Nathan kommt in die Küche geschlendert und sieht sich um.

„Nenn sie nicht so!" Isabella klingt vorwurfsvoll und schaut über die Schulter, als könne Dana Donovan jeden Augenblick wie aus dem Nichts auftauchen. „Sie ist sehr nett und erscheint wahnsinnig kompetent. Außerdem ist sie unsere einzige Hoffnung."

Nett.

Da ist dieses Wort wieder. Doch auch heute kann Nathan *nett* und Dana Donovan nicht unter einen Hut bringen.

Kratzbürstig. Starrköpfig. Überemanzipiert. Obendrein wahnsinnig sexy; das alles wären Attribute, die zu ihr passen könnten, aber gerade bei Letzterem wird er einen Teufel tun und seiner Schwester davon berichten. Er hat einfach keine Lust, sich irgendwelche Vorträge anzuhören, weder über seine Wortwahl noch über sein Verhalten Frauen gegenüber, und erst recht nicht darüber, dass er endlich mal zur Vernunft kommen und selbst eine Familie gründen sollte.

Eine Familie ist das Letzte, was Nathan sich aufhalsen will, zumindest keine eigene. Er spielt gerne den Babysitter für Ava, solange Isabella das zulässt, und er freut sich schon darauf, wenn die Kleine alt genug ist, um ihr beizubringen, wie man Fahrrad fährt, Schlittschuh läuft oder Blödsinn macht. Doch eigene Kinder? Nicht in diesem Leben! Denn in diesem Leben hat er bereits genug Verantwortung übernommen, mehr als genug.

„Weißt du noch, wie du früher immer für uns gekocht hast?" Manchmal ist es, als könnte Isabella seine Gedanken lesen. Er lächelt weich, als er ihr dabei zusieht, wie sie sich mit Ava im Arm in den großen Liegestuhl neben dem Kamin setzt, ohne dabei den Blick vom Gesicht ihrer Tochter zu nehmen. „Bis heute bin ich davon überzeugt, dass die Nudeln mit Ketchup, die du uns gekocht hast, die leckersten der Welt waren."

„Dass du dich überhaupt noch daran erinnerst …"

„Oh, ich erinnere mich noch an einiges, Nathan. Ich habe es dir vielleicht nie gesagt, aber ich habe mich immer sicher gefühlt, wenn du da warst. Auch wenn Mom mal wieder nicht nach Hause gekommen ist … Im Nachhinein betrachtet ist das natürlich albern, denn du warst ja selbst noch ein Kind, nur fünf Jahre älter als ich. Trotzdem war ich jahrelang fest davon überzeugt, dass mir nichts passieren kann, wenn du da bist. Auch später noch, als ich größer war."

„Das freut mich sehr." Das tut es wirklich, denn so hat wenigstens einer von ihnen beiden eine halbwegs unbeschwerte Kindheit erleben dürfen, solange man denn von unbeschwert sprechen kann. Nathan selbst kann sich eigentlich gar nicht daran erinnern, so etwas wie eine Kindheit gehabt zu haben. Seit er denken konnte, war Isabella da, für die er die Verantwortung übernehmen musste. Ein kleines, hilfloses Würmchen, das außer ihm niemanden auf der Welt hatte, weil ihre leibliche Mutter ständig unterwegs war. Die meiste Zeit war sie damit beschäftigt, irgendwo Geld aufzutreiben, um ihre Sucht finanzieren zu können, und sobald ihr das gelang, war sie zu zugedröhnt, um sich um ihre beiden Kinder zu kümmern.

„Ich will gar nicht daran denken, was aus Ava wird, wenn sie nicht bei uns bleiben darf. Und sie hat keinen großen Bruder, der auf sie achtgibt.“ Isabellas Stimme klingt seltsam dünn, wie so oft in den letzten Tagen.

„Das wird nicht passieren, Bella. Wir alle werden auf sie achtgeben. Ihr ganzes Leben lang wird sie so viele Erwachsene um sich herum haben, die auf sie aufpassen, dass sie wahrscheinlich spätestens an ihrem dritten Geburtstag damit beginnen wird, die Tage zu zählen, bis sie endlich ausziehen und aufs College gehen kann, damit sie mal nicht auf Schritt und Tritt überwacht wird.“

Isabella schnieft verdächtig, doch als sie zu Nathan hochsieht, lächelt sie wieder.

„Ich hoffe es. Ich hoffe es so sehr.“

+++

„Wie läuft es bei Ihnen, Dana?“ Dass mein Chef mich anruft, ist ein eindeutiges Zeichen dafür, wie wichtig ihm dieser Fall ist, denn normalerweise kontrolliert er mich nie. Zumindest nicht so, dass ich es mitbekomme.

„Es ist kompliziert“, antworte ich. „Das Problem liegt darin, dass Avas leibliche Mutter gestorben ist, bevor sie den endgültigen Adoptionsvertrag unterzeichnet hat, und jetzt will die Großmutter das Kind für sich haben.“

„Ist sie an den Folgen der Geburt gestorben?“

„Das ist nicht ganz klar, sie ist nicht obduziert worden. Aber es sieht so aus, als wäre sie zu Freunden abgehauen, und hätte dort Drogen genommen, höchstwahrscheinlich eine Überdosis. Bei der Geburt gab es Komplikationen und einen Notkaiserschnitt, und Avas Mutter hätte eigentlich mehrere Tage im Krankenhaus bleiben müssen; die Callerys hätten ihr diesen Aufenthalt finanziert. Es war bereits alles organisiert, auch die zuständigen Betreuer von der Adoptionsagentur sowie das Sozialamt waren informiert, sodass sie nach drei Tagen in die Klinik gekommen wären, um dort die letzten nötigen Gespräche mit Avas Mutter zu führen. Auch die Unterlagen, die sie noch hätte unterzeichnen müssen, waren schon vorbereitet. Es war ja längst klar, dass sie der Adoption zustimmt, dennoch müssen die drei Tage Bedenkzeit natürlich immer eingehalten werden."

„Natürlich."

„Nun gibt es zwei Probleme: Zum einen haben die Callerys an Tag zwei Ava einfach aus dem Krankenhaus mitgenommen, ohne sich etwas dabei zu denken. Dem Baby ging es gut, und da Jayden als Arzt im selben Krankenhaus ist, hat auch niemand eingegriffen, als sie Ava mit nach Hause nehmen wollten. Es hat sich vermutlich niemand Sorgen deswegen gemacht – denn eigentlich war die Sache ja klar. Nur rechtlich sieht das natürlich leider ein wenig anders aus."

„Das ist nicht gut …"

„Nein, das ist gar nicht gut. Im Prinzip könnten sie eine Anzeige wegen Kindesentführung bekommen, ich gehe jedoch davon aus, dass die Kinderschutzbehörde darüber hinwegsehen wird und Avas Großmutter hoffentlich nicht clever genug dafür ist. Ava durfte ja bisher auch hierbleiben und ist nicht in eine Pflegestelle gekommen. Ein Vorteil, wenn man irgendwo wohnt, wo jeder jeden kennt. Im Prinzip war die Adoption ja auch in trockenen Tüchern."

„Aber die Unterschrift fehlt noch immer."

„Genau. Und nun sieht die Großmutter ihre Chance."

„Weil das Baby das letzte ist, was sie an ihre verstorbene Tochter erinnert?"

„Zumindest behauptet sie das." Mit der flachen Hand streiche ich über meine bisher angesammelten Unterlagen. „Allerdings war sie für ihre eigene Tochter nicht gerade eine liebevolle oder fürsorgliche Mutter. Soweit ich das den Akten entnehmen kann, wollte sie ihre Enkeltochter vorher nicht haben, und ihre Tochter hat sie ebenfalls hinausgeworfen, als diese erst sechzehn Jahre alt war."

„Manchmal ändern Menschen ihre Meinung, wenn ihnen ein Unglück widerfährt so wie der Tod der Tochter."

„Möglich." Ich zucke mit den Schultern. „Doch ich befürchte, dass ich vor dem Gerichtstermin kaum eine Chance haben werde, mit Avas Großmutter zu sprechen. Aber mein Instinkt sagt mir, dass es wohl eher finanzielle Beweggründe sind, die sie antreiben."

„Weil sie Geld für das Mädchen bekommen könnte?"

„Ganz genau."

„Bleiben Sie dran, Dana. Vielleicht lassen sich ja ein paar Beweise auftreiben."

„Ich gebe mein Bestes. Heute Mittag werde ich der Kinderschutzbehörde einen Besuch abstatten und sehen, was ich dort erreichen kann. Allerdings ist es bereits sicher, dass die Sache vor Gericht gehen wird. Durch die fehlende Unterschrift ist es zu kompliziert."

„Ich vertraue darauf, dass Sie das hinbekommen!“

„Wenn ich vom Amt zurück bin, werde ich Ihnen ein Update schicken.“

„In Ordnung. Wenn Sie wieder zurück in Boston sind, können wir mal über die Gehaltserhöhung reden, die Sie neulich angesprochen haben.“

Nachdem ich mich verabschiedet habe, lege ich grinsend auf. Meinem Chef eine Gehaltserhöhung aus den Rippen zu leiern, gilt eigentlich als mehr oder weniger unmöglich, und es ist für mich noch ein Ansporn mehr, die Sache hier nicht zu versauen.

Kapitel 7

Bevor ich mich auf den Weg zur Kinderschutzbehörde mache, schaue ich noch kurz bei Isabella und Ava vorbei, auch wenn ich bisher nicht viel Neues zu berichten habe.

Nachdem wir gestern in der Wohnküche ihrer Eltern waren, treffen wir uns heute in dem Haus gleich nebenan, in dem sie mit ihrem Mann lebt.

Hier ist es moderner als in der großen Küche, aber nicht weniger gemütlich. Das Baby liegt im Stubenwagen und schläft und hat sich anscheinend auch durch mein Klopfen nicht aufwecken lassen.

„Sie schläft noch so viel." Isabella lächelt wehmütig, als sie auf das schlummernde Kind schaut. „Zum Glück wirkt sich unsere Anspannung nicht negativ auf sie aus. Ich habe mal gelesen, dass Kinder so etwas spüren und man deshalb gerade in den ersten Wochen versuchen sollte, sich so wenig Stress wie möglich auszusetzen. Doch das ist einfach unmöglich. Ich kann nicht ruhig bleiben." Schon wieder hat sie Tränen in den Augen und blinzelt sie energisch weg. „Bitte verzeihen Sie. Sie müssen mich für eine schreckliche Heulsuse halten."

„Machen Sie sich nicht so viele Gedanken, Isabella. Nicht darüber!"

Wir unterhalten uns noch einen Augenblick, dann blicke ich auf die Uhr.

„Ob Sie mir bitte ein Taxi rufen könnten? Ich befürchte, es ist zu weit, um zu Fuß zum Amt zu laufen."

„Ja, das ist viel zu weit!", stimmt sie mir zu und schiebt sich die Seitenpartien ihres kinnlangen Bobs hinter die Ohren. „Auf ein Taxi warten Sie hier oben ewig.

Ich werde kurz Nathan anrufen und ihn bitten, dass er Sie fährt."

„Oh, es macht mir gar nichts aus, einen Moment zu warten." Jedenfalls nicht so viel, wie mich von Nathan fahren zu lassen.

„Und Nathan macht es nichts aus, Sie zu fahren. Ich meine, dass er heute ohnehin noch in die Stadt runterfahren will, dann kann er Sie gleich mitnehmen. Ich rufe ihn schnell an."

Zu gerne würde ich widersprechen, aber Isabella hat bereits das Telefon in der Hand, bevor ich auch nur dazu komme, Luft zu holen.

+++

„Verdammt." Fluchen scheint zu seiner neuesten schlechten Angewohnheit zu werden, genau wie der Mangel an Widerspruch, den er Isabella in letzter Zeit entgegenzusetzen hat. Wahrscheinlich liegt es daran, dass er sich bis heute für sie verantwortlich fühlt, ebenso, wie es bereits bei Ava der Fall ist.

Auf gar keinen Fall wird er es zulassen, dass das kleine Mädchen zu seiner Großmutter muss. Eine Frau, die ihn auf frappierende Art und Weise an Isabellas und seine leibliche Mutter erinnert, und leider weiß er viel zu genau, was es bedeutet, bei einem solchen Menschen zu leben. Diese Frau kann noch so oft beteuern, dass sie das Kind nur aus Liebe bei sich behalten will, er weiß aus eigener Erfahrung, dass sie zu diesen Gefühlen vermutlich gar nicht fähig ist.

Seufzend greift er nach seinen Autoschlüsseln. Eigentlich wollte er seinen kostbaren freien Tag damit verbringen, Holz für den Kamin zu hacken. Eine wunderbare Tätigkeit, bei der er hervorragend abschalten und entspannen kann. Whisper kommt um die Ecke getrabt und bleibt mit schief gelegtem Kopf und erwartungsvoll aufgestellten Ohren vor ihm sitzen.

„Nicht jetzt, mein Mädchen. Es tut mir leid. Ich weiß, dass ich dir versprochen hatte, dass wir heute noch in den Wald gehen, aber das müssen wir später erledigen. Erst mal muss ich den Chauffeur für die Eisprinzessin spielen." Whisper bleibt in unveränderter Haltung sitzen und gibt ein kaum wahrnehmbares Winseln von sich. „Hatten wir uns nicht darauf geeinigt, dass du das nicht mehr machst, weil ich Frauen nicht weinen sehen kann, und du nicht manipulativ bist?" Seine Hündin legt den Kopf zur anderen Seite und verstummt schlagartig. „Siehst du, mein Mädchen, und genau deshalb bist du die Beste." Nathan beugt sich zu ihr hinunter und tätschelt ihr den Kopf, bevor er das Haus verlässt, ohne sich noch einmal umzudrehen. Sicher ist sicher, denn Whisper neigt dazu, beim Autofahren zu kotzen, und er weiß nicht so genau, wie cool die Eisprinzessin das finden würde – immerhin hat Isabella ihm mittlerweile mehrfach eingebläut, Dana Donovan bloß nicht zu verärgern.

Trotzdem kann er spüren, wie seine Laune beinahe sekündlich sinkt, während er die paar Meter bis zu Isabellas Haus fährt.

Die Eisprinzessin wartet bereits vor der Haustür auf ihn, ein professionelles Lächeln auf ihrem hübschen Gesicht; aber es wirkt so aufgesetzt, dass er beinahe vermutet, dass sie von diesem kleinen Arrangement ebenso wenig begeistert ist wie er selbst.

Nathan hält an und will gerade aussteigen, als sie die Beifahrertür selbst von außen öffnet und neben ihm auf den Beifahrersitz klettert.

„Ich hoffe, dass es Ihnen keine Umstände macht, mich hinunter in die Stadt zu fahren." Sie beugt sich zur Seite, um sich den Sicherheitsgurt anzulegen, und durch die Bewegung dringt der schwache Duft von Pfirsich und Honig wieder in seine Nase, der ihn für einen kurzen Augenblick aus dem Konzept bringt.

„Ich bringe Sie gerne überallhin, falls Sie das schon vergessen haben."

Der Seitenblick, den sie ihm zuwirft, hätte schwächere Männer als ihn sicherlich umgebracht. Dann lächelt sie wieder, so aufgesetzt zuckersüß, dass er beinahe darüber schmunzeln muss.

„Es mag Sie erstaunen zu hören, dass mein Gedächtnis hervorragend funktioniert. Ich vergesse beinahe nie etwas."

„Darauf möchte ich wetten, immerhin sind Sie eine Frau, und die sind bekanntlich nachtragend."

„Ich würde mich ja dazu hinreißen lassen zu behaupten, dass Sie wie so viele Männer ein ziemlicher Chauvinist sind, aber ich halte nicht viel von sexistischen Äußerungen."

Dabei sieht sie derartig zufrieden mit sich selbst aus, dass Nathan es schlicht nicht übers Herz bringt ihr mitzuteilen, dass sich das gestern Abend noch ganz anders angehört hat.

„Wenn meine Äußerungen Sie stören, würde ich vorschlagen, dass wir einfach schweigen. Das käme mir ohnehin sehr entgegen, ich habe gerne meine Ruhe."

„Also dann!", murmelt sie und wirkt dabei eher irritiert als ernsthaft verärgert.

+++

Beinahe die komplette Fahrt hinunter nach Midway denke ich darüber nach, wie es mir passieren konnte, dass ich mir mit dem Bruder meiner Mandantin derartige Wortgefechte liefere. Normalerweise lasse ich mich nicht so leicht aus der Ruhe bringen oder gar provozieren, und es beunruhigt mich ein wenig, dass Nathan Callery dies mit einer solchen Leichtigkeit gelingt. Zum Glück ist er an dem Fall nicht unmittelbar beteiligt, sodass sich meine Unprofessionalität diesbezüglich in Grenzen hält, aber ich ärgere mich dennoch über mich selbst.

+++

Nun, da Dana Donovan endlich die Klappe hält, muss Nathan feststellen, dass er es irgendwie amüsanter fand, als sie noch geredet hat.

Die Stille im Wagen kommt ihm auf einmal unangenehm vor, also schaltet er das Radio an und sucht einen Sender mit Heavy Metal heraus, den er voll aufdreht.

Dana ist vermutlich eher der Klassik-Typ; er selbst braucht gerade allerdings etwas, um seine Nerven zu beruhigen, und da hilft eindeutig nichts besser als ein bisschen Metallica.

Die Fahrt dauert nicht länger als eine halbe Stunde, und schließlich hält er direkt vor einem hässlichen grauen Gebäude.

„Hier ist die Kinderschutzbehörde; und falls Sie noch zum Gericht wollen – das ist gleich nebenan. Ich komme Sie in zwei Stunden wieder abholen, oder brauchen Sie länger?“

„Machen Sie sich keine Umstände. Ich nehme mir ein Taxi für den Rückweg. Herzlichen Dank fürs Fahren!“

„Kein Taxi. Isabella hat mir eindeutige Anweisungen gegeben, dass ich Sie herfahren und wieder holen soll, und so wie meine Schwester momentan drauf ist, bringt sie mich glatt um, wenn ich mich nicht daran halte. Da Sie nun davon wissen, wäre das bestimmt so etwas wie Beihilfe zum Mord, oder nicht? Das können Sie doch nicht verantworten.“

„Dann also in zwei Stunden.“

Nachdem sie aus dem Wagen gestiegen ist, bleibt Nathan noch stehen und sieht dabei zu, wie sie auf das große, mehrstöckige Gebäude zuläuft, vor dem er angehalten hat. Erst als sie die Tür schon fast erreicht hat, dreht sie sich mit einem breiten Grinsen auf dem Gesicht noch einmal um und winkt ihm zu.

Lachend stellt Nathan die Musik lauter und fährt weiter.

+++

Kapitel 8

Obwohl sowohl bei der Kinderschutzbehörde als auch beim Gericht alle sehr freundlich zu mir waren und mir Einsicht in sämtliche Akten gewährt haben, die ich sehen wollte, fühle ich mich, als wäre mir etwas Wichtiges entgangen. Mein Instinkt trügt mich selten, nachdem ich bereits seit Jahren mit menschlichen Abgründen zu tun habe.

Den ganzen Weg zurück nach White Crossing grüble ich darüber nach, und als ich wieder zurück in der Pension bin, rufe ich eher aus einer Laune heraus bei Sally an.

„Sally, erinnerst du dich noch an dieses angebliche Adoptionsportal, das neulich durch die Presse geisterte?“

„Du meinst diese Internetplattform, in denen Kinder einfach so weitergereicht wurden?“

„Ja, genau die meine ich. Weißt du zufällig, ob dort auch Gelder für Kinder geflossen sind? Vor allem die Preise für Neugeborene würden mich interessieren. Und ob es noch ähnliche Seiten gibt, die noch nicht geschlossen werden konnten. Vielleicht kannst du den Boss mal fragen, ob er ein paar Kontakte spielen lassen kann? Er hat doch neulich erzählt, dass er sich mit einem Staatsanwalt getroffen hat, der vor Kurzem so einen Fall verhandelt hat. Eventuell kann er darüber ein paar Informationen bekommen – schließlich liegen dem Boss die Callerys ja anscheinend ganz besonders am Herzen. Wenn er Fragen hat, soll er mich bitte anrufen.“

„Ich setze mich gleich ran und melde mich, sobald ich Genaueres weiß. Bist du telefonisch erreichbar?“

„Ja, das bin ich. Ich gehe parallel die Informationen noch mal durch, die ich heute beim Gericht und beim Amt bekommen habe. Ich bin mir sicher, dass an Avas Großmutter, Mrs. Stingley, irgendetwas faul ist. Sie will ihre Enkeltochter nicht aus Liebe zu sich nehmen, das glaube ich schlichtweg nicht. Dafür hat sie sich für ihre eigene Tochter viel zu wenig interessiert, sogar als diese schwanger war. Und auch vorher … Avas Mutter ist selbst völlig verwahrlost aufgewachsen. Ich bin, um ehrlich zu sein, erstaunt, dass die Kinderschutzbehörde nicht früher eingeschritten ist und sie von zu Hause weggeholt hat. Sie ist von dort abgehauen, als sie vierzehn war, einen Monat später hat die Polizei sie gefunden und nach Hause gebracht. Ihre Mutter hatte bis dahin nicht mal angezeigt, dass sie überhaupt verschwunden war, obwohl es keinen Abschiedsbrief oder Ähnliches gegeben hat und es anscheinend das erste Mal war, dass Avas Mutter einfach so verschwunden ist. Die Polizisten vor Ort waren wohl völlig entsetzt, aber die Behörden haben es verschlampt. Und das, wo andere Leute schon beinahe ihre Kinder verloren hätten, weil sie ihre Zwölfjährigen ohne Begleitung in die U-Bahn gesetzt haben. Isabella hat mir außerdem ein bisschen über Avas Großmutter erzählt. Ich kann nicht glauben, dass sie die kleine Ava aus sentimentalen Gefühlen oder gar aus Liebe zu sich nehmen will."

„Du glaubst, es geht hier um Geld?"

„Da bin ich mir ziemlich sicher."

„In Ordnung. Ich setze mich sofort mit dem großen Boss in Verbindung und schaue, was ich herausfinden kann. Ich rufe an, sobald ich etwas weiß."

„Danke, Sally." Wenn das jemand hinbekommt, dann sie. Sie hat so eine Art an sich, die Leute dazu bringt, ihr zu helfen, auch wenn sie es eigentlich gar nicht wirklich wollen oder dürfen. Außerdem kennt sie Gott und die Welt und ist selbst mit einigen Staatsanwälten und Richtern per Du. Sally ist wahnsinnig kommunikativ, kontaktfreudig und kompetent.

Es dauert eine ganze Weile, bis mein Telefon klingelt.

„Ich musste ewig rumtelefonieren und habe alle Kontakte spielen lassen, aber es war gar nicht so leicht, etwas zu finden. Es gibt zig Seiten, auf denen sich Eltern von angeblich schwer erziehbaren Kindern über ihren angeblich so unerträglichen Nachwuchs austauschen, und einige von ihnen sind nur zu bereit, ihre Kinder einfach abzugeben." Ich höre Sally tief Luft holen. „Es ist wirklich gruselig, Dana! Sie geben ihre Kinder an völlig Fremde ab, weil sie ihnen zu viel werden. Soweit ich weiß, kann die Behörde in vielen Fällen gar nichts dagegen machen, denn seine Kinder woanders wohnen zu lassen, ist an sich natürlich nicht strafbar, und oft fällt es gar nicht weiter auf. Die Behörden haben erst eine Chance, wenn bereits etwas passiert ist. Und häufig genug auch dann nicht, weil niemand den Missbrauch bemerkt, wenn die Kleinen nicht zum Arzt gebracht werden." Sally räuspert sich, anschließend scheint sie sich ein wenig zu fangen. Ich selbst habe auch schon über solcherlei Seiten gelesen, es wird immer wieder versucht, dagegen anzugehen, meist jedoch vergebens. Das Problem ist, dass sie eigentlich als Eltern-Plattform getarnt sind, wo man sich über Probleme mit seinen Kindern austauscht, was an sich nichts Illegales ist – genau, wie seine Kinder woanders wohnen zu lassen. Erst, wenn es um offizielle Adoption geht, wird es schwierig. Schwierig heißt in diesem Fall teuer – mit ausreichend Geld findet man korrupte Menschen, die berechtigt sind, die richtigen Stempel auf das Papier zu setzen. „Jedenfalls habe ich mich mit dem Staatsanwalt in Kontakt gesetzt, von dem du gesprochen hast. Er hat mir Zugang zu einer ansonsten gut geschützten Seite besorgt, die man nur über streng geheime Einladungen und so weiter finden kann – keine Ahnung, wie Avas Gruselgranny diese Seite entdeckt hat. Wahrscheinlich hat es genügt, dass sie die richtige Ware anzubieten hat, wenn du verstehst, was ich meine. Denn auf dieser Seite bietet eine Frau ab Neujahr einen weißen, weiblichen Säugling an, der Geburtstag des Kindes stimmt mit dem von Ava überein. Die Frau, die die Anzeige geschaltet hat, hat kein Geheimnis daraus gemacht, woher sie kommt, und geschrieben, dass sie mit dem Kind überallhin umziehen würde, wenn es die Adoption vereinfachen sollte, solange nur die Bezahlung stimmt. Natürlich hat sie das etwas netter umschrieben, trotzdem ist es recht eindeutig. Die Leute fühlen sich auf dieser Seite sicher, weil sie eben nicht so leicht und schon gar nicht über Google zu finden ist. Du kennst ja diesen Sumpf im Darknet, wo Menschen wie ein Sack Kartoffeln gehandelt werden können und kaum jemand rankommt. Ich selbst hätte auch keine Chance gehabt, aber ich hatte ja zum Glück jemanden, der die Vorarbeit für mich erledigt hat."

„Kannst du erkennen, ob sich jemand auf ihre Anzeige gemeldet hat?"

„Ja, wenn man sich dort erst einmal einen Account eingerichtet hat, kann man einen großen Teil ihrer Nachrichten lesen. Ähnlich wie bei sozialen Netzwerken gibt es die Möglichkeit, Nachrichten öffentlich auf ihrer Seite zu posten oder ihr persönliche Nachrichten zukommen zu lassen, die nur sie selbst lesen kann. Bis auf die Verhandlungen über das Geld sind die Leute dort tatsächlich dreist genug, ihre Anfragen mehr oder weniger öffentlich zu stellen."

„Wie lange arbeitest du jetzt als Assistentin in diesem Bereich? Es wundert mich, dass es überhaupt noch etwas gibt, das dich verwundern kann. Wir haben doch auch gemeinsam schon so viele Dinge erlebt und gesehen, die uns schlicht fassungslos gemacht haben. Sowohl was die Unverschämtheit als auch was die Dummheit mancher Menschen angeht."

„Natürlich haben wir das, aber wahrscheinlich bin ich einfach so naiv, dass ich weiterhin noch an das Gute im Menschen glauben will."

Ich muss lächeln.

„Ich denke, du bist nicht naiv, sondern herzensgut."

Sally seufzt erneut.

„Wie auch immer: Mrs. Stingley ist auf zwei Anfragen näher eingegangen. Eine stammt aus New York, eine andere aus einem kleinen Ort in Kalifornien. Ich maile dir gleich Links und Bildschirmkopien von den entsprechenden Seiten."

„Du bist großartig, Sally!"

„Ich weiß." Ich kann ihr Lächeln beinahe hören. „Wenn noch irgendetwas ist, musst du länger klingeln lassen. In einer halben Stunde fängt die Büro-

Weihnachtsfeier an, und ich weiß nicht, ob ich das Telefon sofort höre."

„In Ordnung. Ich danke dir für deine Hilfe! Viel Spaß auf der Feier, und trink dir bloß niemanden zu schön."

Sie lacht.

„Ich glaube nicht, dass das passieren wird. So viel Alkohol kann es gar nicht geben! Außerdem will ich heute nicht so lange bleiben. Ich habe schon den ganzen Tag Kopfschmerzen und freue mich auf eine warme Wanne und mein Bett."

„Dann wünsche ich dir gute Besserung."

„Danke. Halt mich bitte auf dem Laufenden wegen deines aktuellen Falls."

„Das mache ich. Wir hören uns morgen!"

Nachdem ich aufgelegt habe, rufe ich meine Mails ab und gehe die Bildschirmkopien und Daten durch, die Sally mir geschickt hat.

Im Prinzip ist das alles recht eindeutig; das Problem ist, dass ich keine Namen habe. Natürlich sprechen die Indizien dafür, dass es sich bei der Dame, die sich perverserweise „Lovin'Granny", also liebende Großmutter, nennt, um Mrs. Stingley handelt, doch freiwillig zugeben wird sie das natürlich nicht. Die einzige Chance, die ich habe, um das tatsächlich zu beweisen, wäre, den Serveranbieter dieser Plattform zu der Herausgabe der Daten zu zwingen. Aber aus Erfahrung weiß ich, dass dies bis morgen niemals klappen wird, da man dazu normalerweise einen richterlichen Beschluss braucht – und auch wenn meine Pensionswirtin mich *Euer Ehren* nennt, verfüge ich leider nicht über die notwendigen Kompetenzen, und alles andere braucht entschieden zu viel Zeit. Zumal die Serverbetreiber meist irgendwo auf den Fidschis hausen und man nicht an sie herankommt. Ein weiterer Grund, warum es unmöglich ist, diesen Sumpf trockenzulegen.

Ich schließe einen kleinen Drucker an meinen Laptop an und drucke mir die Unterlagen aus, die Sally mir geschickt hat. Manchmal komme ich mit Papier besser zurecht, weil ich darauf herummalen kann, und tatsächlich kommt mir eine Idee, als ich mir die beiden Orte markiere, aus denen die Interessenten kommen.

„Lovin'Granny“ hatte erwähnt, dass sie auch zu einem Umzug bereit wäre, weil es dadurch weniger behördliche Schwierigkeiten geben würde. New York ist leider verdammt groß, sodass eine Recherche hier schwieriger ist, aber die zweite Anzeige stammt aus einer Kleinstadt namens Woodfield. Wenn sie dort hinziehen will, braucht sie vorher eine Unterkunft, und dafür sollte man früher oder später einen Makler kontaktieren.

Im Internet suche ich mir alle Makler heraus, die infrage kommen könnten – glücklicherweise sind es nicht mehr als fünf Stück. Dennoch muss ich mich beeilen, denn durch die Zeitverschiebung bleibt mir noch ungefähr eine halbe Stunde, bis die meisten von ihnen vermutlich Feierabend machen werden.

Zu meiner grenzenlosen Erleichterung ist mein Anruf im dritten Maklerbüro erfolgreich. Wenn man sich mit dem Namen einer Anwaltskanzlei meldet, sind die meisten Leute erstaunlich kooperativ, so auch in diesem Fall.

Das Büro hat tatsächlich eine Anfrage von einer Mrs. Lorena Stingley bekommen, die in Woodfield ein

Apartment gesucht hat. Die freundliche Dame am Telefon verspricht mir, mir das Kontaktformular zu mailen und morgen notfalls auch telefonisch dem Gericht Auskunft zu erteilen, wenn das nötig sein sollte. Mir fällt ein Stein vom Herzen, eigentlich sollte das wohl genügen, um klarzumachen, dass Mrs. Stingley nicht die liebende Großmutter ist, für die sie sich ausgibt.

Kapitel 9

Abends unterhalte ich mich der Vollständigkeit halber noch mit Charles und Kelly Callery, es schadet schließlich niemals, so zahlreiche Informationen wie möglich einzuholen; doch viel Neues haben auch sie nicht zu berichten.

„Meinen Sie, dass wir morgen vor Gericht eine Chance haben?“ Kelly ist offenkundig ebenso besorgt wie ihre Tochter auch, und obwohl keine Blutsverwandtschaft zwischen ihnen besteht, sehen sie sich unglaublich ähnlich und haben beide eine sehr sympathische und einnehmende Art.

„Ich bin momentan ziemlich optimistisch. Wir sind uns mittlerweile recht sicher, dass Mrs. Stingley vor allem finanzielle Interessen an Ava hat. Sie hofft, mehr Geld zu bekommen, wenn sie die Adoption selbst in die Hand nimmt.“

Mrs. Callery nippt an ihrem Wasserglas.

„So etwas haben wir auch bereits vermutet, und wir haben sogar schon überlegt, ihr das Geld, das sie haben will, einfach zu bezahlen. Aber Jayden und Isabella haben Angst, dass sie niemals genug bekommen könnte und immer wieder damit drohen wird, dass sie uns Ava wegnimmt. Sie wollen die Sache ein für alle Mal geklärt haben, und wahrscheinlich ist das auch das Vernünftigste.“

„Absolut, ich sehe das genauso. Es gibt keine Garantien dafür, dass Mrs. Stingley nicht auf den Geschmack kommen und Isabella und Jayden stets aufs

Neue erpressen wird. Ich halte das sogar für recht wahrscheinlich.“

Kurz überlege ich, ob ich ihnen erzählen soll, was Sally und ich heute herausgefunden haben, entscheide mich dann jedoch dagegen. Da das Thema so hoch emotional ist, will ich sie zum einen nicht noch mehr beunruhigen, zum anderen habe ich es schon erlebt, dass Mandanten ihre Fallgegner wegen solcher Sachen noch vor der Verhandlung zur Rede gestellt und dadurch vieles verdorben haben. In solchen Fällen ist es oft besser, wenn die Gegner vorher nicht Bescheid wissen, was man alles über sie in Erfahrung gebracht hat, und sie somit keine Zeit haben, sich gegebenenfalls noch Ausreden zurechtzulegen.

Also beschließe ich, lieber nichts zu erzählen und sie stattdessen, so gut es nur geht, zu beruhigen.

„Garantien kann es natürlich niemals geben, aber ich habe wegen morgen ein gutes Gefühl. Wir werden das hinbekommen. Versuchen Sie, so gelassen wie möglich zu bleiben, auch wenn ich weiß, wie schwer das ist.“

„Ja, das ist es wirklich.“ Charles lächelt schwach und greift nach der Hand seiner Frau. „Als wir unsere beiden damals adoptiert haben, war zumindest das unkomplizierter. Da gab es keine Verwandten, die die beiden haben wollten. Ganz im Gegenteil, es erschien so, als ob jeder froh gewesen wäre, Nathan und Isabella so weit weg wie möglich geben zu können.“ Kopfschüttelnd hängt er seinen Erinnerungen nach. „Ob das für die Kinder unbedingt besser war, weiß ich natürlich auch nicht. Wenigstens ist Ava noch so klein, dass sie von all dem nichts bewusst mitbekommt.“

„Ja, das erleichtert vieles." Ich versuche, so optimistisch wie möglich zu lächeln. „Dass Sie bereits Erfahrung mit Adoptionen haben, wird das Gericht bestimmt gerne sehen, und auch, wie toll Sie als Familie zusammenhalten. Das ist wirklich beeindruckend." Und ein wenig beneidenswert. Ich selbst bin den Großteil meiner Kindheit in Internaten aufgewachsen und war völlig auf mich selbst gestellt. Als ich jünger war, habe ich mir oft eine Familie wie die der Callerys gewünscht. Mittlerweile weiß ich es auch zu schätzen, wie selbstständig ich dadurch geworden bin, dass ich sie nicht hatte.

Seufzend lehne ich mich auf dem Stuhl zurück, bevor ich damit beginne, meine Notizen einzusammeln, um mich für heute zu verabschieden.

„Ich muss mich langsam um das Abendessen kümmern, Isabella und Jayden werden bestimmt auch gleich herkommen, Nathan ebenso. Sie bleiben doch zum Essen, Ms. Donovan?" Mrs. Callery sieht mich beinahe flehentlich an, und obwohl ich ursprünglich nicht bleiben wollte, willige ich nun trotzdem ein.

„Aber nur, wenn es keine Umstände macht. Und bitte – nennen Sie mich Dana."

„Ich freue mich sehr, Dana."

In diesem Augenblick geht die Tür auf, und der Rest der Familie kommt herein.

„Ich bin Kelly, mein Mann heißt Charles. Und das hier sind Isabella, Jayden, und Nathan. Das weißt du ja bereits?" Ich nicke nur stumm, und ehe ich michs versehe, bin ich mit der kompletten anwesenden Familie Callery per du – was ich so nicht geplant hatte. „Dana sagt, dass sie wegen morgen sehr optimistisch ist!“ Kelly bindet sich eine Schürze um und wendet sich dem Herd zu, und tatsächlich gelingt es ihr, ebenfalls optimistisch zu klingen. „Übermorgen ist Heiligabend, und wir müssen einfach alle um ein kleines Weihnachtswunder beten. Ein kleines bisschen Glück. Den Rest machst du schon, oder, Dana?“ Ich nicke erneut, und während ich die Verantwortung in meinem Job sonst eigentlich genieße, fühlt sie sich heute Abend auf einmal wie eine Last an, die schwer auf meinen Schultern liegt. Den nächsten Fall, bei dem ich gleich mehrere Tage zu jemandem nach Hause muss, werde ich ablehnen, das nehme ich mir ganz fest vor. Obwohl ich normalerweise nicht sonderlich zu Sentimentalitäten neige, rührt diese Familie etwas in mir, und das alles nimmt mich viel mehr mit, als es sollte.

„Meine Mutter kann ziemlich Furcht einflößend sein, nicht wahr? Ich hatte dich ja gewarnt“, raunt Nathan mir zu, der sich unbemerkt neben mich gesetzt hat. Sein herber, männlicher Duft steigt mir in die Nase, weil er sich zu mir herüberlehnen musste, um leise genug zu sprechen, dass Kelly nichts vom Gesagten mitbekommt. „Das macht sie immer so. Sie setzt einen unter Druck, ohne jemals laut zu werden oder einem zu drohen. Einfach, indem sie einem klarmacht, dass sie an einen glaubt. Eine fiese Methode, wenn du mich fragst.“ Er zwinkert mir zu, und auf einmal finde ich ihn nicht mehr ganz so unsympathisch wie noch heute Morgen. Was irgendwie gemein ist, denn als ich ihn nun noch einmal betrachte und er mich zum ersten Mal freundlich anlächelt, wird mir bewusst, wie attraktiv er tatsächlich ist. Ich mag die kleinen Lachfältchen, die sich um seine

Augen bilden, wenn er so lächelt wie jetzt; obendrein wirkt sein Gesicht dann auf einmal viel weniger hart und übertrieben männlich.

+++

Die sonst so toughe Dana Donovan saß völlig überrumpelt in der Küche seiner Eltern, als er vorhin den Raum betreten hat, und auf einmal tat sie ihm fast ein bisschen leid.

Er weiß, wie seine Mutter sein kann. Diese „Ich glaube an dich"-Nummer ist eine ganz fiese Tour, weil man sich plötzlich moralisch verpflichtet fühlt, Dinge zu tun, die man ansonsten niemals getan hätte, nur, um sie nicht zu enttäuschen.

Nathan glaubt durchaus, dass Dana eine hervorragende Anwältin ist. Sein Vater hat schließlich nicht umsonst seine Kontakte spielen lassen, um eine ebensolche herzubekommen. Er ist sich ziemlich sicher, dass sie immer ihr Bestes gibt. Wie gesagt, Menschen wie sie verlieren nicht gerne. Aber jetzt ist der Druck, der auf ihr lastet, sicher noch höher als sonst. Kelly Callery hat es mit dieser Tour geschafft, einen wilden, traumatisierten, unerzogenen Achtjährigen zu einem halbwegs gesellschaftstauglichen Menschen zu machen. Nicht sofort natürlich, doch über die Jahre hinweg ist es ihr dennoch gelungen. Das weiß er so genau, weil er selbst dieser Achtjährige war, als er hergekommen ist. Und heute, fünfundzwanzig Jahre später, hat er sein Leben durchaus ganz gut im Griff, zumindest aus seiner Sicht. Ohne Charles und Kelly säße er mittlerweile vermutlich längst im Gefängnis oder auf der Straße.

Kelly ist eine wirklich starke Frau, auch wenn es auf den ersten Blick nicht den Anschein machen mag, und Dana tut ihm ein bisschen leid, dass sie das nicht früher erkannt hat.

Beinahe beschützend streckt er seinen Arm aus und legt ihn über Danas Stuhllehne, bevor ihm klar ist, was er da eigentlich macht. Aber da sie sich ohnehin nicht anlehnt, sondern sich vorgebeugt hat, um sich besser mit Isabella unterhalten zu können, lässt er ihn einfach dort liegen.

Aus den Augenwinkeln heraus betrachtet er Danas schmalen, beinahe zerbrechlich wirkenden Nacken, in dem sich ein paar feine Haarsträhnen kringeln, die sich aus ihrer strengen Hochsteckfrisur gelöst haben. Es juckt ihn in den Fingern, in ihr Haar zu greifen und alle Haarnadeln herauszuziehen, um zu sehen, wie lang es tatsächlich ist.

Zum Glück hat seine Mom heute Abend nur ein schnelles Abendessen vorgesehen, sodass er seine Hände bald damit ablenken kann, das Besteck zu halten.

+++

Kapitel 10

„Mrs. Stingley, würden Sie uns bitte berichten, warum Sie sich für ein Apartment in Kalifornien interessieren? Soweit ich weiß, verfügen Sie momentan kaum über die finanziellen Möglichkeiten, hier in Midway regelmäßig Ihre Miete zu bezahlen. Warum planen Sie dann einen Umzug?“

Einen Moment lang sieht sie mich völlig fassungslos an, anschließend verfärbt sich ihr ohnehin schon ungesund gerötetes Gesicht noch eine Nuance dunkler. Obwohl sie vergleichsweise ordentlich angezogen ist und nüchtern erscheint, weisen ihr aufgedunsenes Gesicht und ihre ganze Erscheinung darauf hin, dass sie sonst dem übermäßigen Alkoholgenuss sicherlich nicht abgeneigt ist.

„Kalifornien? Ich habe keine Ahnung, wie Sie darauf kommen“, stottert sie, nachdem sie den Mund mehrfach geöffnet und wieder geschlossen hat, ohne etwas zu sagen.

„Aber Sie sind doch Mrs. Lorena Stingley, wohnhaft in der Maine Street 112 in Midway, oder nicht?“

„Das wissen Sie doch ganz genau. Fragen Sie nicht so blöd!“, fährt sie mich an, und die Richterin räuspert sich warnend.

„Dennoch sagen Sie, Sie planen keinen Umzug und interessieren sich auch für kein Apartment in Kalifornien?“

„Nein, natürlich nicht …“ Sie ist zum Glück noch immer zu erstaunt, um vernünftig reagieren zu können, und ich kann das Gefühl des Triumphes schon in mir aufsteigen spüren.

„Das ist sehr interessant, denn ich frage mich, warum Sie dann mit einem Makler in Kontakt getreten sind und sich auch bereits einen Kostenvoranschlag von einem Umzugsunternehmen haben geben lassen, mit dem dieser zusammenarbeitet."

Ich überreiche sowohl der Richterin als auch Mrs. Stingleys Anwalt einen Ausdruck der Kontaktanfrage und des Schriftverkehrs, die mir das Maklerbüro netterweise hat zukommen lassen, und beide lesen es mit gerunzelter Stirn.

„Ich will Ihrem Gedächtnis gerne ein bisschen auf die Sprünge helfen. Vielleicht erinnern Sie sich ja daran, dass Sie unter dem Namen ‚Lovin'Granny' auf einer illegalen Internetplattform einen Säugling angeboten haben, ein weißes Mädchen mit Avas Geburtsdatum. Eine der Anfragen diesbezüglich stammt aus ebenjenem Ort in Kalifornien, in dem Sie nach einer Immobilie gesucht haben." Hoffentlich geht mein Plan auf, denn echte Beweise habe ich natürlich nicht, es sind bestenfalls Indizien, und ich kann nur beten, dass sie genügen werden.

Neben mir zieht Isabella scharf die Luft ein und greift nach der Hand ihres Mannes. Ich denke, dass es gut war, dass ich sie nicht bereits gestern über meine Entdeckungen informiert habe, sie hätte sich nur unnötig Sorgen gemacht – noch mehr Sorgen, als sie ohnehin hatte. Aber wenn jetzt alles so läuft, wie ich es geplant habe, dann ist es gleich vorbei und alles wird gut.

Hilfe suchend schaut Mrs. Stingley zu ihrem Anwalt hinüber, der nur fast unmerklich mit den Schultern zuckt. Er erscheint mir schon die ganze Verhandlung über nicht unbedingt übermotiviert zu sein, wofür ich ihm ziemlich dankbar bin, das macht vieles leichter. Er könnte jetzt durchaus versuchen, all meine Beweise als ungültig zu erklären – vielleicht wäre er sogar erfolgreich damit. Aber er scheint auf seinen Job keine sonderliche Lust zu haben, vielleicht kann er auch nur Mrs. Stingley genauso wenig leiden wie ich. So oder so: Ich habe Glück und er hält die Klappe.

„Wenn das Kind erst mal meins ist, kann ich ja wohl damit machen, was ich will. Ich kann es auch an Leute geben, bei denen ich denke, dass die Kleine es gut haben wird. Das ist doch dann wohl meine Sache."

„Gegen eine angemessene Bezahlung, nehme ich an …"

Mrs. Stingley schnaubt, bevor ihr Anwalt „Einspruch!" rufen kann.

„Meine Tochter war ja zu doof, sich um so etwas selbst zu kümmern, und hat gleich das erste Angebot angenommen, weil das Kind dann in der Nähe geblieben wäre, das sentimentale Ding."

Sie holt noch weiter aus, zieht über ihre verstorbene Tochter her und redet sich um Kopf und Kragen, ohne es überhaupt zu bemerken. Wenn das nicht so traurig wäre, würde ich mich jetzt bequem in meinem Stuhl zurücklehnen, um den Triumph zu genießen; aber so bleibt es bei einem dumpfen Gefühl der Bestätigung, dass mein Plan zumindest aufgegangen ist.

Kaum dass wir das Gerichtsgebäude verlassen haben, fallen die ersten Schneeflocken.

„Kannst du Dana bitte mit zurücknehmen, Nathan?“ Eine strahlende Isabella umarmt mich noch einmal mehr, bevor sie ihrem Mann Ava aus dem Arm nimmt und sie fest an ihre Brust drückt. „Ich muss noch schnell beim Schlachter vorbei und den Truthahn für morgen abholen, und Mom und Dad wollten auch noch ein paar Einkäufe erledigen. Ich fahre Dana dann später zum Flughafen.“ Seufzend sieht sie mich an. „Du bist dir sicher, dass wir dich nicht noch überreden können, zu bleiben? Du bist dieses Jahr so etwas wie unser persönliches Weihnachtswunder!“

Lächelnd schüttle ich den Kopf.

„Weihnachten ist ein Familienfest. Obendrein hat Mrs. Baker mich heute Morgen mehrfach darauf hingewiesen, dass ich bis fünfzehn Uhr verschwunden sein muss, weil sie dann die Pension schließt und selbst über die Feiertage zu ihrer Familie fährt.“ Beruhigend drücke ich ihre Schulter. „Mach dir also bitte keinen Stress. Ich werde mir nachher einfach ein Taxi nehmen.“

„Das kommt gar nicht infrage! Was ihr Großstadtmenschen nur immer mit euren Taxen habt! Ich werde dich höchstpersönlich fahren, sobald ich wieder zurück bin. Ich brauche nicht lange, und wir schaffen es ganz locker, pünktlich am Flughafen zu sein. Also, bis später!“

„Bis später“, murmle ich und schaue ihr ein wenig ungläubig nach. Ich kann mich nicht entsinnen, je so viele Dinge gegen meinen ursprünglichen Willen getan zu haben, seit ich die Volljährigkeit erreicht habe, dennoch steige ich seufzend zu Nathan in den Wagen.

„Isabella hat manchmal etwas von einer Naturgewalt. Man muss sich ihr einfach beugen, sonst wird alles bloß noch schlimmer. Da ist sie genau wie Mom. Mach dir nichts daraus, das geht uns allen so." Dann schweigt er eine Weile, während ich mich in den bequemen Sitz kuschle und aus dem Fenster schaue. Nach wenigen Minuten haben wir die Stadt verlassen und es sind nur noch vereinzelte Häuschen sichtbar; dafür gibt es Felder, Pferdekoppeln und jede Menge Wald.

Durch den Schneefall, der sanft eingesetzt hat, ist alles wie mit einer dünnen Schicht Puderzucker überzogen. Es sieht aus wie aus einem Märchenbuch, eines von denen, in denen es immer ein Happy End gibt.

Ich werde ein bisschen wehmütig, wenn ich daran denke, dass ich bereits heute Abend wieder allein in meinem Apartment sitzen werde, und nehme mir vor, irgendetwas Schönes zur Feier des Tages zu unternehmen. Vielleicht werde ich Essen gehen oder aber mir Sushi und Champagner bestellen und meinen Sieg bei einem guten Film zu Hause feiern.

„Du warst übrigens unglaublich vor Gericht!" Nathans tiefe Stimme reißt mich aus meinen Gedanken. „Wir sind alle froh, dass du hergekommen bist. Ich weiß nicht, ob jemand anderes das so hinbekommen hätte."

Obwohl ich mich selbst ebenfalls darüber freue, dass ich den Fall bereits am ersten Verhandlungstag gewonnen habe – gewinnen ist einfach schöner als verlieren, und in diesem besonderen Fall wäre verlieren eine Tragödie gewesen –, erstaunt es mich, ein Kompliment aus seinem

Mund zu hören. Er scheint eigentlich gar nicht der Typ zu sein, der nette Sachen sagt.

„Danke schön!“ Mein Mund ist auf einmal viel zu trocken. „Ich konnte doch nicht zulassen, dass Ava zu ihrer schrecklichen Großmutter muss.“ Ein kalter Schauer läuft mir den Rücken hinunter.

Fünf Minuten später stehen wir vor der Pension.

„Also … dann … Danke nochmals für alles. Du hast meiner Familie und mir das wahrscheinlich schönste Weihnachtsgeschenk unseres Lebens beschert.“

„Oh …“ Ich kann spüren, dass ich ein bisschen rot werde, und ärgere mich so sehr darüber, dass mir noch mehr Hitze in die Wangen steigt und ich nun vermutlich die Farbe einer reifen Tomate angenommen habe. Wo bitte bleibt meine Gelassenheit, die sonst immer so zuverlässig vorhanden ist? Ich bekomme schließlich oft Komplimente für gewonnene Fälle.

„Na … ja … also … sehr gern geschehen“, murmle ich und steige aus dem Auto. „Also. Bis dann.“ Selbst für meine eigenen Ohren höre ich mich an wie eine Idiotin. Ich schlage schnell die Autotür hinter mir zu und gehe in Richtung Pension, ohne mich umzudrehen.

Kapitel 11

Meine wenigen Habseligkeiten sind schnell zusammengepackt und im Koffer verstaut. Anschließend schaue ich noch einmal unter dem Bett und unter sowie in allen Schränken nach, ob ich auch nichts vergessen habe, als es an meiner Tür klopft.

Eine verlegen aussehende Mrs. Baker steht davor.

„Bitte entschuldigen Sie die Störung, Euer Ehren." Sie lächelt, und ich habe keine Lust mehr, ihr erneut zu erklären, dass man das einzig zu Richtern sagt. Es spielt ja auch keine Rolle, in spätestens einer Stunde bin ich von hier verschwunden und sehe die gute Mrs. Baker vermutlich nie wieder. „Sie sind mein letzter Gast, und ich wollte nur fragen, wann Sie ungefähr abreisen werden. Mein Schwiegersohn ist bereits da, um mich mitzunehmen, und er ist etwas besorgt, weil sie im Wetterbericht gesagt haben, dass der Schneefall gegen Abend noch zunehmen soll, und er wäre bis dahin gern zu Hause. So was kommt davon, wenn die Kinder meinen, ihnen wäre Midway und Umgebung zu provinziell, und sie so weit wegziehen müssen!"

„Oh, ich habe alles fertig gepackt, ich kann gerne sofort auschecken, wenn Sie wollen. Isabella wird gleich kommen und mich zum Flughafen bringen. Sie ist sicherlich jeden Moment hier, und ansonsten macht es mir nichts aus, ein paar Minuten draußen zu warten."

„Ach, Sie sind ein solcher Schatz, Euer Ehren! Mir ist das schrecklich unangenehm. Ich habe noch niemals einen Gast gefragt, ob er eventuell schon früher gehen kann – nicht einmal die Gäste, die ich unerträglich fand.

Und Sie sind wirklich alles andere als das, meine Liebe! Ich habe bereits gehört, dass Sie den Prozess gewonnen haben; das freut mich so sehr für Isabella, Jayden und die kleine Ava. Wenn ich nicht wegmüsste, würde ich Ihnen glatt anbieten, die nächste Nacht zum halben Preis zu bleiben. In White Crossing halten wir nämlich zusammen, wissen Sie … Aber Kevin, also mein Schwiegersohn, der ist immer so ungeduldig, wissen Sie …“ Ohne mich zu fragen, ergreift sie meinen Trolley, rollt ihn in Richtung Ausgang, und ich stolpere ihr ein wenig überrumpelt hinterher. Dabei plaudert Mrs. Baker munter weiter, und zwar ohne Punkt und Komma. „Also wenn Sie mich fragen, dann ist Kevin ja überängstlich. Er ist tatsächlich schlimmer als ich, er hat einfach vor allem Angst. Im Winter ist es der Schnee, im Sommer die Sonne. Er ist rothaarig und sehr blass, wissen Sie; natürlich muss man da ein bisschen besser auf sich aufpassen als andere, wenn die Sonne scheint, aber er meidet sie im Sommer, als wäre er ein Vampir. Dadurch gewöhnt er sich natürlich auch nie an die Sonne und wird nie unempfindlicher, der arme Junge.“ Obwohl wir alleine sind, senkt sie ihre Stimme und beugt sich verschwörerisch zu mir herüber, als wolle sie mir ein Geheimnis anvertrauen. „Ich kann meine Tochter ja nicht verstehen, ich persönlich bevorzuge ja Männer, die etwas mehr … na ja … eben Mann sind. Männer, die nicht vor allem und jedem Angst haben.“ Dann wird ihre Stimme noch ein bisschen leiser. „Eine Zeit lang dachte ich ja, dass Kevin vielleicht umwerfend im Bett wäre und meine Tochter sich deshalb in ihn verliebt hat. Aber ich habe ihn mal nackt gesehen … Und was soll ich sagen … ich kann mir nicht vorstellen, dass es daran liegt. Es mag ja vieles eine Frage der Technik sein, aber so ganz ohne eine gewisse Grundausstattung geht es dann ja schließlich nicht. Ich meine, mit einem Zahnstocher kann man schließlich auch keine Sahne schlagen, oder?“ Ich nicke mechanisch, mir fällt beim besten Willen nicht ein, was ich darauf antworten sollte. „Sehen Sie, Euer Ehren, Sie verstehen mich. Frauen wie wir brauchen ein bisschen mehr, stimmt's? Ein bisschen mehr Mann im Kopf … und ein bisschen mehr Mann in der Hose, habe ich recht?“ Erneut nicke ich, was soll ich auch sonst machen? Mir bleibt nur zu hoffen, dass sie dieses Thema nicht weiter vertieft und über ihre sexuellen Abenteuer zu berichten beginnt. Ich bin wirklich nicht prüde, aber auf gar keinen Fall will ich mir Mrs. Baker beim Sex vorstellen, ebenso wenig wie ihren Zahnstocher tragenden Schwiegersohn. Dieses Gespräch hat bereits jetzt für Bilder in meinem Kopf gesorgt, die ich vermutlich niemals wieder loswerde.

Ich überlege mir gerade, ob sie es wohl als sehr unhöflich ansehen würde, wenn ich mir die Finger in die Ohren stecke und ganz laut „Lalala“ singe, wenn sie mit diesem Thema weitermacht, als ich bemerke, dass wir bereits draußen angekommen sind. „Also dann, meine Liebe!“ Sie lächelt mir zu und drückt mir meinen Koffer in die Hand. „Ich wünsche Ihnen schöne Feiertage. Falls Sie je noch mal in White Crossing sein sollten, sind Sie jederzeit herzlich bei mir willkommen.“ Nach wie vor lächelnd schließt sie die Tür hinter mir zweimal ab, winkt mir kurz zu und verschwindet um die Ecke.

Völlig sprachlos schaue ich ihr hinterher – ich glaube, das war der geschickteste Rauswurf, den ich jemals erlebt habe.

Ich bereue ziemlich schnell, dass ich Mrs. Baker gesagt habe, es würde mir nichts ausmachen, draußen zu warten, denn der Wind hat deutlich aufgefrischt, während der Himmel immer dunkler wird. Es ist kalt und ungemütlich geworden, und die Luft riecht nach Schnee. Ich kann nur hoffen, dass Kevin zwar ängstlich, aber ein guter Fahrer ist und Mrs. Baker sicher zu ihrer Familie bringt, bevor der Schneefall heute Abend einsetzt.

Frierend wickle ich mich enger in meinen Mantel, und auch meine dünnen Wildlederstiefeletten können die Kälte nicht abhalten. Ich bewege probehalber meine Zehen, um zu testen, ob ich sie noch spüren kann.

Vielleicht sollte ich zum Haus der Callerys hinübergehen, um zu schauen, ob dort schon jemand zu Hause ist, bevor ich mich hier draußen noch erkälte, aber ich will Isabella nicht verpassen. Wenn es wirklich Schnee gibt, dann sollten wir möglichst schnell losfahren, damit sie rechtzeitig zurück ist, bevor es für sie auf der Straße wirklich unangenehm wird.

Also bleibe ich tapfer an Ort und Stelle, hüpfe jedoch ein bisschen auf und ab, um mich warm zu halten. Zu meiner großen Erleichterung dauert es keine fünf Minuten, bis Isabellas silberner Kombi um die Ecke gebogen kommt.

„Oh, Dana, was machst du denn bei dieser Kälte hier draußen?“ Isabella springt aus dem Auto und nimmt mir den Koffer aus der Hand, um ihn in den Kofferraum zu packen; anscheinend ist jeder der Meinung, ich sei zu schwach, um mich selbst um mein Gepäck zu kümmern.

„Mrs. Baker ist etwas überstürzt abgereist. Ihr Schwiegersohn hat anscheinend Angst vor diversen Wetterphänomenen, unter anderem vor Schnee", fasse ich das Gespräch von vorhin zusammen und lasse die pikanten Details lieber aus.

„Kevin?" Isabella grinst, während sie sich zurück auf den Fahrersitz setzt. „Das glaube ich gern. Der arme Kerl hat vor allem und jedem Angst, und die größte Angst hat er vor Mrs. Bakers Tochter Lindsay. Wenn du die beiden miteinander sehen würdest, könntest du ihn vermutlich verstehen. Lindsay ist anderthalb Köpfe größer als Kevin und wiegt locker das Dreifache. Ich habe ja die heimliche Theorie, dass sie ihm ständig das Essen abnimmt, um es selbst zu verschlingen, aber sicher bin ich mir dabei nicht. An sich wäre das natürlich auch kein Problem. Schönheit liegt schließlich im Auge des Betrachters, und wenn Kevin und Lindsay glücklich miteinander sind, ist das ja letztendlich die Hauptsache. Doch die gute Linni hat einen Ton wie der Befehlshaber auf einem Kasernenhof, und sie hasst es, wenn etwas nicht nach ihrem Willen geht. Um es mal vorsichtig auszudrücken, steht der arme Kevin ganz schön unter ihrem Pantoffel." Noch immer grinsend zuckt Isabella mit den Schultern. „Natürlich muss jeder selbst wissen, wie er sein Leben verbringen möchte. Für mich persönlich wäre es eher nichts, den ganzen Tag von meinem Partner Befehle entgegenzunehmen. Ich glaube fest daran, dass halbwegs gleichberechtigte Beziehungen auf die Dauer glücklicher sind. Zumindest habe ich das … Oh, Moment. Mein Handy klingelt!“ Nach einem Blick in den Rückspiegel fährt sie rechts ran. „Bitte entschuldige. Da muss ich kurz ran. Meine Freisprecheinrichtung spinnt in letzter Zeit.“ Etwas umständlich kramt Isabella ihr Handy aus der Tasche. „Nathan, hallo? Ja, Dana ist bei mir, wir sind gerade losgefahren. Nein, ich habe keine Nachrichten gehört …“ Unruhig sieht sie in Richtung des Radios, als würde sie überlegen, es gleich anzuschalten, um das mit den Nachrichten umgehend nachzuholen. „Oh“, sagt sie und blickt besorgt zu mir herüber. „Das ist gar nicht gut. Ja …. Nein. Nein, wir sind wirklich gerade erst losgefahren. Wir sind gleich wieder zurück.“ Dann legt sie auf.

„Ist etwas passiert?“ Ein wenig nervös rutsche ich auf meinem Sitz hin und her.

„Nein. Ich meine ja …“ Sie schluckt. „Ich befürchte, dass du doch noch hierbleiben musst. Es zieht eine Schneefront heran, und sie haben gerade eben den Flughafen bis auf Weiteres geschlossen. Es sieht wohl so aus, als würde das auch in den nächsten Tagen so bleiben, der Schnee soll schlimm werden, für die Region sind Katastrophenwarnungen ausgesprochen worden. Schon seit gestern Abend, aber wir waren wohl alle so sehr mit Ava und der Verhandlung heute beschäftigt, dass wir davon nichts mitbekommen haben.“ Isabella sieht mich an und beißt sich auf die Unterlippe. „Dana, das tut mir so leid. Du hattest dich sicherlich auf ein Weihnachten mit deiner Familie gefreut, und jetzt das …“ Mitfühlend legt sie mir die Hand auf die Schulter. „Bist du sehr traurig darüber? Vielleicht haben wir ja Glück und morgen sieht alles schon ganz anders aus, und der Flughafen wird wieder freigegeben, sodass du rechtzeitig zu Weihnachten zurück sein wirst."

„Ja, vielleicht habe ich ja Glück!", antworte ich und verschweige ihr, dass ich definitiv nicht mit meinen Eltern Weihnachten feiern werde, weil diese wie jedes Jahr irgendwo unterwegs sind und versuchen, die Welt zu verbessern. Etwas, wofür ich ihrer Meinung nach nicht ausreichend qualifiziert und viel zu egoistisch bin. Immerhin bin ich nur Anwältin geworden, und obendrein lasse ich mich die meiste Zeit für meinen Job bezahlen, um anschließend einen Großteil meines Gehalts für mich selbst zu behalten, statt es gleich wieder zu spenden.

Wahrscheinlich ist es also doch gar nicht so schlimm, noch einen oder zwei Tage hierbleiben zu müssen.

Kapitel 12

Mittlerweile sitze ich seit vier Stunden in der Wohnküche der Callerys, lasse mich mit Lebkuchen mästen und habe meine Meinung geändert. Seit wir wieder zurück sind, schneit es ohne Unterbrechung, als gälte es, irgendwelche Schneerekorde zu brechen. Ich habe nicht bedacht, dass ich für heute Nacht keine Unterkunft mehr habe, was sich als ziemlich problematisch herausstellt, zumal die Callerys heute Mittag Besuch von Charles' Schwester Liz bekommen haben.

„Bernadette Baker ist weg und die Pension ist geschlossen. Mittlerweile schneit es so stark, dass heute auch niemand mehr nach Midway hinunterfahren kann. Es macht dir doch nichts aus, bei Nathan zu übernachten, Dana? Er hat ein großes Gästezimmer, und bei ihm ist es am ruhigsten."

Nathan bekommt einen Hustenanfall, weil er sich an seinem Wein verschluckt hat, und ich weiß nicht, was ich sagen soll. Denn es ist offensichtlich, dass ich bei Nathan nicht erwünscht bin und allen anderen offensichtlich auch zur Last falle.

„Ihr habt selbst ein Gästezimmer, und du weißt, wie Whisper auf Fremde reagiert!"

„Whisper liebt doch Besuch! Und unser Gästezimmer haben wir als Babyzimmer umgebaut, hast du das vergessen? Außerdem ist Ava nachts noch ständig wach, sie ist noch zu klein, um durchzuschlafen. Das will ich niemandem zumuten. Bei Mom und Dad ist auch kein Platz, weil Tante Liz da ist."

„Aber das Bett ist groß genug für uns beide. Mich würde Dana nicht stören." Kellys Schwägerin beugt sich zu mir herüber und tätschelt mir liebevoll die Hand, wobei ich den Blick nicht von ihrem wirklich übergroßen Dekolleté abwenden kann, das vor mir auf dem Tisch zu liegen kommt, als wäre es ein Ausstellungsstück. Sie trägt ein weißes, eng anliegendes Wollkleid, das ihr mindestens eine Nummer zu klein ist und in dem sie durch ihre enormen Rundungen aussieht wie ein knubbliger, weiblicher Schneemann. „Wirklich, meine Liebe. Du störst mich ganz sicher nicht", wiederholt sie, dieses Mal an mich gewendet.

„Aber du sie, Liz. Du hast schon früher geschnarcht wie ein Waldarbeiter, und es ist in den letzten Jahren nicht gerade besser geworden."

Tante Liz öffnet den Mund, um ihn umgehend wieder zu schließen, und tätschelt weiterhin meine Hand.

„Dann muss sie halt woanders hin, das arme Ding! So kurz vor Weihnachten und ganz alleine hier …"

Um Himmels willen. Ich komme mir vor wie ein ungeliebtes Haustier, das von einem zum Nächsten geschoben wird.

„Ich habe keine großen Ansprüche. Vielleicht gibt es ja noch ein Hotel oder eine kleine Pension in der Nähe, wo ich bis morgen unterkommen könnte? Ich will niemandem zur Last fallen. Es sollte wirklich nicht eure Sorge sein, wo ich heute Nacht schlafe." Ich komme mir ziemlich bescheuert vor; ich sitze hier bei wildfremden Menschen, die sich irgendwie für mich verantwortlich fühlen, aber gar keinen Platz für mich haben, und die obendrein beim besten Willen gar nicht für mich verantwortlich *sind*.

„Papperlapapp. Du bleibst schön bei uns, Liebes, immerhin hast du uns das wunderbarste Weihnachtsgeschenk aller Zeiten gemacht! Du bist unseretwegen hergekommen, und wir freuen uns sehr, dass du noch hierbleibst. Mal ganz davon abgesehen, schneit es seit Stunden ununterbrochen, und zumindest für heute wird es kaum noch eine Möglichkeit geben, von hier wegzukommen. Wir können schon froh sein, wenn Nathan es schafft, sich den Weg zu seiner Hütte freizuschaufeln. Selbst wenn du eine Fremde wärst, würden wir dir einen Platz zum Schlafen anbieten. Aber das bist du ja nicht." Kelly lächelt mich an, dann kommt sie zu mir herüber und streicht mir übers Haar. Eine Geste, die so fremd und mütterlich ist, dass ich Schwierigkeiten damit habe, nicht zusammenzuzucken.

Reiß dich zusammen, Dana! Denk daran, wie gut du es hast. Ein aufgeschürftes Knie ist nichts im Vergleich zu dem, was andere Kinder erdulden müssen. Also sei nicht undankbar, und hör gefälligst auf zu weinen.

Die Stimme meiner Mutter schallt durch meinen Kopf, als würde sie unmittelbar neben mir sitzen. Wahrscheinlich bräuchte ich eine anständige Therapie, um sie nicht ständig in meinem Kopf zu hören, aber da ihre Erziehung durchaus ihre Wirkung gezeigt hat, reiße ich mich zusammen.

„Ich habe wirklich keine hohen Ansprüche!", versuche ich es noch einmal. „Ich kann auch irgendwo auf dem Sofa schlafen, einer Luftmatratze … ganz egal.

Hauptsache, es ist warm und trocken und ich störe niemanden."

„Schluss jetzt mit dem Blödsinn." Kelly stemmt die Hände in die Hüften. „Dana, du wirst bei Nathan schlafen. Er hat ein Gästezimmer, das sogar ein eigenes Badezimmer hat und das er im Übrigen niemals benutzt, weil sein Besuch nie bei ihm übernachtet." Sie wirft Nathan einen vielsagenden Blick zu, und dieser öffnet den Mund, um ihn jedoch gleich wieder zu schließen. „In solchen Momenten frage ich mich, warum ich so viel Zeit darin investiert habe, dir gutes Benehmen beizubringen, mein Junge. Anscheinend waren ja alle meine Versuche vollkommen fruchtlos. Da ich heute also offenkundig nicht auf deine Manieren bauen kann, versuche ich es eben anders: Nathan, du nimmst jetzt Danas Koffer und eine Flasche Wein mit, und anschließend macht ihr euch auf den Weg zu deinem Haus, bevor dorthin auch kein Durchkommen mehr ist. Und du wirst dich benehmen und höflich sein, mein Junge." Sie wirkt absolut bestimmt, aber in ihren Augen kann ich Humor aufblitzen sehen. „Dana, du gehst mit. Sollte Nathan sich nicht benehmen, darfst du dich morgen bei mir beschweren, dann bekommt er keine Weihnachtsgeschenke." Ich kann Isabella und Tante Liz lachen hören, aber Nathan sieht weniger amüsiert aus. Kelly ignoriert jedoch beides. „Und jetzt los. Husch, husch!" Sie macht eine Bewegung mit den Händen, die wirkt, als wolle sie ein paar lästige Insekten aus dem Raum verscheuchen. Nun weiß ich, von wem Isabella ihr energisches Auftreten hat, denn bevor mir richtig klar ist, was ich da eigentlich mache, bin ich bereits aufgestanden und greife nach meinem Mantel.

Auch Nathan hat schon seinen Stuhl zurückgeschoben und murmelt irgendetwas Unverständliches vor sich hin, während er nach seiner Jacke greift. „So ist es brav. Nehmt euch noch eine Flasche Wein mit. Geht aufs Haus." Sie drückt Nathan zuerst eine Flasche Chianti in die Hand, dann küsst sie ihn auf die Wange und schiebt ihn in Richtung Tür, und das, obwohl sie anderthalb Köpfe kleiner als ihr Adoptivsohn ist.

„Jawohl, Ma'am", murmelt er, als er nach meinem Koffer greift und durch die Tür nach draußen geht, ohne darauf zu achten, ob ich mitkomme oder nicht.

So schnell ich kann, ziehe ich mir meinen Wintermantel über und laufe hinter Nathan her, nur um beinahe sofort tief im Schnee zu versinken.

„Scheiße!", fluche ich leise, als ich spüre, wie der Schnee von oben in meine Wildlederstiefeletten eindringt. Ich hätte wirklich anderes Schuhwerk wählen sollen, als ich mich heute nach dem Gerichtstermin umgezogen habe. Allerdings bin ich zu diesem Zeitpunkt davon ausgegangen, mich für den Flug nach Boston anzuziehen und nicht für etwas, was einer Arktisexpedition verdächtig nahekommt.

Weiterhin fluchend stapfe ich hinter Nathan her, so schnell ich nur kann. Er hat es aufgrund seiner längeren Beine deutlich leichter als ich, in dem tiefen Schnee vorwärtszukommen, und selbst mein Koffer, den er in einer Hand trägt, scheint ihn dabei nicht sonderlich zu stören. Obendrein kennt er die Strecke bis zu seinem Haus vermutlich wie seine Westentasche, während ich bei Dunkelheit und Schnee nur noch die grobe Richtung erahnen kann. Für mich sieht das alles hier ziemlich gleich aus, zumal sich der dichte Schnee auch auf die kleine Laterne vor dem Haus der Callerys gelegt hat, sodass es stockdunkel ist.

Nach wenigen Metern hole ich die Taschenlampe aus meiner Manteltasche hervor und schalte sie ein. Es ist immer wieder erstaunlich, wie hell und klein diese Lampen dank moderner LED-Technik geworden sind. Nathan bemerkt das Licht ebenfalls und dreht sich nun doch noch zu mir um.

„Hast du eigentlich schon mal was von Lichtverschmutzung gehört?"

„Bitte was?" Ich leuchte ihm mit der Lampe ins Gesicht, woraufhin er ärgerlich die Augen zusammenkneift.

„Lichtverschmutzung. Auch Lichtsmog genannt. Die Aufhellung des Nachthimmels stört ganze Ökosysteme."

„Ist das nicht eher ein Problem, das vor allem durch die massive Beleuchtung von Großstädten verursacht wird?", frage ich, schalte meine Lampe aber dennoch aus, zumal Nathan nun stehen geblieben ist, um auf mich zu warten.

„Jedes Licht spielt doch letztendlich eine Rolle, oder nicht?" Er dreht sich wieder zurück und stapft weiter, und weil ich keine Lust habe, mich zu streiten, sehe ich zu, dass ich so schnell wie möglich hinter ihm herkomme.

Zum Glück ist es bis zu seinem Haus wirklich nicht sehr weit, auch wenn mir die Strecke durch den Schnee endlos vorkommt und ich in den wenigen Minuten völlig durchgefroren bin.

Als er endlich die Haustür aufschließt und ich das Innere des Hauses betrete, bin ich mir beinahe sicher, dass meine Füße niemals wieder warm werden.

Kapitel 13

Whisper kommt ihm aufgeregt entgegengestürmt, um ihn zu begrüßen, als sie feststellt, dass er Besuch mitgebracht hat. Nathan versucht sie festzuhalten, Dana scheint ihm nicht unbedingt der Hundetyp zu sein. Überhaupt hat er eher den Eindruck, dass sie ein verzogenes Großstadtmädchen ist und niemand, der sich gern schmutzig macht, freiwillig mehr Zeit als nötig im Freien verbringt oder sich mit sabbernden und haarenden Tieren beschäftigt.

Er will Whisper gerade zurückpfeifen, als Dana sie entdeckt hat und in die Hocke geht.

„Na, du Süße?" Sie spricht in einer Tonlage, die er bisher noch nicht bei ihr gehört hat, während Whisper versucht, ihr durchs Gesicht zu lecken, was Dana mit einem leisen Lachen quittiert. Etwas, was er ebenfalls noch nicht bei ihr gehört hat. „Freust du dich, dass du endlich nicht mehr allein bist, mein Mädchen?" Sie krault Whisper hingebungsvoll hinter dem rechten Ohr, was diese mit einem zufriedenen Grunzen beantwortet, bevor sie sich auf den Rücken legt und Dana ihren Bauch zuwendet.

Mit gerunzelter Stirn sieht sich Nathan das Szenario eine Weile an, anschließend schüttelt er den Kopf.

„Ich lasse die Damen dann mal einen Augenblick unter sich und zünde Feuer im Kamin an. Bei solchen Schneemassen spielt die Heizung manchmal verrückt."

Aus einer Laune heraus – und weil er sich sicher ist, dass seine Mutter morgen danach fragen wird – stellt er außerdem zwei Weingläser auf den Couchtisch und öffnet die Flasche, die seine Mom ihm vorhin mitgegeben hat.

Ein paar Augenblicke später kommt Dana ins Wohnzimmer, mit Whisper im Schlepptau, die an ihren Fersen zu kleben scheint, als wären die beiden alte Freunde.

„Oh! Wow! Das nenne ich mal Aussicht …“ Danas Augen weiten sich, als sie die große Glaswand entdeckt, durch die man eine hervorragende Sicht auf den nun völlig verschneiten Wald hat, dessen Umrisse nun deutlich zu erkennen sind, weil sich der Mond hinter einer Wolke hervorgeschoben hat.

Nathan zuckt mit den Schultern.

„Das Haus ist eine ehemalige Scheune, und als ich sie habe umbauen lassen, musste die Wand hier ohnehin abgerissen werden, da sie total baufällig war. Also dachte ich mir, ich mache das Beste daraus.“

„Das ist wirklich wunderschön!“ Sie klingt beinahe ehrfürchtig, und Nathan betrachtet ihre Silhouette, die sich gegen das dunkle Fenster abhebt. Sie trägt noch immer den grauen Rollkragenpullover mit der schmalen Stoffhose, die sie auch heute Nachmittag schon anhatte, aber sie hat die Schuhe ausgezogen, vermutlich, weil sie völlig durchnässt waren, genau wie der Saum ihrer Hose.

„Du brauchst etwas Trockenes zum Anziehen und ein Paar warmer Socken, ansonsten bist du morgen früh vermutlich krank.“

Als sie sich mit verschränkten Armen zu ihm umdreht, wirkt sie beinahe erstaunt.

„So fürsorglich heute?“

Nathan seufzt.

„Da es so aussieht, als würdest du morgen Nacht ebenfalls hier verbringen müssen, fände ich es sehr schön, wenn du weder permanent husten noch aufgrund einer verstopften Nase schnarchen würdest. Das Haus ist sehr hellhörig, und ich habe einen sehr leichten Schlaf."

Musternd zieht sie die Augenbrauen zusammen.

„Ich hätte dich gar nicht für so empfindlich gehalten."

„Du weißt doch aber langsam, dass ich gern meine Ruhe habe."

Ihr rechter Mundwinkel hebt sich zu einem ironischen Lächeln.

„Oh, bitte verzeih, unwichtige Informationen versuche ich immer aus meinem Gedächtnis zu verbannen, damit ich mir die vielen wichtigen merken kann."

„Ich bin mir ziemlich sicher, dass es für dich so etwas wie unwichtige Informationen gar nicht gibt." Nathan bückt sich nach ihrem Koffer. „Und jetzt komm. Ich zeige dir dein Zimmer, und dann kannst du dich umziehen."

+++

Nathans Haus ist wirklich beeindruckend, es ist eindeutig nicht das, was ich mir vorgestellt hätte. Ich hätte seinen Einrichtungsstil für eher funktionell gehalten, beinahe ein wenig abweisend, typisch Junggeselle eben, aber das Gegenteil ist der Fall. Sein Haus wirkt einladend und gemütlich, helle, freundliche Farben, sehr viel Holz und ein rustikaler Charme dominieren hier, ohne dass es in irgendeiner Form spießig wird. Es ist ein Haus, in dem man mit einer Familie wohnt, nichts, was an eine Junggesellenhütte erinnern würde.

Es ist geschmackvoll und gemütlich, beinahe romantisch, und ich bin so erstaunt, dass ich Nathan aus einem völlig neuen Blickwinkel betrachte.

Kopfschüttelnd lege ich meinen Koffer auf das Bett. Da ich bloß für wenige Tage gepackt und dabei vor allem an rein berufliche Termine gedacht habe, habe ich nicht mehr viel saubere Kleidung dabei und schon gar nichts, was ein bisschen legerer ist. Neben der Hose, die ich gerade trage, habe ich nur noch eine weitere mit, dazu ein Kostüm, das ich heute vor Gericht getragen habe. Irgendwie kommt mir das für heute Abend alles unangemessen vor, zumal ich meine guten Sachen gerne schonen würde, da ich nicht weiß, wie lange ich noch hierbleiben muss.

Nach einigem Hin-und-her-Überlegen entscheide ich mich dafür, meinen warmen Pullover einfach anzulassen, die nasse Hose aber gegen dunkelgraue Leggings zu tauschen, die ich eigentlich zum Schlafen trage.

Nach einem Blick in den Spiegel, der gleich neben der Tür hängt, beschließe ich, die Bluse, die ich unter dem Pullover trage, so weit wie möglich nach unten zu ziehen, sodass sie meinen Po weitestgehend bedeckt. Das muss für heute Abend reichen.

„Du musst doch eiskalte Füße haben!“ Nathan betrachtet mich musternd, doch sein Blick bleibt ausdruckslos. Er hat sich auch umgezogen und trägt einen dunkelgrauen Troyer aus Wolle sowie eine ebenfalls graue Jogginghose. Im Gegensatz zu mir scheint er keine Last mit kalten Füßen zu haben, denn er ist barfuß.

„Es geht schon“, lüge ich, denn meine Füße sind nicht mehr richtig warm geworden, seit ich heute vor der Pension auf Isabella gewartet habe; auch die vier Stunden in der Küche der Callerys haben da nicht wirklich geholfen. Aber ich komme mir vor wie ein Weichei, wenn ich das nun zugebe, und irgendwie will ich vor Nathan auf gar keinen Fall irgendwelche Schwächen zeigen.

Als hätte Nathan das bereits geahnt, nimmt er ein paar dicke Wollsocken vom Kaminsims und reicht sie mir.

„Hier. Sie sind dir vielleicht ein bisschen zu groß, aber sie erfüllen ihren Zweck. Und Tante Liz würde sich sicherlich freuen, wenn sie wüsste, dass diese selbst gestrickten Dinger auch mal getragen werden.“

„Du hast wohl niemals kalte Füße?“, frage ich, während ich mich auf die Sofakante setze und die Socken über meine Füße ziehe. Sie sind aus dicker, grober Wolle gestrickt, und weil sie auf dem Kaminsims lagen, sind sie leicht vorgewärmt. Sie fühlen sich einfach himmlisch an, und es gelingt mir so gerade eben, ein wohliges Seufzen zu unterdrücken.

„Danke!“, sage ich stattdessen und nehme dann das Glas Wein an, das Nathan mir reicht. „Es tut mir übrigens leid, dass ich dir solche Unannehmlichkeiten bereite. Ich bin mir sicher, dass du den Abend lieber allein verbracht hättest. Wo du doch deine Ruhe so sehr liebst.“

Keine Ahnung, warum ich das noch hinterherschieben musste, denn eigentlich wollte ich mich tatsächlich nur bei ihm bedanken. Ich finde es nämlich nicht selbstverständlich, dass er mich in seinem Gästezimmer schlafen lässt, aber irgendwie bringt dieser

Mann permanent die schlechtesten Eigenschaften in mir zum Vorschein.

„Ich werde es schon irgendwie überleben. Du bist schließlich ein braves Mädchen und gehst früh ins Bett, oder?“

So zuckersüß wie möglich lächle ich ihn an.

„Aber sicher doch. Brave Mädchen gehen um neun ins Bett, damit sie um elf zu Hause sind. Hast du das nicht gewusst?“

Einen Moment lang starrt er mich an und sagt kein Wort, und ich spüre, wie mir unter seinem durchdringenden Blick ganz heiß wird. Dann legt er den Kopf zurück und fängt an zu lachen. Sein Lachen ist tief und melodisch, und es fühlt sich an, als ob es meinen ganzen Körper vibrieren lassen würde. Sein Lachen gefällt mir, und zwar viel zu gut.

„Also schön, Eisprinzessin. Vielleicht hast du doch mehr drauf, als ich dachte“, sagt er, nachdem er sich schließlich wieder beruhigt hat. „Darauf trinken wir.“ Er reicht mir ein Glas Rotwein und nimmt sich selbst das zweite.

„Ich würde lieber darauf trinken, dass Ava hierbleiben darf“, erwidere ich, und erneut sieht er mich auf diese seltsam durchdringende Art und Weise an.

„Also dann. Auf deinen Sieg.“

Das war zwar nicht so ganz der Trinkspruch, an den ich gedacht hatte, aber ich stoße dennoch mit ihm an, und ich muss gestehen, dass das Glas, die Wärme des Kamins sowie die warmen Socken nach einem Tag wie diesem einfach eine Wohltat sind.

Da ich ohnehin nicht weiß, worüber ich mit Nathan reden soll, lehne ich mich auf dem Sofa zurück, ziehe meine Füße hoch und seufze leise. Er ist nicht der Einzige, der sich heute nach Ruhe sehnt, mir geht es ebenso, und ich bin zum ersten Mal, seit wir uns begegnet sind, froh darüber, dass er niemand ist, der sich ständig unterhalten will.

+++

Nathan kann sich nicht daran erinnern, schon einmal einen so entspannten Abend mit einer Frau verbracht zu haben; und er kann gar nicht aufhören, sich darüber zu wundern.

Es sollte sich ja eigentlich seltsam anfühlen, eine völlig Fremde im Haus zu haben, nicht nur im Haus, sondern gleich neben sich auf dem Sofa; eine Frau, deren Anwesenheit auch noch unfreiwillig ist, und das gleich von beiden Seiten, ihrer und seiner.

Doch statt einer unbestimmten Anspannung, die sonst nicht ausbleibt, wenn unvertraute Menschen um ihn herum sind – und selbst die Anwesenheit der meisten ihm vertrauten Menschen empfindet er nicht als sonderlich viel angenehmer –, ist es mit Dana, als wäre sie kaum da.

Nein, falsch. Denn selbst wenn er es kaum zugeben mag, ist es besser, dass sie da ist. Sie erfüllt sein Wohnzimmer mit einer angenehmen Präsenz, ohne dabei aufdringlich oder fordernd zu sein. Genau wie Dana schaut er auf die Flammen im Kamin, dabei fühlt er sich so entspannt wie schon lange nicht mehr.

Whisper scheint es ebenso zu gehen, denn sie hat sich bereits vor einer ganzen Weile neben Dana auf das Sofa gelegt, ihren Kopf auf Danas Schoß gebettet und sich die Ohren kraulen lassen, bis sie eingeschlafen ist.

„Ich glaube, es wird langsam Zeit für mich, schlafen zu gehen. Morgen früh ist Schneeschippen angesagt, da brauche ich alle meine Kräfte."

„In Ordnung." Dana erhebt sich, um sich anschließend wie ein kleines Kätzchen zu strecken. Dabei rutscht ihre Bluse ein Stück höher und gibt den Blick auf einen wirklich ansehnlichen Hintern frei, der mit nichts weiter als einem Paar Leggings bedeckt ist, die so eng sitzen, dass sie keine Fragen offen lassen. Außer vielleicht, ob sie wohl einen von diesen kleinen Stringtangas trägt oder vielleicht auch gar keine Unterwäsche anhat. Zumindest kann Nathan keine verdächtigen Linien erkennen, die auf irgendein Höschen hinweisen würden. Sein Mund wird trocken, und er wendet den Blick ab.

„Falls du noch etwas brauchst, lass es mich wissen!"

Jemanden, der nachschaut, ob du deine Unterwäsche vergessen hast, und dir anschließend das Bett wärmt zum Beispiel …

Nathan räuspert sich.

„Ich denke, ich komme zurecht. Vielen lieben Dank."

Wie bedauerlich …

„Also dann, gute Nacht!"

„Ebenso!"

Sie schenkt ihm ein träges, müdes Lächeln, und er sieht zu, dass er so schnell wie möglich den Raum verlässt, bevor er sich zu Dingen hinreißen lässt, die ihm später garantiert leidtun würden.

+++

Kapitel 14

Ich schlafe in dieser Nacht erstaunlich gut, und das, obwohl ich sonst in fremden Betten oft Probleme damit habe, ein- und durchzuschlafen. Daran haben auch diverse Dienstreisen und zahlreiche Hotels, in denen ich schon übernachtet habe, nichts ändern können. Als Kind war das einer der vielen Gründe, warum ich nie von zu Hause wegwollte. Das, und natürlich das viele Elend, das ich als Kind nicht ertragen konnte zu sehen, ihm aber dennoch ausgesetzt war, wenn ich nicht in unserer New Yorker Wohnung in meinem eigenen Bett wach geworden bin.

„Hey, was machst du denn hier?“ Mein Blick fällt auf Whisper, die sich am Ende meines Bettes zusammengerollt hat und sich nun wohlig streckt, als sie meine Stimme hört. „Na, altes Mädchen? Hast du auch gut geschlafen?“ Ich kraule ihr die Ohren, weil ich bereits herausgefunden habe, dass sie das besonders gernhat. Ich mag Hunde, aber ich habe nie selbst einen gehabt. Ich fühle mich auch nicht dazu in der Lage, mich um irgendwen zu kümmern, der von mir abhängig ist – dafür bin ich viel zu sehr mit meinem Job beschäftigt und viel zu selten zu Hause.

Whisper scheint von all dem nichts zu ahnen, denn nachdem ich aufgehört habe, sie zu streicheln, springt sie vom Bett und läuft winselnd zur Tür, die auf die Terrasse zu führen scheint. Nathans Haus ist wirklich ein Traum, ich habe selten ein Gästezimmer mit einer eigenen Tür zum Garten gesehen.

Lächelnd lasse ich Whisper nach draußen, wo sie schnell ihr kleines Geschäft erledigt und umgehend zurückkommt. Wahrscheinlich ist es ihr zu kalt draußen, außerdem wird es gerade erst hell.

Ein Blick auf die Uhr bestätigt mir, dass es erst sieben Uhr morgens ist, aber ich bin hellwach und habe keine Lust mehr, mich wieder hinzulegen.

Also gehe ich ins Bad, nehme eine schnelle, heiße Dusche, putze meine Zähne, lege ein sparsames Make-up auf und ziehe anschließend meine wärmsten Sachen an. Leider habe ich kein angemessenes Schuhwerk für dieses Wetter, also entscheide ich mich dafür, meine ohnehin ruinierten Stiefeletten von gestern erneut anzuziehen. Schließlich folgt noch mein Mantel, dann gehe ich vor die Tür, gefolgt von einer fröhlich bellenden Whisper.

Im tiefen Schnee vor der Tür entdecke ich Nathans Fußspuren, anscheinend ist er noch vor mir aufgestanden und schon unterwegs.

In der Ferne kann ich das Brummen schwerer Maschinen hören, wahrscheinlich Schneefräsen und Ähnliches, die die Wege räumen. Die Straße vor Nathans Haus ist bereits vom Schnee befreit.

Mein Blick fällt auf Schneeschaufel und Besen, die neben der Haustür lehnen, als wären sie dort für später bereitgestellt, und ich beschließe, mich nützlich zu machen.

Eine halbe Stunde später habe ich in Händen und Füßen kein Gefühl mehr, ansonsten ist mir so warm, dass ich darüber nachdenke, meinen Mantel aufzumachen. Es ist unglaublich, wie anstrengend es ist, Schnee zu schippen, wenn er so hoch liegt wie hier, und ich komme viel langsamer voran, als ich zunächst gedacht hätte. Dennoch will ich auf keinen Fall aufgeben, und mit jedem Meter, den ich mehr freilege, wird mein Ehrgeiz weiter angestachelt, auch wenn ich morgen früh wahrscheinlich vor lauter Muskelkater meine Arme nicht mehr werde bewegen können.

Ich brauche noch eine weitere halbe Stunde, bis der schmale Weg bis zum Haus endlich frei ist. Zwischenzeitlich hat Whisper versucht, den Schnee aufzufangen, den ich zur Seite geschaufelt habe, aber mittlerweile hat sie aufgegeben, liegt neben dem Hauseingang und schaut mir aufmerksam zu.

„Du bist ganz schön faul, mein Mädchen.“ Ich stelle die Schaufel weg und öffne die Haustür. Whisper stürmt an mir vorbei ins Warme, und ich folge ihr auf dem Fuße. „Wollen wir mal schauen, ob wir irgendetwas finden, aus dem man ein anständiges Frühstück herstellen kann?“

Als hätte sie mich verstanden, läuft Whisper vor mir her in die Küche, und ich bin ihr dankbar dafür, dass sie mir den Weg weist.

Auch hier bin ich erstaunt über die Größe, die Gemütlichkeit und die Funktionalität dieses Raumes. Anders als meine Küche in Boston sieht die von Nathan nicht aus, als würde sie niemals gebraucht werden, sondern als würde Nathan in seiner tatsächlich kochen.

Ich selbst koche eigentlich auch sehr gerne, habe jedoch in Boston in der Regel keine Zeit dafür, und um ehrlich zu sein, macht es für mich allein auch keinen wirklichen Spaß.

Ich zögere einen Moment, bevor ich mich traue, einfach Türen und Schränke zu öffnen, um zu schauen, was es an Vorräten gibt; immerhin ist es ja eigentlich die Küche eines Fremden.

Aber schließlich siegt der Hunger doch, und ich bin froh, im Kühlschrank Bacon, Butter und Eier zu finden und im Vorratsschrank daneben ein großes Paket mit Toastbrot.

„Wenn das mal kein hervorragendes Frühstück wird, mein Mädchen."

Dem Sabberfaden nach zu urteilen, der sich in Whispers Mundwinkel bildet, während ich den Bacon anbrate, scheint sie mir hundertprozentig zuzustimmen.

+++

So starken Schneefall hat es bestimmt seit zehn Jahren nicht mehr gegeben.

Natürlich sind die Winter hier oben oft kalt, und es vergeht keiner, in dem es nicht schneit; aber dass so schnell solch große Mengen vom Himmel fallen, kommt selbst in White Crossing eher selten vor.

Nathan stellt den Motor des Schneepflugs ab und klettert herunter.

„Das Gröbste haben wir geschafft, aber es soll in den nächsten Tagen nicht besser werden. Sie haben Unwetterwarnungen für die ganze Gegend herausgegeben und empfohlen, sich zu bevorraten. Wahrscheinlich fängt es heute Mittag schon wieder an zu schneien."

„Ich habe davon gehört." Sein Vater klopft sich den Schnee von der Kleidung. „Deine Mom hat bereits eine ellenlange Einkaufsliste gemacht mit allem, was wir vor Weihnachten noch besorgen müssen, damit wir abgesichert sind, wenn wir hier festsitzen sollten. Dass wir zur Not auch noch mit dem Snowmobil bis zum Zentrum von White Crossing durchkommen, hat sie dabei nicht sonderlich interessiert. Nach Midway dürfte es natürlich schwieriger werden, aber wir bekommen ja auch hier alles, was wir benötigen."

Nathan lächelt.

„Hast du dir ihre Liste denn genauer angesehen? Wahrscheinlich ist sie so lang, dass wir einen Truck nehmen müssten, um alles transportieren zu können. Aber ich will gleich auch noch runter in den Ort fahren und Dana mitnehmen, wenn sie noch etwas braucht."

Charles Callery unterzieht ihn einer kurzen Musterung.

„Dana ist ein nettes Mädchen."

„Kann sein", antwortet Nathan schulterzuckend. „Aber ob nettes Mädchen oder nicht – sie sitzt vermutlich noch ein paar Tage hier fest und braucht dringend ein paar Klamotten."

Angemessene Klamotten. Nichts, was eng an ihrem Hintern anliegt. Oder einen weiten Ausschnitt hat. Oder beides. Denn das bringt ihn nur auf dumme Gedanken, die er bezüglich Dana nicht haben will.

Sein Vater klopft ihm freundschaftlich auf die Schulter.

„Gut, dass du dich um sie kümmerst."

„Hatte ich eine Wahl?"

„Nein, wenn deine Mom sich einmal etwas in den Kopf gesetzt hat, dann hat niemand mehr eine Wahl. Ich weiß das am allerbesten." Nachdenklich dreht er an seinem Ehering. „Aber weißt du was? Das Gute ist, dass deine Mom mit den meisten Dingen recht hat. Und jetzt werde ich mal schauen, ob sie vielleicht Frühstück für mich bereithält."

Noch einmal klopft Charles seinem Sohn auf die Schulter, bevor er in Richtung seines Hauses davonstapft.

Der Gedanke an Frühstück lässt Nathan nicht mehr los, und ihm knurrt laut vernehmbar der Magen, während er sich selbst ebenfalls auf den Weg nach Hause macht. Er wird erst Frühstück machen und dann Dana wecken, die sicherlich noch schlafen wird, und anschließend mit ihr zusammen nach White Crossing fahren. Vermutlich wird sie nicht sonderlich begeistert davon sein, dass sie noch länger wird bleiben müssen, aber selbst wenn es nicht mehr schneien sollte, wird es wohl noch mindestens einen weiteren Tag dauern, bis alle Straßen zum Flughafen so weit geräumt worden sind, dass sie wieder passierbar werden.

Seufzend stapft er weiter. Er ist nicht gern der Überbringer schlechter Nachrichten, auf leeren Magen schon gar nicht. Vielleicht sollte er erst frühstücken und sie anschließend wecken. Frauen wie sie legen auf Frühstück vermutlich ohnehin nicht sehr viel Wert und nehmen nicht mehr als eine halbe Grapefruit und eine Tasse Kaffee zu sich.

Als er um die Ecke biegt und sein Blick auf sein Haus fällt, stellt er erstaunt fest, dass der komplette Weg bis zum Eingang von Schnee befreit worden ist.

Stirnrunzelnd läuft er über den geräumten Weg und öffnet die Tür, gleichzeitig macht er einen Schritt nach hinten, weil er Whisper erwartet, die ihm freudestrahlend entgegengelaufen kommt.

Doch im Haus bleibt es erstaunlich ruhig, und alles, was ihn begrüßt, ist der Duft von gebratenem Speck und Kaffee.

Einen kurzen Moment lang hat Nathan Sorge, dass er angefangen haben könnte zu halluzinieren; vielleicht hat er einfach so großen Hunger, dass er sich nun Dinge einbildet, die es gar nicht gibt. Als er seine Küche betritt, muss er allerdings feststellen, dass es sich schon um eine ziemlich weitreichende Halluzination handeln müsste, denn dort sieht er Dana, die gerade einen Teller mit gebratenem Bacon auf den Tisch stellt, während Whisper daneben sitzt und verliebt zu ihr hochblickt; vermutlich in der Hoffnung, etwas von dem Speck abzubekommen.

„Oh, guten Morgen!“ Dana lächelt ihn an, als sie ihn bemerkt, und etwas an diesem Lächeln sorgt dafür, dass seine Knie auf einmal ziemlich weich werden.

„Guten Morgen!“, antwortet er, und dann, weil sich dieser so unwahrscheinliche Gedanke auf einmal penetrant in seinem Kopf festgesetzt hat, fragt er: „Hast du den Schnee vor dem Eingang weggeräumt?“

Sie lächelt noch immer und stellt Toastbrot und Butter auf den Tisch.

„Ja, ich konnte nicht mehr schlafen und wollte mich ein bisschen nützlich machen. Du warst anscheinend noch früher wach als ich.“

„Mein Vater und ich haben draußen die Wege geräumt. Die Wege nach unten in den Ort räumt die

Gemeinde. Aber heute ist die Arbeit vermutlich ziemlich vergebens geschehen, in ein paar Stunden soll es schon wieder anfangen zu schneien."

„Ich habe davon gehört. Im Radio berichten sie heute Morgen über kaum etwas anderes." Ein wenig verlegen deutet Dana auf das eingeschaltete Radio auf dem Regal. „Ich hoffe, es war in Ordnung, dass ich deine Küche benutzt habe, ohne zu fragen? Ich hatte ziemlichen Hunger und bin davon ausgegangen, dass du wahrscheinlich ebenfalls noch nicht gefrühstückt hast."

„Damit hattest du recht." Nathan nimmt zwei Kaffeetassen aus dem Schrank und stellt sie auf den Tisch, bevor er sich zu Dana setzt. Es ist ein ungewohntes Gefühl, dass ihm in seinem eigenen Haus jemand ein Frühstück zubereitet. Die wenigen Frauen, die er je mit hierhergenommen hat, sind in der Regel nicht über Nacht geblieben. Doch Nathan ist heute Morgen zu hungrig, um sich darüber lange Gedanken zu machen, stattdessen häuft er sich Speck, Rührei und Buttertoast auf seinen Teller. Es schmeckt erstaunlich gut. Er hatte Dana, um ehrlich zu sein, nicht einmal zugetraut, Nudelwasser zum Kochen zu bringen, ohne es dabei anbrennen zu lassen. Frauen wie sie kochen normalerweise nicht selbst, zumindest seiner Erfahrung nach nicht. Allerdings hätte er von Frauen wie Dana auch niemals vermutet, dass sie sich mit so etwas Profanem wie Schneeschippen beschäftigen würden, insofern sollte er vielleicht nicht ganz so überrascht sein.

„Ich hoffe, es ist nicht zu schrecklich für dich, dass du aller Voraussicht nach über Weihnachten hierbleiben musst? Du hast die Nachrichten ja gehört, es soll heute und morgen weiterhin heftig schneien, und auch danach wird es wohl mindestens noch einen weiteren Tag brauchen, bis die Wege zum Flughafen wieder passierbar sind."

Dana schluckt den Bissen Toastbrot hinunter, den sie gerade im Mund hat.

„Ich habe ja kaum eine Wahl. Doch vielleicht sind die Wege bis Midway ja so weit geräumt, dass ich mir dort ein Hotel oder eine Pension suchen kann. Ich möchte dir ungern über die gesamten Feiertage zur Last fallen und dich belagern. Das wäre mir wirklich unangenehm."

Nathan schaut in ihre eisblauen Augen, die so wenig emotionale Regungen preisgeben.

„Ich befürchte, das wird heute nichts mehr werden. Bis ins Zentrum von White Crossing schaffen wir es – bis Midway ist es viel zu weit. Aber wir könnten einen Deal machen: Wenn es dir unangenehm ist, hierzubleiben, und du Sorge hast, mir lästig zu werden, könntest du einfach an jedem Tag, den du noch da bist, so ein Frühstück wie dieses zaubern. Was meinst du?" Über den Tisch hinweg streckt er ihr die Hand hin, und sie schlägt ein.

„Abgemacht. Allerdings befürchte ich, dass wir dringend ein paar Vorräte brauchen werden; in deinem Kühlschrank herrscht nämlich jetzt ziemliche Leere."

Kauend lächelt Nathan Dana über den Tisch hinweg zu und sieht, wie sie sich ein bisschen zu entspannen scheint, zumindest lehnt sie sich auf ihrem Stuhl zurück und wirkt irgendwie deutlich lockerer als noch vor ein paar Minuten.

„Das ist kein Problem. Ich wollte nach dem Frühstück ohnehin nach White Crossing runterfahren. Meine Mutter hat mir eine Einkaufsliste gegeben, bei der man davon ausgehen könnte, dass sie sich Sorgen darüber macht, dass wir hier noch mehrere Jahre und nicht nur ein paar Tage festsitzen könnten. Wenn du möchtest, kannst du mitfahren, und wir besorgen, was du für das Frühstück brauchst. Außerdem gibt es einen kleinen Bekleidungsladen, in dem du dich für die nächsten Tage mit allem eindecken kannst, was du noch brauchst."

„Wunderbar!" Dana lächelt erneut, und Nathan ist erstaunt, wie warm ihre Augen dabei wirken.

+++

Kapitel 15

Nathan lässt mich vor einer kleinen Ladenzeile heraus, die aus nicht viel mehr als einem Bekleidungsgeschäft, einem Drogeriemarkt sowie einem Schuhladen besteht.

„Groß ist die Auswahl hier nicht, aber mit etwas anderem kann ich leider momentan nicht dienen", sagt er entschuldigend, und ich zucke mit den Schultern.

„Ich werde bestimmt zurechtkommen. Ich brauche dringend ein paar praktischere Sachen und ein Paar warmer Schuhe. Ich bin im Moment wohl kaum in der Position, irgendwelche Ansprüche zu stellen."

Er erwidert mein Lächeln, und ich bemerke, wie gut ihm die kleinen Lachfältchen stehen, die sich dabei wie ein feines Netz um seine Augen legen.

„Ich hole dich in circa einer Stunde wieder ab. Mom hat ihre Einkaufsliste vorhin telefonisch an die Besitzerin des Supermarktes weitergegeben, die bereits alles zusammengestellt hat. Ein Vorteil, wenn man in einer Kleinstadt wohnt, wo die Leute sich mitunter seit ihrer Kindheit kennen. Also, verlauf dich bis dahin nicht in White Crossings unglaublichem Shoppingcenter." Er zwinkert mir zu und fährt dann weg. Ich bin dankbar, ein paar Minuten allein zu sein. Ich bin es wirklich nicht mehr gewohnt, so viel Zeit mit einem anderen Menschen zu verbringen.

Als Erstes gehe ich in den Schuhladen und suche mir ein Paar mit Fell gefütterter, wasserfester Stiefel mit einer dicken Profilsohle aus. Die Dinger sind zwar nicht sonderlich schön, aber wenn ich in den nächsten Tagen meine Zeit nicht ausschließlich drinnen verbringen möchte, werde ich sie sicherlich brauchen.

Die Verkäuferin lächelt freundlich, als sie meine Stiefel zur Kasse trägt und den Preis in eine altmodisch anmutende Registrierkasse eintippt.

„Ich hoffe, Sie waren nicht auf der Durchreise und stecken nun hier fest?“, fragt sie mich und entfernt die Preisschilder von den Sohlen, bevor sie die Stiefel zurück in den Karton packt.

„So ähnlich“, antworte ich ihr freundlich. „Ich war beruflich in White Crossing, und jetzt bin ich hier eingeschneit.“

„O nein, wie entsetzlich! Und das so kurz vor Weihnachten! Ihre Familie wird Sie bestimmt fürchterlich vermissen – und Sie Ihre Familie doch sicherlich auch?!“

„Es ist ja nun leider nicht zu ändern“, sage ich ausweichend und zücke meine Kreditkarte, um zu bezahlen. Es geht sie schließlich nichts an, dass ich Weihnachten schon seit Jahren nicht mehr mit meinen Eltern verbringe, nicht mehr, seit ich mit vierzehn in ein Internat gekommen bin und es sich in den Weihnachtsferien zeitlich einfach nicht lohnte, ihnen hinterherzufliegen, wo immer sie auch gerade waren.

„Wo sind Sie denn untergekommen, Sie armes Ding? Soweit ich weiß, ist die Pension ja geschlossen, weil Bernadette Baker über die Feiertage bei ihrer Tochter zu Besuch ist.“ Sie packt meine Stiefel in eine weihnachtlich bedruckte Plastiktüte, macht jedoch keinerlei Anstalten, sie mir zu überreichen.

„Da ich beruflich bei den Callerys war, waren diese so freundlich, mich bei sich aufzunehmen, bis die Straßen zum Flughafen wieder passierbar sind.“ Auch das geht die neugierige Verkäuferin eigentlich nichts an, aber ich habe das Gefühl, dass es die stressfreieste Variante ist, um hier möglichst schnell wieder rauszukommen, damit ich meine restlichen Einkäufe erledigen kann. Ich kenne das schließlich von mir selbst: Wenn ich etwas wissen will, dann will ich es wissen und lasse so lange nicht locker, bis ich alle Informationen bekommen habe, die ich wollte.

„Also haben Charles und Kelly Sie aufgenommen? Sie sind so nette Menschen.“

„Ja, das sind sie wirklich“, antworte ich, und zum Glück bemerkt sie dabei nicht, dass ich ihre ursprüngliche Frage außer Acht gelassen habe; denn offenkundig ist sie mit meiner Antwort zufrieden und überreicht mir die Tasche.

„Ich wünsche Ihnen schöne Feiertage, Ma'am. Ich hätte auch nichts dagegen, ein paar Tage bei den Callerys festzusitzen, vor allem nicht, wenn Nathan zu Hause ist!“ In ihre Augen ist ein schwärmerischer Ausdruck getreten, und ich beschließe, dass es an der Zeit ist, mich so schnell wie möglich davonzumachen.

„Ich wünsche Ihnen auch schöne Feiertage!“ Ich lächle so freundlich wie möglich, bevor ich den Laden verlasse.

Im Bekleidungsgeschäft nebenan kaufe ich mir ein paar Jeans, zwei Paar dicke Strumpfhosen, einen kuscheligen Wollpullover sowie einen Pyjama aus rosa-grau kariertem Flanellstoff, zu dem die ebenfalls sehr freundliche Verkäuferin mir rät. Sie ist eine dralle Brünette, in etwa in meinem Alter, die sich einen seltsamen Lidstrich gezogen hat, der sie ein wenig wie ein trauriger Clown wirken lässt.

„Dieses Modell habe ich auch zu Hause, es ist einfach wunderbar und hält in kalten Nächten besonders warm“, ermuntert sie mich, als ich noch ein wenig zögere. Obwohl ich diesen alten Verkäufertrick eigentlich kenne, wirkt er dennoch. Ich befühle noch einmal kurz den wirklich sehr weichen Stoff und stimme dann zu.

Auf dem Weg zur Kasse entdecke ich noch ein etwa knielanges, dunkelblaues Strickleid, das warm und gemütlich, aber gleichzeitig schick aussieht, und beschließe, es auch mitzunehmen – in meinen Augen ist es das perfekte Kleid, um es am Weihnachtsabend beim Dinner zu tragen. Nach einem Blick auf die Größe nehme ich es mit, ohne es anzuprobieren, weil mir langsam die Zeit davonläuft.

„Besuchen Sie Verwandte in White Crossing, Ma'am?“, fragt mich die Verkäuferin, während sie meine Einkäufe in einer großen Papiertüte verpackt.

„O nein, leider nicht“, antworte ich. „Ich bin hier eingeschneit und komme nun nicht mehr weg. Ich bin oben bei den Callerys untergekommen.“ Diesmal rücke ich schneller mit Informationen heraus, umso schneller bin ich vermutlich wieder hier weg.

„Oh! Dann sind Sie bestimmt die Anwältin, von der Isabella so geschwärmt hat?“

„Zumindest bin ich Anwältin“, antworte ich und zücke meine Kreditkarte, um zu bezahlen.

Die Verkäuferin lächelt mich strahlend an.

„Ich kenne die Familie Callery, schon seit ich ein kleines Kind war. Es freut mich ja so sehr, dass mit Ava alles gut ausgegangen ist. Sie sind hier im Ort nun so etwas wie eine Heldin, wissen Sie?“

„Oh, ähm, danke“, murmle ich und packe mein Portemonnaie zurück in meine Handtasche. „Ich freue mich auch sehr, dass Ava nun bleiben darf.“

„Und Sie? Sie übernachten sicherlich bei Nathan, oder? Immerhin ist Tante Liz ebenfalls zu Besuch, und Isabella und Jayden haben ja momentan kein Gästezimmer mehr.“ In ihren Augen blitzt etwas auf. „Oh, das ist ja so romantisch. Beinahe wie in einem Liebesroman …“ Sie sieht völlig entzückt aus, als sie sich zu mir vorbeugt. „Falls Sie noch etwas benötigen … schicke Unterwäsche oder Kondome … der Drogeriemarkt nebenan ist ziemlich gut sortiert.“ Verschwörerisch zwinkert sie mir zu, und ich merke, wie mir Hitze ins Gesicht steigt. Ich murmle noch ein paar Abschiedsworte, anschließend verlasse ich beinahe fluchtartig den Laden.

Dummerweise muss ich tatsächlich noch in den Drogeriemarkt, zumindest dann, wenn ich in den nächsten Tagen saubere Unterwäsche tragen will. Als ich durch die Tür ins Innere des Ladens husche, kann ich die wissenden Blicke der Verkäuferin von nebenan beinahe körperlich auf mir spüren, und ich fühle mich so verlegen wie eine Sechzehnjährige, die tatsächlich das erste Mal Kondome kaufen geht.

Ich kann die Blicke weiterhin auf mir spüren, als ich Unterwäsche kaufe – zwei schlichte schwarze BHs und ebenso schlichte Slips dazu –, dicke Socken in meinen Korb packe sowie ein Paar langer Ohrringe aus Glitzersteinchen in Bordeauxrot und Blau, die heruntergesetzt sind und bestimmt hervorragend zu meinem neuen Strickkleid passen.

Als ich eher versehentlich an der Abteilung mit den Kondomen vorbeikomme, will ich erst einen Schritt schneller gehen, bis mir einfällt, dass dafür gar keine Notwendigkeit besteht. Voraussichtlich werde ich nur noch wenige Tage hier sein; es kann mir demnach völlig egal sein, was die Leute hier über mich reden, da ich davon nichts mehr mitbekommen werde.

Grinsend straffe ich die Schultern und halte an.

Wenn sie schon über mich tratschen, will ich ihnen wenigstens etwas bieten. In aller Seelenruhe begutachte ich also die Kondome und packe schließlich eine Großpackung in Größe XXL in meinen Korb, dazu noch zwei Tuben Gleitgel, eine davon mit Erdbeergeschmack.

Aus einer Laune heraus gehe ich anschließend noch einmal zurück zu den Strümpfen und packe ein Paar halterlose Strümpfe ein. Mehr hat der kleine Laden leider nicht im Sortiment, und ich bedauere es fast, dass ich keine Zeit mehr habe, mir einen Baumarkt zu suchen, um mich dort mit Hanfseilen und Kabelbindern einzudecken; aber die Augen der Verkäuferin sind auch so bereits groß genug, als sie meine Einkäufe über das Band zieht.

„Ich habe vorhin gesehen, wie Sie bei Nathan Callery aus dem Wagen gestiegen sind. Sind Sie Verwandtschaft von außerhalb?"

Schon wieder. Doch diesmal bin ich eindeutig besser vorbereitet!

„So könnte man das sagen!", flöte ich als Antwort und packe noch ein Päckchen Wäscheklammern mit aufs Band, die im Kassenbereich als Schnäppchen angepriesen werden. Die Verkäuferin schaut mich fragend an und ich zucke lächelnd mit den Schultern.

„Manchmal ist Improvisation eben alles. Nathan mag es gerne … ähm ... ein bisschen härter!“ Vielsagend wackele ich mit den Augenbrauen, und die Verkäuferin wird zu meiner großen Freude tatsächlich rot.

Als ich den Laden verlasse, fällt mein Blick auf den kleinen Souvenirshop gegenüber. Nach einem Blick auf die Uhr stelle ich fest, dass mir noch zehn Minuten bleiben, bis Nathan mich wieder abholt, also gehe ich hinein und kaufe auf die Schnelle ein paar Weihnachtsgeschenke, um morgen nicht gänzlich mit leeren Händen dazustehen.

Für Ava finde ich einen kleinen Elch aus Plüsch, für Isabella, Kelly und Liz kaufe ich je eine wunderschöne handbemalte Christbaumkugel mit filigran gezeichneten Engeln darauf, und für Nathan und seinen Vater lasse ich mir jeweils einen Schal aus weicher Wolle einpacken.

Als ich wieder ins Freie trete, ist die Stunde Zeit, die ich hatte, auf die Sekunde genau vorbei. Ich sehe Nathans Wagen bereits auf der gegenüberliegenden Straßenseite parken. In dem Moment, in dem ich sein Auto fast erreicht habe, entdecke ich ihn ebenfalls – er kommt gerade aus dem Schuhladen, ein schiefes Grinsen auf dem Gesicht.

„Manchmal hasse ich White Crossing, und ich frage mich ernsthaft, warum ich immer wieder hierherkomme“, sagt er, aber sein beinahe zärtliches Lächeln straft seine Worten Lügen. „Stephanie, die Verkäuferin aus dem Schuhladen, war übrigens ganz und gar hingerissen von dir und hat mir für dieses Jahr besonders schöne Feiertage gewünscht.“

„Wie nett von ihr“, murmle ich und bin auf einmal froh, dass er anscheinend nach mir nicht mehr im Drogerieladen gewesen ist – dort hätten sie ihm vermutlich andere Wünsche mit auf den Weg gegeben. Mir tut es beinahe ein bisschen leid, was ich gemacht habe, zumal es extrem unprofessionell war, aber manchmal kann ich einfach nicht anders. Obendrein ist Nathan ein attraktiver Junggeselle, und eine Großpackung Kondome in XXL wird sicherlich nicht sonderlich rufschädigend für ihn sein. Mit den Wäscheklammern könnte es in einer vermutlich eher prüden Kleinstadt wie dieser natürlich schon anders aussehen, aber auch in diesem Fall gehe ich nicht davon aus, dass ihm das ernsthafte Probleme bereiten wird.

„Alles in Ordnung mit dir? Du siehst so abwesend aus.“ Er nimmt mir meine Einkäufe aus der Hand und verstaut sie im Kofferraum. Ein wenig schuldbewusst schaffe ich es, nicht zusammenzuzucken, als er mich aus meinen Gedanken reißt.

„Ja, alles in Ordnung. Danke!“ Ich lächle ihn so unschuldig an, wie ich nur kann.

„Hast du bekommen, was du brauchst?“, fragt er mich ein kleines bisschen skeptisch.

„Ja, danke. Das Angebot hier ist völlig ausreichend. Und es muss ja ohnehin bloß für ein paar Tage genügen.“

„Das stimmt. Der Wetterbericht sagt, dass sich die Lage nach Weihnachten wahrscheinlich so weit beruhigt haben dürfte, dass die Straßen passierbar sind, und der Flughafen von Midway seinen Betrieb wieder aufgenommen hat. Hoffen wir also das Beste.“ Er öffnet mir die Beifahrertür.

„Ganz genau", antworte ich, während ich in den Wagen klettere.

Es ist ein seltsames Gefühl, hier festzusitzen, aber immer, wenn Nathan in meiner Nähe ist, bin ich mir auf einmal nicht mehr ganz sicher, ob seltsam wirklich etwas Schlechtes sein muss.

Kapitel 16

+++

Wenn Dana nicht arbeitet, scheint sie ein völlig anderer Mensch zu sein. Alles, was er vorher als unterkühlt und anstrengend empfunden hat, schien gestern Abend auf einmal von ihr abgefallen zu sein.

Natürlich ist sie nach wie vor wahnsinnig kontrolliert. So kontrolliert, dass er beinahe Kopfschmerzen davon bekommt, sie länger als ein paar Minuten zu beobachten. Was er natürlich nie macht. Schließlich ist sie ihm ja völlig egal, insofern hat er gar keinen Grund, sie zu beobachten. Niemals würde er sie heimlich anstarren oder sich gar fragen, wie ihr Haar wohl aussehen mag, wenn sie es offen lässt und nicht so streng nach hinten steckt.

Ach, hör doch auf, dir was vorzumachen, Junge!

Fakt ist, Dana Donovan ist eine verdammt attraktive Frau, sodass er nichts dagegen hätte, herauszufinden, ob man nicht auch eine Eisprinzessin zum Glühen bringen kann. Der Gedanke daran, ob sie wohl im Bett ihre Kontrolle aufgibt, lässt ihn einfach nicht mehr los. Seit sie sich heute Morgen mit einem leisen Seufzen eine Gabel voll Ei mit Speck in den Mund geschoben hat, fragt er sich, was für Geräusche sie wohl im Bett von sich geben mag. Ob sie wohl eher ruhig ist oder zu den Frauen gehört, die hemmungslos zu stöhnen beginnen, wenn sie in Ekstase geraten. Er mag es sehr, wenn Frauen stöhnen. Wenn sie hemmungslos sind natürlich auch.

Dana sitzt neben ihm und beobachtet die verschneite Winterlandschaft aus dem Fenster. Er kann nur hoffen, dass sie keine Gedanken lesen kann, auch wenn er sich da seit dem Gerichtsverfahren nicht mehr ganz so sicher ist. Ihre Intuition war mehr als beeindruckend.

„Es ist unglaublich, dass so etwas Schönes die Macht besitzt, einen davon abzuhalten, nach Hause zu kommen.“ Sie vollführt eine Geste, die den vielen Schnee einschließt, der seit gestern gefallen ist. „Es wirkt alles so friedlich da draußen, und doch birgt es so viele Gefahren, wenn solche Mengen Schnee fallen.“ Sie schenkt ihm ein schiefes Lächeln. „Von der vielen Arbeit, die der Schnee mit sich bringt, mal völlig abgesehen. Morgen werde ich bestimmt furchtbaren Muskelkater vom Schneeschippen haben. Ich spüre es schon jetzt, so viel körperliche Arbeit bin ich gar nicht mehr gewohnt. Natürlich gehe ich regelmäßig trainieren, um mich ein bisschen fit zu halten, einen Ausgleich zu meiner Arbeit zu schaffen, aber das ist etwas ganz anderes.“ Erneut schaut sie aus dem Fenster. „Verzeih bitte, ich rede schon wieder. Dabei hatten wir uns ja darauf geeinigt, dass ich dir nicht auf die Nerven gehen werde.“ Jetzt ist ihr Lächeln ein kleines bisschen schelmisch und dabei nicht annähernd so schuldbewusst, wie es ihre Worte gerade waren. „Also, ich werde sofort still sein.“ Sie legt sich den Zeigefinger an die Lippen, wendet den Blick ab und sieht erneut auf die Straße.

Komischerweise stellt Nathan ziemlich schnell fest, dass es ihm lieber war, als sie noch wie ein Wasserfall geredet hat. Noch lieber wäre es ihm gewesen, wenn es sein Finger gewesen wäre, der sich gerade auf ihre Lippen gelegt hätte. Nicht unbedingt, um sie zum Schweigen zu bringen … oder vielleicht doch. Doch, ganz genau, um sie zum Schweigen zu bringen. Er hätte gerne seinen Finger an ebenjene Stelle gelegt, damit Dana den Mund hält, damit er sie küssen kann. Damit er ihre Lippen mit seinem Mund versiegeln kann, sie küssen und sie schmecken. Dieser Lipgloss, den sie heute trägt, schmeckt leicht nach Zimt, jede Wette. Zumindest war es Zimt, den er vorhin riechen konnte, als sie sich ganz nah an ihm vorbeigedrängt hat, um ins Auto zu steigen. Niemals hätte er gedacht, dass Zimt in Kombination mit Pfirsichen und Honig so verführerisch duften könnte. Nathan mag es, wenn er eine Frau küsst, die ein solches Lipgloss benutzt, das ist fast so, als würde man gleich zwei Dinge auf einmal bekommen. Nicht, dass es nicht reichen würde, eine Frau einfach nur so zu küssen, aber für ihn ist es, als würde auf das Eis mit Sahne und Schokosoße auch noch Krokantstreusel kommen. Das Pünktchen auf dem i sozusagen.

Er muss wirklich dringend auf andere Gedanken kommen, sonst besteht die Gefahr, dass zu viel Blut in anderen Körperregionen gebraucht wird und er sich so wenig aufs Fahren konzentrieren kann, dass er seinen Wagen um den nächsten Baum wickelt oder im Straßengraben versenkt.

„Wie hättest du Weihnachten gefeiert, wenn du nicht hier festsitzen würdest?" Die Frage scheint ihm unverfänglich. Weihnachten ist schließlich nicht dafür bekannt, sonderlich sexy zu sein.

+++

„Wie hättest du Weihnachten gefeiert, wenn du nicht in White Crossing festsitzen würdest?"

Von allen Dingen, die man einen Menschen fragen kann, muss Nathan mir ausgerechnet diese Frage stellen.

Sie gehört zu den wenigen Themen, die ich nicht beantworten möchte, weil ich mir dabei unzulänglich vorkomme, so, als müsse ich mich für die Antwort schämen. Gleichzeitig will ich ihn aber auch nicht anlügen.

„Ich hatte noch keine konkreten Pläne", antworte ich schließlich ausweichend. Das klingt deutlich besser, als zu sagen, dass ich vermutlich einen Stapel Akten durchgegangen wäre und mir Essen beim Chinesen bestellt hätte, und am zweiten Feiertag wäre ich mit Sally zum Brunch gegangen.

Er wirft mir einen Seitenblick zu, der mich vermuten lässt, dass meine Antwort wohl nicht ausweichend genug war.

„Du hattest keine Pläne für Weihnachten? Wie kann das sein? Was ist mit deinen Eltern?"

Ich seufze tief.

„Sagen dir Belinda und Jefferson Donovan etwas?"

„Die Entwicklungshelfer?"

Ich nicke. „Genau die."

„Das sind deine Eltern?" Nathan klingt völlig ungläubig, aber das kenne ich schon. Viele Menschen kennen meine Eltern, sie sind bei ihrer Arbeit oft von einem Filmteam begleitet worden, und ich will gar nicht abstreiten, dass sie Großartiges geschafft haben. Sie haben an mehreren Brunnenprojekten in Afrika mitgewirkt, sie haben Unmengen an Spendengeldern für Impfaktionen für Neugeborene in Entwicklungsländern aufgetrieben. Als Ärzte haben sie einen großen Teil der Impfungen selbst durchgeführt und zusätzlich in vielen Seuchengebieten mitgeholfen, Krankheit und Elend so gut einzugrenzen, wie es nur geht. Ihre humanitären Einsätze sind derartig zahlreich, dass selbst ich sie nicht alle aufzählen kann, und ihre journalistischen Leistungen in Form von eingehender Berichterstattung sind ebenfalls durchaus erwähnenswert.

Allerdings fordert so viel Einsatz auch seinen Preis. Wenn man etwas mit solcher Obsession betreibt, wie es meine Eltern tun, dann bleibt wenig Raum für anderes; manchmal auch wenig Raum für das eigene Kind.

„Ich erinnere mich an einen älteren Bericht von ihnen, in dem du auch vorgekommen bist. Damals warst du noch ein kleines Mädchen. Du hältst in dem Film ein schwer krankes Baby auf dem Arm."

„Ja, als ich noch klein war, habe ich sie oft auf ihre Reisen begleitet." Und ich habe viele, viele Kinder sterben sehen. Manche von ihnen sind sogar in meinen Armen gestorben, aber das sind Dinge, die die Kameras nicht gezeigt haben – und Dinge, die Nathan vermutlich auch nicht sonderlich interessieren.

„Dann sind deine Eltern momentan irgendwo unterwegs?"

„Ja, so wie jedes Jahr an Weihnachten. Es ist ihre ganz persönliche Art und Weise, die Feiertage zu verbringen und etwas Gutes zu tun." Ich bewundere sie dafür wirklich. Ich bewundere sie dafür, dass sie etwas mit so viel Herzblut und Hingabe tun. Keine Ahnung, ob ich das auf Dauer könnte, denn ich habe selbst von klein auf erlebt, welche Entbehrungen man dafür in Kauf nehmen muss. Wahrscheinlich muss man irgendwie dafür geboren sein, ich bin es definitiv nicht.

„Ich respektiere so viel Engagement", sagt Nathan nachdenklich. „Auch wenn es mir für dich leidtut, dass du Weihnachten alleine wärst. Können deine Eltern sich ihre Termine nicht anders legen? Jeder Mensch muss doch schließlich auch mal Urlaub machen."

Ich zucke mit den Schultern.

„Ihre Arbeit ist ihnen eben sehr wichtig."

„Wichtiger als ihre Tochter?"

Erstaunt sehe ich zu Nathan hinüber. Normalerweise kommen nur begeisterte Reaktionen, wenn ich von meinen Eltern erzähle, und das nicht ganz zu Unrecht.

„Ich bin nur eine einzelne Person, Nathan. Und sie helfen vielen. Obendrein Menschen, die ihre Aufmerksamkeit und ihre Hilfe sehr viel dringender brauchen als ich."

Wir schweigen, bis wir vor seiner Haustür angekommen sind. Dort hält er kurz an und holt meine Einkäufe aus dem Kofferraum. Ein Kofferraum, der bis oben hin vollgepackt mit Lebensmitteln ist.

„Es wäre so einfach, wenn die Welt nur schwarz oder weiß wäre, nicht wahr?", sagt er nachdenklich, als er mir die letzte meiner Einkaufstüten aus dem Kofferraum reicht. „Aber das ist sie nicht. Ich will dir nicht zu nahetreten, doch ich habe sowohl mit sehr guten als auch mit sehr schlechten Eltern Erfahrungen gemacht, und ich bin mir ziemlich sicher, dass deine Eltern in keine dieser Kategorien fallen. Vermutlich sind sie irgendetwas dazwischen, und das tut mir leid, denn du hättest sehr gute Eltern verdient gehabt. Ganz egal, was sie sonst noch alles Grandioses für diese Welt leisten."

Dann steigt er wieder in seinen Wagen und lässt mich völlig perplex zurück.

+++

„Was zum Teufel ist denn nur los mit dir, Nathan?" Seine Mutter stupst ihm freundschaftlich mit zwei Fingern in die Seite. „Du siehst aus, als hätte dir jemand absichtlich dein Haus angezündet."

Nathan trägt die letzte Tasche mit Einkäufen in die große Wohnküche und lehnt sich gegen die Arbeitsplatte.

„Wusstest du, dass Danas Eltern Belinda und Jefferson Donovan sind?"

„Diese Entwicklungshelfer?" Kelly zieht die Augenbrauen in die Höhe.

„Genau die."

„Dann ist Dana das kleine Mädchen aus den Filmaufnahmen, die bis heute immer wieder gezeigt werden?" Seine Mutter dekoriert ein paar Kekse auf einem Teller neu und stellt ihn anschließend auf den Tisch.

„Ganz genau."

„Das arme Ding!", entfährt es ihr entsetzt. „Dad und ich haben uns früher immer gefragt, wie man seinem Kind so etwas antun kann."

„Wie meinst du das?"

Nachdenklich streicht Kelly die Tischdecke glatt.

„Vielleicht habe ich eine falsche Auffassung davon, was es bedeutet, Eltern zu sein. Wahrscheinlich habe ich zu lange darauf warten müssen, Kinder zu haben, und die, die ich schließlich bekommen habe, waren durchaus als Herausforderung zu bezeichnen." Sie lächelt Nathan an, und er muss an die vielen Wochen und Monate denken, die es ihn gekostet hat, Vertrauen zu seinen Adoptiveltern zu fassen. Nein, es war bestimmt nicht immer einfach mit ihm, vor allem dann nicht, wenn er Isabella panisch unter dem Bett versteckt hat, weil er Sorge hatte, sie könnten sie ihm wegnehmen. Seine Mutter kommt zu ihm herüber, nimmt sein Gesicht zwischen ihre Hände und küsst ihn auf die Stirn. „Vielleicht liegt es daran, dass ich gesehen habe, was mit Kindern geschieht, die zu viel Kummer und Leid erfahren haben. Aber auch ohne das, mit nur einem Hauch von Empathie und Liebe im Blut würde ich mein Kind niemals mit mehr Leid und Elend in Kontakt bringen als eben nötig. Wahrscheinlich ist es ein bisschen egoistisch, dass man damit das Glück seiner eigenen Kinder über das anderer Menschen stellt. Aber ich habe euch einfach immer viel zu sehr geliebt, um anders handeln zu können. Es ist und bleibt mir unbegreiflich, wie Eltern so egoistisch sein können, dass sie ihre eigenen Interessen so viel wichtiger nehmen als die Bedürfnisse ihrer Kinder." Mittlerweile hat sie damit begonnen, die Füllung für den Truthahn zu schneiden, und wirkt dabei ein bisschen, als ob sie die Maronen umbringen wolle. „Ich meine damit ja nicht, dass man seine eigenen Interessen völlig vergessen soll, es muss allerdings so was wie ein Gleichgewicht geben. Wenn man sein Kind in Gegenden mitnimmt, in denen es gefährliche Krankheiten gibt, und außerdem Dinge, die dieses noch gar nicht verarbeiten kann – ja, dann finde ich das egoistisch." Noch einmal hackt sie zu, und nun sind auch die letzten Maronen klein.

„Habe ich dir je gesagt, dass du eine wirklich tolle Mutter bist?“ Nathan stößt sich von der Arbeitsplatte ab, während sich Kelly langsam zu ihm umdreht. In ihren Augen schimmern Tränen.

„Nein. Nein – ich glaube, das hast du mir noch nie gesagt!“

„Dann war es wohl mal an der Zeit.“

+++

Kapitel 17

Es muss Jahre her sein, dass ich das letzte Mal Langeweile hatte. So lange, dass ich mich nicht mehr daran erinnern kann, und ich kann nicht behaupten, diesbezüglich viel verpasst zu haben. Langeweile macht definitiv keinen Spaß.

Ich halte es neunundzwanzigeinhalb Minuten aus, tatenlos allein in Nathans Haus herumzusitzen, dann wird es mir zu doof.

Ich ziehe meine neuen Jeans sowie einen der neuen Pullover an, streife die wasserfesten Stiefel über meine Füße, greife nach meinem Mantel und mache mich auf den Weg zum Haus von Charles und Kelly.

Morgen ist Weihnachten, und den vielen Zutaten nach, die Kelly von Nathan hat kaufen lassen, kann sie sicherlich ein wenig Hilfe gebrauchen.

Ich habe das Haus gerade verlassen, als mein Handy klingelt.

„Hallo, Sally, arbeitest du etwa noch?"

„Ich habe dir nur noch schnell die Akten für die Fälle im neuen Jahr gemailt, die du haben wolltest, und jetzt mache ich Schluss und starte in die Feiertage. Ich habe schon den Pulli mit den goldenen Glöckchen darauf an." Sie klingt so enthusiastisch, dass ich lächeln muss.

„Du siehst sicher total entzückend darin aus."

„Aber natürlich tue ich das. Ich sehe nämlich *immer* entzückend aus – hast du das etwa vergessen?"

„Selbstverständlich nicht!"

„Dann ist es ja gut. Doch jetzt zu dir. Bitte, bitte erzähl mir ganz genau, wie es ist, mit Nathan Callery eingeschneit zu sein. Ich stelle mir das sooooo romantisch vor."

„Lustig!", antworte ich. „So etwas Ähnliches haben mich heute sämtliche Verkäuferinnen, denen ich im Ort begegnet bin, ebenfalls gefragt. Und weißt du, was ich geantwortet habe?"

„So wie ich dich kenne, irgendetwas Ausweichendes, aber sie haben erst bemerkt, dass sie gar keine konkrete Antwort von dir bekommen haben, als du bereits über alle Berge warst."

„Du kennst mich wirklich gut", sage ich lachend und klemme mir das Handy zwischen Ohr und Schulter fest. Es ist viel zu kalt, um mit offenem Mantel hier draußen herumzulaufen, und ich versuche mühsam, ihn zuzuknöpfen.

„Wenigstens hast du ihnen nichts erzählt, was du mir verschwiegen hast."

„Als ob ich das jemals wagen würde!"

Sally lacht leise, doch dann wird sie wieder ernst.

„Weißt du was? Erst hat es mir ganz schrecklich leidgetan, dass du über Weihnachten nicht nach Hause kommen kannst. Ich hätte mich gerne so wie immer am zweiten Weihnachtstag zum Brunch mit dir getroffen. Doch plötzlich ist mir bewusst geworden, wie selbstsüchtig das von mir ist, denn die restlichen Feiertage über wärst du allein gewesen."

„Ach Sally … du weißt doch, dass ich auf Weihnachten nicht viel Wert lege. Vielleicht, weil es bei uns eigentlich nie etwas Besonderes war."

„Dann ist es allerhöchste Zeit, dass es mal zu etwas Besonderem wird, meinst du nicht?"

„Und du meinst, dass das hier passieren könnte?“ Ungläubig runzle ich die Stirn und gehe etwas schneller.

„Ich glaube noch an Weihnachtswunder. Du etwa nicht?“

„Ich glaube ja nicht einmal an den Weihnachtsmann …“

„Das schützt dich auch nicht vor Wundern! Wunder machen nämlich, was sie wollen, ohne Rücksicht darauf, ob man an sie glaubt oder nicht.“

„Na dann!“, murmle ich, noch genauso skeptisch wie vorher.

Sally lacht leise.

„Wart's nur ab – ich habe ein gutes Gefühl. Allerdings muss ich jetzt los, sonst komme ich zu spät zu meiner Grandma – und sie hasst Unpünktlichkeit.“

„Ich wünsche dir viel Spaß, Sally. Und pass auf dich auf.“

„Den wünsche ich dir auch, Dana. Amüsiere dich mal ein bisschen.“

Ich bin beinahe beim Haus von Nathans Eltern angekommen. Genau in diesem Moment öffnet Nathan die Haustür und es fängt wieder an zu schneien.

Die ersten zarten Eiskristalle rieseln vom Himmel, während Nathan Callery mich anlächelt und es dabei irgendwie schafft, ein weiches Gefühl in meinen Knien zu verursachen, während in meinem Bauch ein paar Schmetterlinge den winterlichen Temperaturen zum Trotz zu tanzen beginnen.

Wenn ich ehrlich sein soll, muss es genauso lange her sein, dass ich mich amüsiert habe, wie es her ist, dass ich mich zum letzten Mal gelangweilt habe. Nur, dass ich das

Gefühl des Sich-Amüsierens deutlich positiver in Erinnerung habe.

„Ja", antworte ich Sally und erwidere Nathans Lächeln. „Vielleicht sollte ich mich wirklich mal wieder amüsieren." Dann verabschiede ich mich, beende das Telefonat mit Sally und schiebe mein Handy zurück in meine Manteltasche.

„Hallo, Eisprinzessin!" Nathan verschränkt die Arme vor der Brust und mustert mich von oben bis unten. „Ist dir in deinem Schloss etwa langweilig geworden?"

Betont lässig zucke ich mit den Schultern.

„Der griesgrämige Schlossdrache ist nicht zu Hause gewesen, ich schätze, ich habe ihn erfolgreich vertrieben. Um sicherzugehen, wollte ich aber das Gelände noch einmal absuchen." Fest blicke ich ihm in die Augen. „Ups … Ich befürchte, ich habe ihn gefunden. Vielleicht lässt er sich durch den Beschuss von Schneebällen vertreiben?"

Nathans weiße Zähne blitzen auf, als er sich zu mir vorbeugt.

„Warte nur ab, bis ich heute Abend mit dir alleine bin, freche Eisprinzessin. Warte nur ab …" Ich spüre, wie ich am ganzen Körper eine Gänsehaut bekomme, obwohl mir eigentlich ziemlich warm ist und gerade, zugegeben, noch ein bisschen heißer wird.

Ich versuche es mit einem leisen Lachen.

„Ich habe keine Angst vor Drachen und Fabelwesen, ich glaube nicht an den Weihnachtsmann und auch nicht an Wunder."

Etwas irritiert runzelt Nathan die Stirn, er hat ja bei meinem Telefonat mit Sally zum Glück nicht zugehört.

„Wonach bist du denn hier auf der Suche?"

Wenn ich das nur so genau wüsste …

„Ich suche eine sinnvolle Beschäftigung, Eisprinzessinnen langweilen sich nicht gern. Deshalb hatte ich gehofft, dass deine Mutter vielleicht Hilfe in der Küche gebrauchen könnte?“

„Das kann sie ganz bestimmt, zumal Isabella dieses Jahr mit Ava beschäftigt ist und darum die meiste Zeit ausfällt. Sie wird sich sicher freuen.“ Er deutet auf die Tür. „Geh einfach rein. Als ich gerade bei ihr war, hatte sie die Hände voller Kuchenteig. Vermutlich kann sie im Moment nicht aufmachen.“

„Dann werde ich mal schauen, ob ich Isabellas Ausfall ein wenig ausgleichen kann.“

Nathan bleibt mitten im Weg stehen, sodass ich einen Bogen um ihn herumlaufen muss, wenn ich ihn nicht rammen will. Dabei komme ich ihm so nahe, dass ich den schwachen Duft seines Aftershaves wahrnehmen kann – Zedernholz, dazu Orangenschale und Gewürze.

„Viel Spaß, Eisprinzessin!“ Ich kann seinen Blick in meinem Rücken spüren und konzentriere mich auf meine Schritte, um nicht über meine eigenen Füße zu stolpern, während Nathan mich beobachtet. Irgendwie macht er mich heute seltsam nervös.

Kapitel 18

Obwohl Nathan gesagt hat, ich solle einfach hineingehen, klopfe ich trotzdem an, bevor ich die Tür öffne.

Kaum dass ich die Küche betreten habe, werde ich von Wärme und einem ganzen Schwall weihnachtlicher Essengerüche begrüßt.

Kelly dreht sich zu mir um und lächelt. Sie trägt eine rot karierte Schürze, die mit einem Rentier bestickt ist, und steckt bis zu den Ellenbogen in Teig, den sie so heftig knetet, als gälte es, einen Feind zu besiegen.

„Oh, hallo, Dana! Kann ich irgendetwas für dich tun?"

„Eigentlich hatte ich die Hoffnung, ich könnte etwas für dich tun und dir eventuell beim Kochen helfen."

Einen kurzen Moment hält sie beim Kneten inne.

„Dich schickt der Himmel. Ich kann jede Hilfe gebrauchen. Isabella hilft mir sonst immer, aber Ava hat sich eine Erkältung eingefangen und weint heute den ganzen Tag, und Liz ist die furchtbarste Küchenhilfe, die ich kenne. Es mag ja gemein klingen, doch manchmal habe ich das Gefühl, dass es schon reicht, wenn sie in die Töpfe schaut, dass das Essen irgendwie nicht so gut wird wie normalerweise. Insofern bin ich froh, dass sie heute damit beschäftigt ist, mit Charles zusammen einen passenden Weihnachtsbaum aufzutreiben. Dabei kann sie keinen sonderlichen Schaden anrichten."

Ich muss lachen.

„Die allergrößte Köchin bin ich zwar auch nicht, doch als Küchenhilfe sollten meine Fähigkeiten wahrscheinlich ausreichen."

„Wunderbar, du bist wirklich ein Engel! Ich würde vorschlagen, du ziehst den dicken Mantel aus, wäschst dir die Hände, schnappst dir eine Schürze, und dann machst du als Erstes mal den Eggnog für uns beide warm, der im Kühlschrank steht. Schließlich besteht kein Grund, es sich beim Kochen nicht ein bisschen gut gehen zu lassen." Fröhlich zwinkert sie mir zu, und ich stelle fest, dass ich Kelly sehr gern leiden mag.

Zwei Stunden später bin ich ein wenig angeheitert, bin mir allerdings nicht sicher, ob es am Eierpunsch oder an Kelly liegt. Sie hat einfach eine Art an sich, der man nur schwer widerstehen kann, und sie hat es sogar geschafft, dass ich gut gelaunt die Weihnachtslieder, die im Radio laufen, mit ihr mitsinge.

Ich muss an einen meiner Scheidungsfälle denken bei dem ein Paar sich im Urlaub kennengelernt und recht spontan geheiratet hat. Anschließend haben sie beide übereinander erzählt, dass sie im Urlaub völlig andere Menschen gewesen seien und die jeweilige Alltagsvariante des anderen nicht sonderlich gemocht haben. Damals habe ich das nicht nachvollziehen können, aber heute fühle ich mich selbst ein bisschen, als wäre ich ein anderer Mensch. Eine ausgeglichenere, fröhlichere Variante meiner selbst, die auch mal fünf gerade sein lassen kann.

Es ist nicht so, als würde ich die Alltags-Dana nicht mögen. Es hat schließlich Gründe, warum ich sonst sehr diszipliniert und sorgfältig bin; es ist mein Rezept zum Erfolg, und von diesem Erfolg sind meine Mandanten abhängig. Allerdings muss ich mir eingestehen, dass ich die entspannte Urlaubs-Dana ebenfalls gern mag, dabei wusste ich bis heute gar nicht, dass sie überhaupt existiert.

Bis zum Abend haben wir mehrere Sorten Kekse gebacken, den Truthahn gefüllt und für morgen kalt gestellt, Soße gekocht, Süßkartoffelauflauf vorbereitet und zig weitere Gerichte gekocht, deren Namen ich vorher nicht einmal kannte.

„Dana, du bist die beste Küchenhilfe, die ich jemals hatte!" Kelly zieht mich in eine mütterliche Umarmung, und ich lasse es einfach geschehen, weil es sich gerade richtig anfühlt. „Bitte verrate das nicht Isabella", flüstert sie mir dann ins Ohr, und wir beide müssen lachen. „Jetzt wird es aber Zeit, meine Liebe!" Beinahe hektisch lässt sie mich wieder los. „Ich werde noch schnell den Geschirrspüler anstellen und du gehst flugs zurück zu Nathan. In einer Stunde treffen wir uns bei ihm, hoffentlich hat er bis dahin den Grill angeschmissen. Und an den Eggnog gedacht." Sie wirft mir ein verschwörerisches Lächeln zu und schiebt mich anschließend zur Tür hinaus. „Zieh deine wärmsten Sachen an. Bei der Kälte ist man sonst innerhalb kürzester Zeit völlig durchgefroren!"

Sobald ich ins Freie trete, stelle ich fest, dass die Kälte tatsächlich erheblich angezogen hat, vor allem dann, wenn man aus der mittlerweile leicht überheizten Küche nach draußen kommt. Binnen Sekunden habe ich das Gefühl, dass sie mir unter jede meiner Kleidungsschichten kriecht, und ich beschließe, die Strecke bis zu Nathans Haus zu joggen, um halbwegs warm zu bleiben.

Da es seit heute Nachmittag beinahe ununterbrochen geschneit hat und auf den heute Morgen geräumten Wegen bereits wieder eine geschlossene Schneedecke liegt, stellt sich das als anstrengender heraus, als ich es zunächst angenommen hatte. Im Nu bin ich durch die ungewohnte Belastung völlig außer Atem, obwohl ich normalerweise relativ fit bin.

Kurz vor der Haustür wird der Schnee auf einmal glatt, vermutlich, weil er dort bereits festgetreten ist, und ich komme ins Schlingern. In letzter Sekunde kann ich mich mit einer Hand an der Haustür festhalten, um den Halt nicht zu verlieren, aber als diese sich unversehens öffnet, lande ich mit dem Hinterteil mitten im Schnee.

„Hallo, Eisprinzessin …" Nathan klingt amüsiert. „Suchst du dort unten etwas Bestimmtes?"

„Eine Keule, um dir eins überzuziehen", murmle ich, halb verärgert, halb peinlich berührt.

Nathan streckt mir seine Hand hin, um mir aufzuhelfen, und ich ergreife sie widerwillig. Sie ist warm und fest, sein Griff ist sicher. Doch meiner ist das auch. Ich warte ab, bis er sich noch ein Stückchen zu mir vorgebeugt hat.

„Alles okay mit dir, Dana?", fragt er nun leicht besorgt. Das ist der Moment, auf den ich gewartet habe. Ich richte mich ein Stückchen auf, bis ich in der Hocke bin, dann umfasse ich sein Handgelenk mit beiden Händen und werfe mich mit meinem gesamten Körpergewicht nach hinten.

Ich kann kaum glauben, dass Nathan auf diesen uralten Trick hereinfällt, aber es funktioniert tatsächlich. Keine Sekunde später landet er neben mir im Schnee und sieht dabei so verwundert aus, dass ich laut anfangen muss zu lachen.

„Ich weiß nicht, ob du es schon wusstest …", sage ich, während ich mich auf ihn rolle, und halte seine Schultern, so gut es nur geht, am Boden fest. „Allerdings gibt es Prinzessinnen, die nehmen es mit jedem Drachen auf …" Ich habe den Satz noch nicht ganz zu Ende gesprochen, als Nathan sich aufrichtet und ich, ohne es zu wollen, von ihm herunterrolle. Lachend greife ich nach einer Handvoll Schnee und reibe sie ihm in sein erstauntes Gesicht. „Nimm das, du elender Drache!", schreie ich dabei und versuche gleichzeitig, Nathan wieder auf den Boden zu drücken. Nun beginnt auch er zu lachen, und ich sehe, wie seine Hand ebenfalls in Richtung Schnee wandert. So schnell ich nur kann, will ich mich aufrichten und aus dem Staub machen, allerdings erweist sich das als schwerer als angenommen, sodass ich stattdessen damit beginne, im tiefen Schnee in Richtung Haustür zu krabbeln; vor lauter Lachen bekomme ich mittlerweile kaum noch richtig Luft.

Weit komme ich nicht, denn Nathan greift nach meinem Knöchel, und im Nu lande ich erneut mit der Nase im Schnee. In Windeseile drehe ich mich auf den Rücken, aber Nathan ist schneller. Ehe ich michs versehe, ist er auf einmal über mir, schnappt sich meine Handgelenke und hält sie über meinem Kopf fest.

„Früher hatte man es als finsterer Schlossdrache ganz eindeutig leichter." Seine Augen blitzen fröhlich, und sein Lächeln breitet sich über sein gesamtes Gesicht aus, ehe es plötzlich erlischt, ohne dass ich sagen könnte, was passiert ist. „Allerdings war ‚einfach' noch nie mein Fall", murmelt er nun und sieht mich so intensiv an, dass ich mich zwingen muss, seinem Blick standzuhalten.

Dann küsst er mich.

Sein Kuss kommt so unvermutet, dass ich ein paar Augenblicke lang brauche, um zu begreifen, was hier geschieht. Schließlich setzt mein Herz einige Schläge aus, nur um kurz darauf im doppelten Tempo wieder einzusetzen.

Nathans Mund ist warm und fest, dabei bewegt er seine Lippen erstaunlich zart über meine, eine sanfte Berührung, eine Ahnung, kaum mehr. Er gibt mir die Zeit, ihn zu unterbrechen, ihn wegzustoßen, jetzt lässt er sogar meine Handgelenke wieder los.

Aber ich will ihn gar nicht von mir schieben. Ich will noch viel mehr von ihm als das, was er mir gibt. Also lege ich meine Hände auf seine Schultern und ziehe ihn näher an mich heran; gleichzeitig öffne ich meinen Mund ein kleines Stückchen, gerade weit genug, um seiner Zunge Einlass zu gewähren. Nathan lässt sich alle Zeit der Welt. Seine Zunge erkundet die innere Kontur meiner Unterlippe, er knabbert sanft an meiner Oberlippe, und als seine Zungenspitze endlich samtig in meinen Mund gleitet, habe ich das Gefühl, dass ich bereits seit Jahren darauf warte. Ich erwidere seinen Kuss, halte ihn fester, spüre sein Körpergewicht auf mir, den Schnee unter mir, aber eigentlich kann ich nur noch die Stelle bewusst wahrnehmen, an der sich unsere Münder berühren.

Jegliches Gefühl für Ort und Zeit verabschiedet sich von mir, und ich komme erst wieder richtig zu mir, als Nathan sich langsam von mir löst.

„Du schmeckst nach Eggnog." Sein Lächeln ist völlig unergründlich, und als er sich aufrichtet, beginne ich zu frieren. Erneut reicht er mir seine Hand, um mir aufzuhelfen, diesmal ergreife ich sie ohne Gegenwehr.

Schweigend klopft er mir den Schnee vom Mantel, dann streicht er mir eine Haarsträhne hinters Ohr, die sich vorhin gelöst haben muss, und sieht mich an.

„Du musst dich dringend umziehen, ansonsten erkältest du dich noch hier draußen." Sein Daumen fährt die Kontur meines Kinns nach. „Wir sehen uns nachher im Garten."

Ohne sich noch einmal nach mir umzudrehen, geht er in Richtung seiner Garage davon. Mit seiner dunklen Jacke hebt er sich im spärlichen Licht der Laterne über seiner Haustür als schwarzer Umriss vom weißen Schnee ab.

Auch ich drehe mich um, gehe ins Haus und bin auf einmal völlig verwirrt.

Kapitel 19

Wie von Kelly empfohlen, suche ich meine wärmsten Sachen heraus und trage sie in mehreren Schichten übereinander.

Anschließend stehe ich im Badezimmer und betrachte mein eigenes Spiegelbild. Ungläubig berühre ich meine Lippen, die vom Küssen immer noch leicht geschwollen sind.

Ich habe mich mit Nathan Callery im Schnee herumgewälzt und wild mit ihm geknutscht!

Wahrscheinlich hätte ich wirklich weniger Eggnog trinken sollen oder weniger fröhliche Weihnachtslieder singen. Irgendwie erkenne ich mich im Moment selbst kaum wieder, und während mir das heute Nachmittag noch gefallen hat, bin ich mir nun nicht mehr sicher, ob ich es nicht doch eher erschreckend finde.

Ich verliere sonst nie die Kontrolle. Niemals. Und das ist auch gut so.

Ärgerlich löse ich die Haarnadeln aus meinem Haar, kämme es zurück und binde es am Hinterkopf zu einem festen Pferdeschwanz zusammen. Über meine verräterisch geröteten Lippen trage ich ein wenig rosenholzfarbenen Lippenstift auf, damit es hoffentlich nicht mehr ganz so auffällig ist, was ich vorhin mit Nathan getrieben habe. Neugierige Blicke seiner Verwandtschaft sind gerade das Letzte, was ich gebrauchen kann. Fehlt nur noch, dass mir diesbezüglich jemand irgendwelche expliziten Fragen stellt … Seufzend schließe ich kurz die Augen. Wahrscheinlich sehe ich gerade Gespenster und alles an mir wirkt wie immer; es gibt keine erkennbaren Spuren. Aber ich fühle mich, als müsste es welche geben.

Ärgerlich schüttle ich den Kopf, der Pferdeschwanz fühlt sich dabei ungewohnt an. Normalerweise trage ich mein Haar immer hochgesteckt, aber da ich mich ja heute ohnehin nicht wie ich selbst fühle, dachte ich, dass ich ruhig mal etwas Neues ausprobieren kann.

Als ich auf die Uhr schaue, stelle ich fest, dass ich bloß noch fünf Minuten Zeit habe, bis wir uns in Nathans Garten treffen – wenn ich es richtig verstanden habe, zum Grillen, auch wenn ich das bei diesen Temperaturen etwas seltsam finde.

Ich bin mir nicht ganz sicher, wo genau der Grillplatz liegen soll – durch den dicken Schnee sieht alles ziemlich gleich aus –, doch da ich aus dem Fenster zur Terrasse niemanden entdecken kann, gehe ich davon aus, dass er wohl an irgendeiner anderen Stelle hinter dem Haus liegen wird.

Im Wohnzimmer sehe ich meine Stiefel vor dem brennenden Kaminofen stehen; anscheinend war Nathan noch einmal im Haus und hat sie für mich dorthin gestellt. Denn ich war vorhin viel zu durcheinander und habe sie einfach neben der Haustür liegen lassen. Eigentlich unglaublich, wo ich sonst beinahe zwanghaft ordentlich bin.

Meinen Mantel entdecke ich auf der Heizung, aber davor liegt ein schwarzer Parka mit einem Zettel darauf.

Dein Mantel hat vorhin etwas gelitten
und ist noch ziemlich nass. Vielleicht
möchtest du dir lieber eine trockene
Jacke von mir leihen? Diese dürfte

außerdem um einiges wärmer sein.
Bis gleich!
Nathan

PS: Den Grillplatz findest du, wenn du
zur Haustür hinaus und dann nach
rechts um das Haus herum gehst.

Damit wäre dieses Problem also auch geklärt. Dankbar greife ich nach seinem Parka, unter dem er eine zusätzliche Wolljacke aus grobem Strick deponiert hat, und streife mir beides über. Die Jacke riecht noch schwach nach seinem Aftershave, und ich spüre erneut diese verräterische Horde Schmetterlinge in meinem Bauch herumtanzen.

Ohne ihnen sonderliche Beachtung zu schenken, schnappe ich mir meine Stiefel. Der Ofen hat sie angenehm vorgewärmt, und ich schnüre sie gründlich zu, damit bloß keine Kälte von oben in sie eindringen kann, wenn ich gleich das Haus verlasse.

Fertig angezogen stapfe ich zur Tür. Draußen stecke ich aus Gewohnheit als Erstes meine Hände in die Jackentaschen, um nach meinen Handschuhen zu suchen, und werde zu meinem Erstaunen tatsächlich fündig. Nathan hat anscheinend wirklich an alles gedacht, und auch die Handschuhe, die ich in seinen Jackentaschen finde, sind deutlich wärmer als meine eigenen.

Ich kann die fröhlichen Stimmen seiner Familie schon von hier aus hören. Der Geruch von Holzkohle und Gegrilltem hängt schwer in der Luft, mittlerweile hat es wieder aufgehört zu schneien.

Als ich um die Ecke biege, traue ich meinen Augen kaum: Mitten in der weißen Winterlandschaft zwischen ein paar zugeschneiten Büschen befindet sich ein festlich gedeckter Tisch. Jede Menge Kerzen brennen in Windlichtern und tauchen die ganze Szene in ein beinahe verzaubertes Licht. An der einen Seite des Tisches steht eine brennende Feuerschale, an der anderen der Grill, neben dem Nathan und sein Vater Position bezogen haben. Auf den Bänken daneben sitzt Nathans Familie und unterhält sich fröhlich, selbst die kleine Ava ist dick eingepackt mit dabei.

Ich bleibe mit einigem Abstand stehen und betrachte das Szenario eingehend und beinahe ein wenig ehrfürchtig.

Mir ist bewusst, dass ich eingeladen bin, dass sie vermutlich sogar auf mich warten; aber das hier ist so sehr eine Familienfeier, dass ich mir wie ein Eindringling vorkomme – mehr noch: wie ein Störenfried.

Am liebsten würde ich mich einfach zurückziehen und den Abend allein im Gästezimmer verbringen. Sally hat mir heute Nachmittag diverse Unterlagen gemailt, die ich noch ansehen möchte, Nathan hat mir bereits gestern den WLAN-Schlüssel gegeben; ich müsste die Zeit also nicht ungenutzt verstreichen lassen.

Ich denke gerade ernsthaft darüber nach, mich unbemerkt davonzuschleichen, als Kelly mich bemerkt.

„Dana, meine Küchenfee! Da bist du ja!" Sie winkt mich zu sich hinüber und deutet auf den freien Platz neben sich, an dem noch ein weiteres Gedeck liegt. Da ich nun kaum noch eine andere Wahl habe, komme ich näher und setze mich neben sie. „Schön, dass du da bist!", sagt

Kelly, und tatsächlich fühlt es sich an, als würde sie es auch genauso meinen.

Auch alle anderen begrüßen mich freundlich. Alle, bis auf Nathan, der nicht mehr als ein kurzes Nicken für mich übrig hat. Vielleicht ist das auch gut. Es ist sogar ganz sicher gut. Schließlich hatte ich mir das gewünscht. Niemand soll merken, dass da irgendwas zwischen uns war, weil da natürlich überhaupt nichts zwischen uns gewesen ist. So einfach ist das. Aber wenn es gut ist, warum fühlt es sich dann so falsch an?

„Hier, probier ein paar der gerösteten Maronen, Dana. Sie sind köstlich! Ich habe keine Ahnung, warum sie über Holzkohle zubereitet viel besser schmecken als aus dem Backofen – aber sie sind ein Genuss!"

Sie legt mir ein paar der Maronen auf den Teller.

„Dass sie besser schmecken, liegt nicht an der Holzkohle, sondern einzig an der Atmosphäre. Das ist wie mit Wein, den man sich aus dem Urlaub mitbringt, weil man ihn dort hervorragend fand, und der zu Hause auf einmal völlig unspektakulär schmeckt." Jayden nimmt seiner Frau das Baby aus dem Arm, und Isabella lächelt.

„Wir haben unsere Hochzeitsreise nach Europa gemacht. Italien hat uns besonders gefallen. Da hat sogar der Wein aus dem Tetrapack wunderbar geschmeckt – auch wenn das wahrscheinlich der allerletzte gepanschte Mix war." Sie greift nach einer Marone und befreit diese vorsichtig aus ihrer Schale. „Hmmm …" Schwärmerisch schließt sie die Augen. „Um ehrlich zu sein, ist es mir völlig egal, ob es an der Atmosphäre liegt oder an den Maronen selbst – sie schmecken einfach köstlich. Nach

Weihnachten und nach Kindheit. Ich kann es kaum abwarten, bis Ava nächstes Jahr groß genug ist, um ebenfalls davon zu essen."

„Vielleicht wird sie sie furchtbar finden!", wirft Jayden ein. „Nicht jeder mag Maronen."

„Aber Ava ist meine Tochter! Natürlich wird sie Maronen mögen. Sie wird sie sogar lieben!"

Tatsächlich schmecken sie wunderbar. Süß, nussig und ein klein wenig rauchig, sehr viel besser, als ich erwartet hätte, und irgendwie ganz anders, als ich sie aus Füllungen oder Suppe kenne. Mir ist es ebenfalls egal, ob es an der Atmosphäre liegt oder auch nicht, ich esse noch eine weitere.

„Unsere Weihnachtswurst musst du ebenfalls probieren, Dana. Wir lassen sie jedes Jahr hier in der Metzgerei nach dem Rezept meiner Urgroßmutter herstellen, sie kam aus Sizilien. Die Bratwurst ist mit Fenchelsamen, etwas Zimt und jeder Menge Knoblauch gewürzt. Falls du heute noch jemanden küssen willst, solltest du sie also lieber nicht essen." Charles zwinkert mir zu, während er meinen Teller mit der Wurst belädt, und Nathan verschluckt sich an dem Punsch, von dem er gerade getrunken hat.

Schlagartig richten sich alle Blicke auf ihn, und ich spüre, wie ich rot anlaufe. Auf einmal bin ich glücklich über die Dunkelheit, die sich als starker Verbündeter herausstellt und meine Gesichtsfarbe hoffentlich ausreichend verbirgt.

„Na, na, na!" Charles klopft seinem Sohn auf den Rücken. „Ich frage mich, wann du je lernst, den Punsch durch ein Sieb zu gießen, Nathan. Es ist jedes Jahr dasselbe. An jedem Heiligabend verschluckst du dich an irgendwelchen Gewürzen, die du nicht herausgefiltert hast."

Seine Familie beginnt fröhlich zu lachen, und ich merke, wie ich mich wieder ein bisschen entspanne. Ich lehne mich auf der Bank zurück und bin dankbar für die Felle, die irgendwer daraufgelegt hat; denn trotz meiner warmen Sachen dringt die Kälte langsam durch und durch.

Der restliche Abend verläuft ohne Zwischenfälle. Das Essen schmeckt absolut traumhaft, selbst die Würstchen, die ich mir irgendwie seltsam vorgestellt hatte, sind wirklich köstlich.

Nach dem Essen verteilt Isabella Zettel und Stifte.

„Normalerweise gehen wir an Heiligabend in die Mitternachtsmesse. Aber da wir in diesem Jahr eingeschneit sind, habe ich mir etwas anderes einfallen lassen. Das hier ist fliegendes Wunschpapier. Es wäre schön, wenn jeder von euch zwei Wünsche aufschreiben würde. Einen für sich ganz persönlich, einen für jemand anderen. Danach zünden wir die Zettel an, und sie steigen hoffentlich in die Luft auf. Zumindest verspricht der Hersteller das so." Sie lächelt. „Vielleicht kommen die Wünsche ja bei Santa an." Ihre Stimme hört sich dünn an, als sie nach Nathans Hand greift. „Ich kann mich noch genau erinnern, wie Nathan und ich Santa um neue Eltern gebeten haben. Eltern, die besser sind, die uns lieben. Und das hat ja schließlich auch geklappt." Nathan verzieht keine Miene, sein Vater schaut starr zu Boden und Kelly putzt sich verstohlen die Nase. „Also dann!" Isabella versucht, die rührselige Stimmung mit einem Lächeln zu verdrängen. „Ihr müsst natürlich nicht, allerdings würde ich mich trotzdem freuen … Ach so, die Wünsche bleiben natürlich geheim. Es ist ja eine Sache zwischen euch und Santa."

+++

Nathan hat sich nie für einen sonderlich neugierigen Menschen gehalten, aber heute Abend würde er einiges dafür geben, zu wissen, was Dana auf ihren Wunschzettel geschrieben hat.

Eine ganze Weile lang hat sie still dagesessen und sich nicht geregt, bis sie dreimal zum Schreiben angesetzt hat, nur um den Stift sofort wieder abzusetzen. Schließlich hat sie beinahe hektisch etwas auf ihren Zettel geschrieben und ihn dann so schnell angezündet, als hätte sie Sorge, dass sie der Mut verlässt, wenn sie es nicht schnell hinter sich bringt.

Sie hat ihrem aufsteigenden Wunschpapier nachgesehen, bis es komplett verbrannt war; ihr Gesichtsausdruck war nicht zu deuten.

Es schien ihr wichtig gewesen zu sein, und das, obwohl er sie eigentlich nicht für den Typ hält, der tatsächlich ans Wünschen glaubt. Er hält sie eigentlich eher für den Typ …

Nathan muss feststellen, dass er sie nicht mehr so sicher einordnen kann wie noch bei ihrer Ankunft; dass er sich vielleicht in ihr geirrt hat. Sie scheint warmherziger zu sein, als er vermutet hätte, und ihr Lachen heute … ihr Lachen hat irgendetwas mit ihm angestellt. Es war so warm, so lebensfroh und so ungezwungen, dass er einfach nicht anders konnte, als sie zu küssen.

Obwohl er das sicherlich hätte bleiben lassen sollen.

Seit er erwachsen ist, vermeidet er es, Beziehungen zu Frauen einzugehen, die über eine schnelle Begegnung, über eine Nacht hinausgehen.

Beziehungen bedeuten Verantwortung, und Nathan hat in seinem Leben weiß Gott bereits genug Verantwortung übernommen. Den größten Teil seiner Kindheit ist er damit beschäftigt gewesen, weitaus mehr Verantwortung zu tragen, als ihm gutgetan hat.

Natürlich kümmert er sich bis heute um Isabella, wann immer sie Hilfe von ihm benötigt, genau, wie er stets für seine Eltern da ist, wenn sie ihn brauchen. Doch sie alle kommen auch hervorragend ohne ihn zurecht.

In einer Partnerschaft ist das etwas anderes. Wenn er sich Isabella und Jayden ansieht … die beiden scheinen einander durchaus zu brauchen, und auch wenn sie damit offenkundig glücklich sind, bekommt Nathan bereits bei dem Gedanken daran ein beklemmendes Gefühl von Enge in der Brust.

Mag ja sein, dass es für andere ein gutes Konzept ist, er jedenfalls will das für sich nicht haben. Denn das Gefühl, seiner Verantwortung nicht gerecht werden zu können, kann so erdrückend sein, dass es einem fast die Luft zum Atmen nimmt und jede andere Empfindung erstickt.

+++

Kapitel 20

Irgendwann sind alle gegangen, einzig Nathan und ich bleiben zurück.

Ich hatte mir so fest vorgenommen, nicht an unseren Kuss zu denken, aber es war unmöglich, ihn zu vergessen. Die meiste Zeit saß Nathan mir gegenüber, und es war kaum zu vermeiden, ihn zu berühren – denn der Tisch ist sehr schmal, und unsere Knie sind ständig aneinandergestoßen.

„Ich stelle noch schnell den Grill unter, du kannst ruhig rein ins Warme gehen." Nathan kehrt den Grill grob ab und ich nehme die Tischdecke vom Tisch; alles andere hat seine Familie schon mitgenommen, als sie gegangen ist.

„Was ist mit dem Tisch und den Bänken, können die hier draußen stehen bleiben, wenn es wieder schneit?"

„Eine Nacht lang werden sie es sicherlich überstehen. Morgen räume ich sie mit Dad zusammen in die Garage." Er stellt den Grill unter das Vordach und deckt ihn mit einer Plane ab.

„Ich kann doch auch schnell mit anfassen. Dann haben wir das erledigt. Ich schätze, wenn es über Nacht wie vorhergesagt weiterschneit, habt ihr morgen mit Schneeräumen noch genug zu tun, oder?"

„Die Sachen sind ziemlich schwer!" Nathan klingt skeptisch.

„Und ich bin ziemlich stark!" Ganz so leicht lasse ich mich nicht einschüchtern, und ich fühle mich schlecht, wenn die Möbel draußen herumstehen. Es ist ja auch nicht so, als wäre ich hier, weil er mich eingeladen hat, sondern weil er kaum eine andere Möglichkeit hatte, als mich ein paar Tage bei sich aufzunehmen. Da kann ich mich wenigstens ein bisschen nützlich machen. „Hast du es etwa vergessen? Ich habe dich heute mit links in den Schnee gezogen!“

Na ja, eigentlich waren es beide Hände … und darüber reden wollte ich auch nicht mehr, wenn es mir schon nicht gelingt, die ganze Angelegenheit wieder zu vergessen. Aber das passiert eben, wenn man drauflosquatscht, ohne vorher nachzudenken. Wahrscheinlich sind es bloß wenige Sekunden, doch mir kommt es vor, als würde Nathan eine halbe Ewigkeit lang schweigen, bis er endlich sagt: „Also dann, Eisprinzessin. Zeig mal, was du kannst!“

Die Bänke lassen sich zu zweit völlig unkompliziert tragen, beim Tisch wird es tatsächlich ein bisschen schwerer, das Ding muss massiv sein. Zum Glück haben Nathan und sein Vater den hohen Schnee bereits vor dem Heraustragen der Gartenmöbel halbwegs geräumt, sodass wir nur mäßig aufpassen müssen.

„Diese Nacht soll es noch mehr Schnee geben. Solche Mengen hatten wir hier seit Jahren nicht mehr!“ Nathan hält mir die Haustür auf, ich versuche, mir bereits draußen den Schnee so gut wie möglich von den Schuhen zu klopfen. „Schade, dass Ava noch zu klein ist, um davon bewusst etwas mitzubekommen. Ich befürchte, sie wird noch nicht viel davon haben, wenn ich mich mit ihr zusammen auf einen Schlitten setze und den Abhang hinunterfahren lasse.“ Er tätschelt Whisper den Kopf, die schwanzwedelnd erst ihn und dann mich begrüßen kommt.

Ich muss lachen.

„Das befürchte ich allerdings auch. Wie sieht es hier denn sonst aus? Selbst Midway liegt ja schon etwas höher und White Crossing hat noch einige Höhenmeter mehr zu bieten. Habt ihr nicht jeden Winter Schnee?"

Nathan zuckt mit den Schultern und beginnt, sich Schuhe und Jacke auszuziehen.

„Ein bisschen Schnee haben wir in jedem Jahr. Dieser Ort heißt ja nicht umsonst White Crossing. Doch in diesem Ausmaß ist es eher ungewöhnlich."

Mittlerweile habe auch ich mir Schuhe und Jacke ausgezogen.

„Danke übrigens fürs Ausleihen." Ich hänge seinen Parka an die Garderobe und stecke die Handschuhe zurück in die Taschen; dann folge ich Nathan in Richtung Wohnzimmer.

„Gern geschehen. Wenn man draußen still sitzt, wird es einem schnell kalt. Selbst mit warmem Punsch und direkt am Grill."

„Ja, das ist mir auch aufgefallen. Aber es ist eine sehr schöne – und ungewöhnliche – Tradition, die ihr da habt."

„Ich glaube, Mom hat sich das einfallen lassen, weil sie sich im ersten Jahr, in dem Isabella und ich bei ihnen waren, noch nicht getraut hat, uns mit in die Kirche zu nehmen. Es war ... sehr schwierig mit uns am Anfang, und sie wusste nie genau, wie wir reagieren. Den Stress wollte sie uns wohl allen ersparen."

„Isabella hat mir erzählt, dass du nach dem Tod eurer leiblichen Mutter eine ganze Weile für sie und dich selbst gesorgt hast. Das muss schwer gewesen sein."

Ich kann sein Gesicht nicht sehen, weil er gerade am Kamin steht, um das Feuer darin neu anzufachen, ich kann jedoch erkennen, wie sich seine Schultern einen Moment lang versteifen, als könne er auf ihnen bis heute die alten Lasten spüren.

Als er sich wieder zu mir umdreht, hat er seine Gefühle anscheinend bereits wieder im Griff, denn sein Gesicht zeigt dieselbe neutrale Miene wie immer.

„Um ehrlich zu sein, kannte ich es kaum anders. Kurz nach Isabelles Geburt hat unsere leibliche Mutter wieder damit angefangen, Drogen zu nehmen, und war nie zu Hause. Damals war ich fünf, aber ich hatte früh gelernt, auf mich allein aufzupassen und mich so gut es ging selbst zu versorgen. Es war irgendwie ganz selbstverständlich, dass ich auf Isabella ebenfalls achtgegeben und mich um sie gekümmert habe. Ich war ja froh, dass sie da war, auf diese Art war ich wenigstens nicht ständig allein. Sie war so etwas wie ein lebendiges Kuscheltier für mich, eine Art Haustier, um das ich mich kümmern konnte. Ich habe sie manchmal stundenlang mit mir herumgetragen, als sie noch ein Säugling war. Das muss ihr gefallen haben, denn sie hat nur sehr selten geweint.

An manches kann ich mich auch gar nicht mehr erinnern, denn unsere leibliche Mutter muss ja zumindest dafür gesorgt haben, dass etwas zu essen im Haus war, und ich kann mich auch nicht entsinnen, Isabella selbst gewickelt zu haben." Ein paar Augenblicke lang wird sein Blick leer, als würde er in der Vergangenheit festhängen, dann zuckt er mit den Schultern. „So oder so, wir haben es geschafft." Er lächelt, aber sein Lächeln bleibt an seinen

Lippen hängen, ohne seine Augen zu erreichen, als wäre es eine gut einstudierte Fassade.

Natürlich erzählen mir Menschen solche Dinge ständig, vor allem deshalb, weil ich sehr penetrant nachbohre. Auch Isabella hat mir diesen Teil der Geschichte aus ihrer Sicht erzählt, aber das war rein beruflicher Natur.

Privat bin ich nicht unbedingt der Typ Mensch, dem sich andere gerne öffnen. Vielleicht hat Nathan recht, wenn er mich Eisprinzessin nennt; ich weiß, dass ich mitunter sehr unterkühlt wirken kann. Ich glaube, dass das bei Nathan ähnlich ist, auch er ist nicht unbedingt der Typ, der seine Gefühle gerne nach außen trägt und sie mit anderen teilt.

Dennoch hat er sie gerade mit mir geteilt, und noch bin ich nicht abgehärtet genug, um das nicht als Geschenk anzusehen. Beinahe ehrfürchtig betrachte ich Nathans markantes Gesicht mit diesen durchdringend grünen Augen, bis er den Kopf abwendet und sich mit beiden Händen durchs Haar fährt.

„Ich glaube, ich genehmige mir vor dem Schlafengehen noch ein Glas Rotwein. Trinkst du mit?“, fragt er schließlich, ohne mich anzusehen.

Ich denke an den vielen Eggnog, den ich heute schon getrunken habe, sowie an die dummen Sachen, die ich im Anschluss getan habe.

„Ja, bitte“, antworte ich dennoch und frage mich, wo diese Worte auf einmal herkommen und wo meine schöne Vernunft hingegangen ist. Wahrscheinlich hat sie einen Weg gefunden, ohne mich nach Boston zu fliegen, anders kann ich mir das jedenfalls nicht erklären.

Dann ist es plötzlich dunkel, und obwohl ich eigentlich nicht sonderlich schreckhaft bin, gebe ich ein erstauntes Geräusch von mir.

„Verdammt!“, sagt Nathan, gefolgt von einer Reihe weiterer, diesmal unterdrückter Flüche. „Das ist gar nicht gut. Ich befürchte, dass das nicht nur eine rausgeflogene Sicherung ist, sondern ein größeres Problem. Verdammter Schnee!“

Ich höre ihn aufstehen und erhebe mich ebenfalls vom Sofa. Bis auf den schwachen Lichtschein aus dem Kaminofen ist es stockdunkel, sodass ich Nathan bloß sehr schemenhaft erkennen kann. Aus einem inneren Impuls heraus strecke ich die Hand nach ihm aus und berühre seinen Arm.

„Ich bin mir noch nicht ganz sicher, aber ich glaube, ich persönlich mag den Schnee.“

Im dunklen Wohnzimmer erkenne ich, wie er sich zu mir umdreht und einen Schritt auf mich zugeht. Ich kann sehen, wie er seine Hände hebt, sie einen Moment in der Luft verharren und dann fallen lässt, nur um sie gleich wieder nach mir auszustrecken.

Schließlich umfasst er meine Schultern und zieht mich an sich heran, bis mein Kopf an seiner Brust liegt.

„Und ich glaube, ich mag dich, Eisprinzessin. Aber ich bin mir auch noch nicht ganz sicher.“ Seine Stimme klingt tief und samtig, ein kleines Lächeln schwingt darin mit sowie etwas, was dafür sorgt, dass meine Haut überall zu prickeln anfängt.

Seine Körperwärme dringt durch die vielen Schichten Bekleidung und wärmt mich tief in meinem Inneren. Meine Arme schlingen sich wie von selbst um seine Taille, und wir stehen einfach so da, ohne uns zu rühren. Irgendwo in meinem Bauch taucht ein Gefühl auf, das ich nicht wirklich benennen kann, doch es fühlt sich warm und ganz wunderbar an.

Dann ist das Licht plötzlich wieder da. So blendend hell, dass es in meinen Augen schmerzt.

Nathan räuspert sich und schiebt mich sanft von sich.

„Es war ein langer Tag, Eisprinzessin. Wir sollten wirklich schlafen gehen."

Allein schlafen, da bin ich mir ganz sicher, und in mir regen sich Erleichterung und Enttäuschung gleichzeitig.

Ich muss mich ebenfalls räuspern.

„Ja, das sollten wir." Ich mache einen Schritt nach hinten, um mich davon abzuhalten, mich einfach wieder zurück in seine Arme zu werfen, ihn anzuflehen, mich noch einmal festzuhalten. Es kostet mich beinahe körperliche Anstrengung. „Wann treffen wir uns morgen für den Weihnachtsbrunch?" Kelly hat mich heute zwar ganz offiziell eingeladen, jedoch keine Uhrzeit genannt, und die Frage hindert mich daran, all die vielen anderen Fragen auszusprechen, die ich ihm im Moment gerne stellen würde.

„Erst um elf, du kannst also ausschlafen, wenn du möchtest."

Tatsächlich befürchte ich eher, heute Nacht gar keinen Schlaf zu finden, aber das werde ich ihm nicht sagen. Es würde ja doch nichts ändern.

„Dann schlaf gut!" Ich drehe mich um und gehe ins Gästezimmer, ohne ihn noch einmal anzusehen. Sicher ist sicher.

+++

Nathan sieht ihr hinterher, bis sie in ihrem Zimmer verschwunden ist, und fährt sich mit beiden Händen durchs Gesicht.

Er hatte sich fest vorgenommen, die Finger von Dana zu lassen, und zwar in jeglicher Form; aber irgendetwas hat sie an sich, das das fast unmöglich zu machen scheint.

Verdammter Schnee! Ein Blick aus dem Fenster zeigt ihm, dass es erneut angefangen hat zu schneien, und laut Wettervorhersage soll es auch am ersten Weihnachtstag nicht besser werden. Was bedeutet, dass er noch mindestens einen weiteren Tag mit Dana hier festsitzt, was wiederum bedeutet, dass er vermutlich wahnsinnig werden wird.

Unterdrückt fluchend macht er sich auf den Weg in sein Schlafzimmer, das zum Glück so weit weg vom Gästezimmer wie möglich liegt, als hätte er mal geahnt, dass das nötig sein könnte, als er sein Haus hat umbauen lassen.

Wer weiß, was wäre, wenn nicht so viel Raum zwischen ihm und Dana liegen würde; Nathan zumindest hat das Gefühl, für nichts garantieren zu können. Er hat das Gefühl, sich selbst nicht mehr richtig zu kennen.

In Gedanken versunken putzt er sich die Zähne und zieht sich bis auf Shorts und T-Shirt aus, dann lässt er sich auf sein Bett fallen, ohne sich vorher die Mühe zu machen, die Vorhänge vorzuziehen, und betrachtet den Schnee, der unaufhörlich in dicken Flocken vom Himmel fällt.

Normalerweise freut er sich über den ersten Schnee, aber in diesem Jahr ist irgendwas anders, ohne dass er es sich erklären könnte, worum es sich dabei handelt.

Seufzend schiebt er sich das Kissen unter seinem Kopf zurecht und hofft, in dieser Nacht überhaupt noch ein bisschen Schlaf zu finden, vielleicht mithilfe des permanent fallenden Schnees, der irgendwie eine hypnotische Wirkung auf ihn zu haben scheint.

+++

Ich versuche zu schlafen, ich versuche es wirklich. Schlaf ist wichtig. Er sorgt dafür, dass es mir gut geht, dass ich ausgeglichen und konzentriert bin. Aber ich kann nicht schlafen.

Fast zwei Stunden lang drehe ich mich in meinem Bett hin und her, dann gebe ich es auf. Ich schiebe mir den Sessel im Gästezimmer vor die Terrassentür, nehme mir die Decke vom Bett und kuschle mich hinein.

Trotz der dichten Wolken schafft der Vollmond es, durch eine Lücke hindurchzublinzeln, und sein fahles Licht genügt, um zu erkennen, dass es draußen noch immer – oder vielmehr schon wieder – schneit.

Nicht zum ersten Mal heute stelle ich fest, dass Schnee eine seltsame Sache ist. Irgendetwas haben die weißen, so harmlos erscheinenden Flocken wohl an sich, eine ganz besondere Macht, ganz einfach, indem sie in Massen auftreten und mich hier festsetzen, kurzfristig den Strom ausschalten, mich um den Verstand bringen.

Den Schnee beim Fallen zu beobachten, hat auch etwas Beruhigendes. Es dauert zwar noch eine Weile, doch schließlich schlafe ich im Sessel sitzend ein.

Kapitel 21

Dafür, dass ich zu wenig und in auf Dauer eher unbequemer Position geschlafen habe, fühle ich mich beim Aufwachen erstaunlich erholt. Ich bin viel zu früh wach, aber das bin ich ja meistens. Genau wie gestern beginne ich den Tag mit einer heißen Dusche, die es sogar schafft, das letzte bisschen Müdigkeit einfach wegzuspülen; mir hingegen gelingt es nicht, meine Gedanken vernünftig zu sortieren. Ein Zustand, den ich als sehr unangenehm empfinde.

Nachdem ich mich geschminkt und angezogen habe, mache ich mich auf die Suche nach Nathan, kann ihn jedoch nirgendwo entdecken. Lediglich Whisper trabt auf mich zu und stupst mich mit ihrer weichen Schnauze an, vermutlich, weil sie gestreichelt werden möchte.

„Wollen wir eine Runde an die frische Luft, meine Süße?“ Vielleicht bekomme ich dann einen freien Kopf, und Whisper wird sich sicher darüber freuen, ein bisschen spazieren zu gehen.

Schnell schlüpfe ich in Stiefel und Mantel.

Heute ist der Schnee vor dem Haus schon weggeschafft, und ich bin nicht sonderlich böse darüber, denn meine Schultern und Arme schmerzen noch von der ungewohnten Belastung von gestern.

Die Hauptwege sind ebenfalls geräumt, daneben türmen sich nun große Schneeberge, aber der Himmel zieht sich bereits wieder zu und kündigt neuen Schnee an.

Da ich gerne ein bisschen allein sein möchte, wende ich mich nicht nach links zum Wohnhaus der Callerys, sondern nach rechts in Richtung Wald; Whisper läuft fröhlich hinter mir her.

Ich genieße die kühle, frische Luft und die Bewegung, und als ich zurück ins warme Haus komme, koche ich einen extrastarken Kaffee; doch auch dieser hilft nicht, um meinen Verstand zu klären.

Als ich Nathan an der Haustür höre, schlägt mein Herz ein kleines bisschen schneller, und als er in der Küche erscheint und mich anlächelt, bin ich froh, dass ich sitze.

Ich stehe total auf dieses Lächeln, und ich stehe auch total auf Nathan Callery, das muss ich mir leider eingestehen. Aber was soll's. So eine kleine Schwärmerei darf selbst ich mir ab und an mal leisten, und mehr als das wird ohnehin nicht daraus werden.

„Fröhliche Weihnachten, Dana!"

Er setzt sich zu mir an den Tisch und schenkt sich ebenfalls eine Tasse Kaffee ein.

„Oh! Ja! Fröhliche Weihnachten, Nathan!"

Es ist nicht, als ob ich vergessen hätte, dass heute Weihnachten ist, doch irgendwie gab es so viele andere Sachen, die mir durch den Kopf gingen, dass ich nicht daran gedacht habe, Weihnachten gesondert zu erwähnen.

„Charles und du, ihr wart schon fleißig, habe ich gesehen? Der meiste Schnee ist ja geräumt."

„Ja, wir versuchen, zumindest die Hauptwege zu räumen, aber eigentlich ist die Arbeit momentan völlig vergebens. Für heute Mittag ist bereits neuer Schnee angesagt, die offiziellen Winterräumungsdienste haben deswegen ihre Arbeit zum Teil wieder eingestellt."

„Ich hoffe, dass es nicht zu viele Leute gibt, die nun unfreiwillig irgendwo festsitzen."

„Genau wie du, meinst du?"

Ich muss lächeln.

„Ja, auch so wie ich. Obwohl es in meinem Fall nicht sonderlich schlimm ist, ich lege keinen besonderen Wert auf Weihnachten. Für diejenigen, die eigentlich ihre Familien besuchen wollten, ist es sicherlich hart."

„Ja, wahrscheinlich …", antwortet Nathan nachdenklich. „Aber die meisten haben sicherlich früh genug vom Schnee erfahren. Bei uns ist es ja durch die Aufregung um Ava ein bisschen untergegangen. Da blieb nicht viel Raum für andere Nachrichten."

„So etwas hat eben Priorität, und es war eine nervenaufreibende Zeit. Ich selbst bin ja auch nicht dazu gekommen, Nachrichten zu sehen. Obwohl das ohnehin nicht viel geändert hätte, denn selbst wenn wir direkt nach der Verhandlung losgefahren wären, hätte der Flughafen schon dichtgemacht, ehe ich dort gewesen wäre." Ich zucke mit den Schultern. „Manchmal sind die Dinge eben, wie sie sind."

„Ja, manchmal ist das so." Er streckt seine Hand über den Tisch nach meiner aus und umfasst meine kalten Finger mit seinen warmen. Sein tiefgrüner Blick hält mich gefangen, und auf einmal habe ich keine Ahnung mehr, was ich vor ein paar Sekunden noch sagen wollte.

Sanft streichelt er mit seinem Daumen über meine Fingerknöchel, bevor er ihn auf meine Handfläche gleiten lässt und dort kleine Kreise zu malen beginnt. Ich bekomme eine Gänsehaut, obwohl seine Berührung zart und kaum spürbar ist.

„Nathan, ich …", flüstere ich, aber weiter komme ich nicht, weil mein Handy auf dem Küchentisch zu klingeln beginnt.

„Ich glaube, da solltest du rangehen." Er zieht seine Hand weg und schiebt mir das Telefon hin. „Wenn man deinem Display trauen kann, sind es deine Eltern."

„Ja, da muss ich wohl rangehen", antworte ich ein wenig heiser und nehme ihm das Telefon aus der Hand.

Bevor ich den Anruf entgegennehme, muss ich mich zweimal räuspern, um das seltsame Gefühl in meinem Hals zu vertreiben.

„Hey, fröhliche Weihnachten!", sage ich, als ich schließlich abhebe, und versuche, so fröhlich wie möglich zu klingen.

+++

Nathan geht nach nebenan, um Dana ihre Privatsphäre zu lassen, doch da sie immer lauter wird, kann er es fast nicht vermeiden, doch mitzubekommen, worum es geht.

„Nein, ich bin nicht zu Hause, ich musste arbeiten und sitze nun hier fest. Nein … nein, das habe ich nicht." Einen Moment ist Stille, weil sie wohl zuhört. „Ich spende jedes Jahr einen fünftstelligen Betrag, Mom. Aber ich muss arbeiten. Ich habe keine Möglichkeit, mir den ganzen Dezember freizunehmen, um euch zu begleiten und Gutes zu tun. Wenn ich das mache, verliere ich meinen Job." Wieder Schweigen. „Ich mag meinen Job, er macht mir Spaß und ich will keinen anderen. Nein. Nein! Mom, bitte! Dieses Telefonat führen wir jedes Jahr." Erneutes

Schweigen. „Ich muss jetzt leider los. Ich wünsche euch beiden schöne Feiertage. Hab euch lieb."

Es folgt das Geräusch von etwas, was mit zu viel Schwung auf die Tischplatte abgelegt worden ist, anschließend ein tiefes Seufzen.

Aus einem Impuls heraus geht Nathan in sein Zimmer und kommt mit einem Paket zurück.

„Dana?"

„Ja?" Sie hatte die Arme auf den Tisch abgelegt und ihren Kopf darauf gebettet; nun hebt sie ihn erstaunt hoch und sieht ihn an. Sie braucht eine Sekunde lang, bis sie es schafft, ihre Gefühle zu verbergen, aber in dieser Sekunde kann er sehen, dass das Telefonat sie verletzt und aufgewühlt haben muss.

„Ich habe dir gestern eine Kleinigkeit besorgt. Ich will es dir lieber jetzt schon geben, nachher ist so viel los …" Er räuspert sich. „Also noch einmal: Fröhliche Weihnachten, Dana!" Als er ihr das Paket über den Tisch schiebt, ist er auf einmal merkwürdig nervös.

+++

Erstaunt blicke ich von Nathan zu dem Paket, das er mir hergeschoben hat, und wieder zurück.

Das Paket ist ungefähr so groß wie ein Schuhkarton, und auf dem Geschenkpapier befinden sich unzählige Stiefel, die aussehen wie von kleinen Weihnachtswichteln.

„Für mich?", frage ich immer noch ziemlich erstaunt, und Nathan nickt.

„Ich dachte, du könntest es vielleicht gebrauchen. Los, mach es schon auf!"

Beinahe ehrfürchtig entferne ich das schöne Papier und entdecke, dass es sich tatsächlich um einen Schuhkarton handelt, den ich neugierig öffne.

„Du schenkst mir ein neues Paar Stiefeletten?" Meine Finger gleiten über das samtig weiche, beerenrote Wildleder, und wahrscheinlich sehe ich gerade genauso fassungslos aus, wie ich mich fühle.

„Du hattest dein anderes Paar im Schnee völlig ruiniert, und ich dachte, du willst vielleicht für heute Abend etwas Adäquates zum Anziehen haben. Deine Schuhgröße habe ich aus deinen ruinierten Stiefeletten. Und die Farbe ... na ja. Ich hoffe, sie gefallen dir. Für Pumps ist eindeutig nicht das richtige Wetter. Keine Ahnung, ob du noch mehr Schuhe mithast, aber ich dachte ... na ja. Ich dachte halt, du könntest noch ein Paar Schuhe für Weihnachten gebrauchen."

„Oh ..." Ich weiß gar nicht, was ich sagen soll.

„Wenn sie dir nicht gefallen, kann ich sie nächste Woche zurückgeben."

„Nein, Nathan. Nathan, sie sind wunderschön. Und ich danke dir von Herzen!" Ich springe auf, schlinge meine Arme um seinen Hals und drücke ihn aus einem Impuls heraus an mich.

Ich weiß gar nicht, wann jemand mir das letzte Mal etwas zu Weihnachten geschenkt hat, und ich kann mich auch nicht erinnern, mich je über ein Geschenk so sehr gefreut zu haben.

Denn neben dem Geschenk an sich hat er es mir gegeben, als er gemerkt hat, dass es mir wegen meiner Eltern schlecht ging. Ich bin so überwältigt, dass ich nicht weiß, was ich sagen soll – und das passiert mir wirklich nur sehr selten. Weihnachten und die Callerys machen mich eindeutig sentimentaler, als es gut für mich ist.

Mit einem Räuspern löse ich mich wieder von ihm.

„Ich glaube, wir müssen uns auf den Weg machen. Sonst kommen wir zu spät zum Brunch."

Kapitel 22

Der Brunch ist köstlich, und wir bleiben lange am Tisch sitzen, schwatzen, packen Geschenke aus. Obwohl ich ursprünglich dachte, dass es sich seltsam anfühlen würde, an so einer Familienfeier teilzunehmen, ist das Gegenteil der Fall: Ich fühle mich willkommen und angenommen.

Es ist schon fast Nachmittag, als wir alle noch zu einem Spaziergang aufbrechen und uns danach kurz zurückziehen, um uns für das Abendessen vorzubereiten; und auch wenn ich vor drei Stunden noch geglaubt hätte, heute keinen Bissen mehr hinunterzubekommen, habe ich tatsächlich schon wieder Hunger. Wahrscheinlich hat der Spaziergang durch den tiefen Schnee meinen Appetit angeregt.

Im Bad kämme ich mein Haar aus und beschließe, es heute offen zu tragen, was ich sonst so gut wie nie mache. Ich schminke mich sorgfältig, lege meine Ohrringe an, schlüpfe in die halterlosen Strümpfe und das dunkelblaue, knielange Kleid, das ich gestern gekauft habe.

Dann greife ich nach den neuen Stiefeletten, die Nathan mir geschenkt hat, entscheide mich aber im letzten Augenblick um und stecke sie in eine der Tragetaschen, die ich bei meinen Einkäufen bekommen habe, statt sie schon anzuziehen.

+++

Natürlich war Nathan bereits vorher klar, dass Dana eine wunderhübsche Frau ist, aber heute Abend sieht sie einfach umwerfend aus.

Das Kleid schmiegt sich sanft an ihre Kurven, und ihr Haar fällt wie ein Schleier aus silberblonder Seide über ihre Schultern. Sie könnte ein Model für Shampoo-Werbung sein, wirklich.

„Du siehst toll aus, Dana. Du solltest dein Haar öfter offen tragen!“

Normalerweise macht er nur selten Komplimente, doch das Lächeln, das sie ihm als Dank schenkt, ist ein Beweis dafür, dass er es vielleicht häufiger tun sollte.

„Danke. Ich habe auch die neuen Stiefeletten mit, die du mir geschenkt hast.“ Dana deutet auf die Tasche, die sie in der Hand trägt. „Sie passen perfekt zu Kleid und Ohrringen und sind ohnehin einfach wunderschön.“ Wieder dieses Lächeln, Nathan muss seine Position verändern, weil seine Hose auf einmal zu eng wird. „Ich werde sie aber erst anziehen, wenn wir bei deinen Eltern angekommen sind. Sie sind so schön, ich will sie mir auf gar keinen Fall im Schnee ruinieren.“

„Ich könnte dich ja tragen …“ Er weiß selbst nicht, warum er das gesagt hat, denn eigentlich versucht er, auf Abstand zu bleiben.

„Du willst mich über die Schulter werfen wie ein Neandertaler seine Beute?“ Ihr Lächeln wird von einem kleinen Lachen abgelöst, und er kann unmöglich sagen, was ihm besser gefällt. „Nein danke, ich laufe gerne auf meinen eigenen Füßen.“

Nathan verschränkt die Arme vor der Brust und zieht die Augenbrauen hoch.

„Du hältst mich also für einen minderbemittelten Urzeitmenschen mit fliehender Stirn und ohne jegliche Manieren?" Der Gedanke daran, sie sich einfach über die Schulter zu werfen, ist tatsächlich sehr verlockend – allerdings würde er sie wohl eher in sein Bett als zu seinen Eltern bringen.

Dana legt den Kopf schief und mustert ihn eingehend. „Eine fliehende Stirn kann ich nicht entdecken, der Rest kommt meiner Vorstellung von dir allerdings sehr nahe." Sie zwinkert ihm zu, bevor sie sich an ihm vorbei zur Tür drängt, und er stellt fest, dass ihr Pfirsichduft heute Abend noch intensiver als sonst ist.

„Ich sollte dich übers Knie legen, wenn du eh schon so von mir denkst ...", murmelt Nathan, und seine Hose wird gleich noch ein bisschen enger. Nicht, weil ihm der Gedanke gefällt, Dana zu schlagen – er ist nicht so der Typ für gewalttätige Spielchen –, aber der Gedanke daran, wie Dana über seinem Schoß liegt, ihr entzückendes Hinterteil in die Höhe gestreckt, am besten nackt ... Genau in diesem Moment bückt sie sich, um sich ihre normalen Stiefel anzuziehen, und streckt ihren Hintern dabei tatsächlich ein Stück in die Luft, während der Stoff ihres Kleides sich eng um die verlockenden Kurven spannt.

Nathan fährt sich unwillkürlich mit dem Handrücken über den Mund und greift nach seiner Jacke.

„Was ist denn mit Whisper? Darf sie auch mit?" Dana hat sich mittlerweile aufgerichtet, sodass er wieder ein bisschen klarer denken kann.

„Klar. Ich lasse mein Mädchen doch Weihnachten nicht ganz allein zu Hause!"

Als hätte die Hündin ihn tatsächlich verstanden, wedelt sie noch ein bisschen stärker und läuft vor zur Tür.

„Also dann – wollen wir?“ Dana ist mittlerweile fertig angezogen und trägt sogar die Mütze und den Schal, die sie heute von seinen Eltern geschenkt bekommen hat.

Vom restlichen Abend bekommt Nathan nicht viel mit, außer vielleicht, dass Dana in den hochhackigen Stiefelchen noch ein bisschen attraktiver aussieht als vorher. Die Schuhe waren also eine wirklich gute Wahl.

Zum Glück ist er auch sonst meistens so schweigsam, dass es nicht sonderlich auffallen dürfte, dass er heute Abend kaum ein Wort herausbekommt. Manchmal haben schlechte Angewohnheiten eben auch Vorteile.

Also lobt er das Essen, antwortet, wenn er etwas gefragt wird, und beschäftigt sich ansonsten damit, Dana so unauffällig wie möglich zu begaffen, als wäre er ein Teenager, der heimlich in ein Mädchen aus seiner Klasse verliebt ist.

Irgendwann ist es endlich an der Zeit, zu gehen, er kann sich kaum entsinnen, dass ihm das Weihnachtsdinner je so lange vorgekommen ist.

„Was steht denn für morgen an?“ Danas Stimme dringt hell durch die Nacht, und der Schnee knirscht unter ihren Füßen, als sie sich zusammen auf den Rückweg machen.

„Morgen?“

„Ja, morgen ist auch noch Weihnachten – schon vergessen?“

„Nein, natürlich habe ich das nicht vergessen.“ Eine Lüge, denn in ihrer Anwesenheit scheint er heute alles zu vergessen, was nichts mit ihr zu tun hat. „Morgen stehen keine Familienveranstaltungen mehr auf dem Plan."

„Oh!" Sie klingt ein bisschen enttäuscht, obwohl er hätte schwören können, dass ihr das eigentlich alles ein wenig zu viel war. Selbst ihm ist seine Familie manchmal ein bisschen zu viel, und das, wo er sie bereits seit so vielen Jahren gewohnt ist.

+++

In meinem Kopf herrscht weiterhin das totale Chaos. Ich habe den ganzen Abend gemeint, Nathans Blicke auf mir zu spüren, doch jedes Mal, wenn ich zu ihm geschaut habe, hat er gelangweilt in eine andere Richtung gesehen. Ohnehin wirkte er den ganzen Abend, als wäre er bloß körperlich anwesend, während seine Gedanken irgendwo anders waren. Da seine Familie dem jedoch keine sonderliche Beachtung geschenkt hat, gehe ich davon aus, dass Nathan sich des Öfteren so verhält.

Dennoch hätte ich schwören können, dass er mich beobachtet – aber wahrscheinlich bin ich ein wenig paranoid. Oder – und das ist noch viel wahrscheinlicher – vielleicht hätte ich mir gewünscht, dass er mich beobachtet.

Ich muss zugeben, dass ich ein klitzekleines bisschen angeheitert bin, sogar noch ein wenig mehr als gestern.

„Geht es, oder muss ich dich wieder auffangen? Langsam habe ich den Eindruck, dass du doch auf Ritter stehst, die dir tapfer zur Rettung eilen, Eisprinzessin." Wir sind kurz vor seiner Haustür angekommen, und ich drohe nicht zum ersten Mal, über meine eigenen Füße zu stolpern, aber er bekommt es zum ersten Mal mit, weil er nun stehen geblieben ist, statt voranzueilen, als wäre er auf der Flucht.

„Eigentlich stehe ich vor allem auf dich."

Habe ich das gerade gedacht oder laut gesagt?

O bitte, lass es mich nur gedacht und nicht laut ausgesprochen haben.

Bitte!

Doch als ich sehe, wie sehr sich Nathans Blick verfinstert, bin ich mir sicher, dass ich es nicht bloß gedacht habe.

Verdammt! Warum kann man einmal Ausgesprochenes nicht einfach wieder zurücknehmen?

Nathan stößt mit einer Hand gegen die Haustür und hält sie auf. Whisper läuft fröhlich hinein. Der Hund hat es gut, der kann nicht sprechen, und wahrscheinlich wären ihr solch peinliche kleine Patzer auch ohnehin egal.

Mir aber nicht. Ich habe wenig Routine in solchen Situationen, was nicht zuletzt daran liegt, dass mir so etwas normalerweise gar nicht erst passiert. Normalerweise habe ich mich perfekt unter Kontrolle. Perfekt. Immer! Ärgerlich schaue ich auf meine Füße in den dicken Stiefeln, die es nicht schaffen, geradeaus zu laufen, ohne zu stolpern.

„Verdammtes White Crossing, verdammter Schnee, verdammtes Weihnachten!", murmle ich. „Es tut mir leid, Nathan! Ich wollte das nicht sagen. Ich wollte sagen, dass ich nicht auf Ritter stehe, dich aber … irgendwie … mag?" Es klingt halbherzig, wahrscheinlich, weil es genau das auch ist. Nein, schlimmer, es ist eine faustdicke Lüge.

Ich stehe auf Nathan Callery, er macht mich nervös, und er zieht mich an.

Als ich endlich zu ihm aufblicke, hat sich sein Blick noch weiter verfinstert. Er geht ein paar Schritte auf mich zu, dann schließt er die Haustür hinter mir mit so viel Schwung, dass ich zusammenzucke.

Seine flache Hand bleibt an der Tür abgestützt, die andere folgt ebenfalls, sodass ich nun zwischen der Tür und seinem massiven Körper gefangen bin.

„Das kannst du nicht machen, Dana!"

„Was?", piepse ich, auf einmal vollends verwirrt.

„Du kannst so etwas nicht erst sagen, nur um es dann einfach wieder zurückzunehmen."

„Oh … okay …" Ich klinge wie eine Vollidiotin.

„Vor allem soll man nicht lügen, hat dir das niemand beigebracht?"

„Doch! Schon." Mein Mund fühlt sich auf einmal ganz trocken an, und mein eigener Herzschlag dröhnt laut in meinen Ohren. So laut, dass ich mir beinahe sicher bin, dass Nathan ihn auch hören muss. Aber der scheint im Moment ganz andere Sorgen zu haben. Sein Blick wandert von meinen Augen zu meinem Mund und bleibt dort hängen.

„Also, Dana!" Seine Stimme ist auf einmal ganz rau und heiser. „Wenn ich dich jetzt frage, ob du auf mich stehst – wie lautet dann deine Antwort? Und denk daran, du sollst nicht lügen!"

Ich muss zweimal schlucken, meine Stimme scheint mir auf einmal nicht mehr zu gehorchen. Für einen kurzen Moment schließe ich die Augen, und als ich sie wieder öffne, sehe ich viel klarer. Ich atme zwei-, dreimal tief durch, richte mich auf und straffe meine Schultern.

„Ich stehe auf dich, Nathan Callery!“ Meine Stimme ist klar und laut, fast ein bisschen aggressiv. „Verdammt noch mal, ich stehe auf dich.“

Seine Kiefer sind nun fest aufeinandergepresst, in seiner Wange zuckt ein Muskel, und seine Augen sind zu schmalen Schlitzen zusammengekniffen. Wenn ich die Möglichkeit dazu hätte, würde ich jetzt wahrscheinlich die Flucht ergreifen, doch in meinem Rücken befindet sich die massive Holztür, und vor mir ist Nathan, der ein ebenso unüberwindbares Hindernis darstellt.

Er gibt ein Geräusch von sich, das beinahe wie ein Knurren klingt, dann senkt er sein Gesicht, bis ich seinen Atem auf meiner Wange spüren kann.

Jetzt müsste ich nur den Kopf ein winziges Stückchen drehen, um ihn zu küssen. Bloß eine winzig kleine Bewegung, nicht mehr. Unwillkürlich lecke ich mir über die Lippen, und Nathan knurrt erneut. Dann brauche ich meinen Kopf nicht mehr zu bewegen, weil er das für mich erledigt.

Sein Mund legt sich auf den meinen, und ich höre mich selbst heftig die Luft einsaugen, als sich unsere Lippen berühren.

Gestern Nachmittag war sein Kuss sanft, süße Verführung, zärtlich.

Nun ist er anders. Wild, leidenschaftlich, animalisch. So, als würde er mich in Besitz nehmen wollen, als würde sein Leben davon abhängen, mich zu küssen.

„Dana“, flüstert er an meinem Mund und umschließt mein Gesicht mit seinen Händen, während sich sein Körper gegen meinen drückt. Ich spüre seine Erektion hart an meinem Bauch, aber auch ohne das wäre mir sein

Kuss genug, um mir zu beweisen, dass er mich ebenso sehr will wie ich ihn.

Kapitel 23

+++

Sein Gehirn setzt aus. Einfach so. Nicht, dass es heute schon irgendwann wirklich zufriedenstellend funktioniert hätte, aber gerade scheint es seinen Dienst völlig eingestellt zu haben, zumindest was die Verarbeitung und Umsetzung oder gar die Produktion von rationalen Gedanken angeht.

Dana schmeckt süß, sie schmeckt nach Begehren, sie schmeckt nach reiner, purer Sünde, und sie schmeckt nach mehr. Nach viel mehr.

Seine Hände lösen sich von ihrem Gesicht und beginnen stattdessen, rastlos über ihren Körper zu wandern. Er fährt die Kontur ihres Halses nach, streicht sanft über ihre Schlüsselbeine, lässt seine Hände zurück über ihre Schultern gleiten, wandert die Wirbelsäule hinab bis zu der köstlichen Rundung ihres Hinterteiles.

Er will mehr von ihr, will jeden Zentimeter ihres Körpers erkunden, spüren und schmecken.

Es kostet ihn schier unvorstellbare Willenskraft, seinen Mund von ihrem zu lösen, und als es ihm endlich gelingt, sind sie beide völlig außer Atem.

„Komm mit", flüstert er, und seine Stimme klingt heiser. „Ich will dich in meinem Bett haben. Sofort!"

Sie sieht ihn an, als wäre sie sich nicht ganz sicher, ob sie seinem Befehl tatsächlich Folge leisten will, und leckt sich nervös über die Lippen. Sie ist immer so kontrolliert, selbst jetzt noch, wo er längst den Eindruck hat, jegliche Kontrolle über seinen Willen verloren zu haben. Wo er bereits das Gefühl hat, ihr völlig verfallen zu sein.

„Komm mit!“, wiederholt er und streckt ihr die Hand hin. „Bitte“, setzt er hinzu, was sie dazu bringt, stumm zu nicken und ihre Finger in seine zu legen.

Er zieht sie hinter sich her, darauf bedacht, nicht zu schnell zu laufen, damit sie nicht stolpert, und ringt die ganze Zeit den Impuls nieder, sie sich wirklich über die Schulter zu werfen, als wäre er ein plumper Neandertaler, nur damit es schneller geht.

Als sie endlich in seinem Schlafzimmer angekommen sind, schaltet er die kleine Lampe auf seinem Nachttisch ein, setzt sich auf die Bettkante und schiebt Dana zwischen seine Knie.

Sie betrachtet ihn beinahe nachdenklich, und während ihre Augen vorhin noch verhangen vor Lust waren, werden sie nun schon wieder klarer, ihr Atem wird ruhiger.

Doch Nathan will sehen, wie sich ihre Brüste unter ihrer keuchenden Atmung heben und senken, er will hören, wie sie zu stöhnen beginnt, und spüren, wie sie sich unter ihm vor Lust windet. Er will, dass sie aufgibt, dass sie die Kontrolle verliert und genau wie er selbst aufhört zu denken.

„Komm her!“ Er zieht sie noch ein Stück näher zu sich, doch während sie vorhin noch so weich und fügsam in seinen Armen war, scheint sie nun zu zögern. „Küss mich!“, lockt er sie, und tatsächlich senkt sie langsam den Kopf. Nathan lächelt zufrieden, bevor er sie küsst. Er knabbert an ihrer Unterlippe, erforscht ihren Mund mit seiner Zunge, bis sie einen leisen Seufzer von sich gibt, bis er merkt, wie sie nachgiebig wird. Erst dann zieht er sie zu sich aufs Bett, kniet sich über sie und hält ihre

Handgelenke über ihrem Kopf fest, so wie gestern im Schnee. Nicht so fest, dass sie nicht freikommen könnte, wenn sie sich ernsthaft gegen ihn wehren würde, doch fest genug, dass sie fürs Erste mehr oder weniger bewegungsunfähig ist.

Er erforscht die empfindliche Stelle hinter ihrem Ohr mit der Zunge, beißt ihr vorsichtig in den Hals, knabbert an ihrem Schlüsselbein, bringt sie dazu, den Kopf zurückzuwerfen und sich ihm preiszugeben. Das alles, obwohl er ihr am liebsten umgehend die Kleider vom Leib reißen würde, um sich anschließend so schnell und tief in ihr zu vergraben, wie es nur geht.

Doch irgendetwas an Dana reizt ihn auf eine Art, die er zuvor noch nie bei einer Frau erlebt hat. Sie erweckt in ihm den primitiven und zugleich so innigen, tief verwurzelten Wunsch, sie zu besitzen, sie zu der seinen zu machen, sie an nichts anderes mehr denken zu lassen als an ihn.

„Zieh das aus …", flüstert er an ihrem Ohr und schiebt ihr Kleid langsam höher, bis sie das Becken anhebt und ihm hilft, es über ihren Oberkörper zu schieben und schließlich über den Kopf zu streifen.

Darunter trägt sie Wäsche aus schwarzer Seide, die sie garantiert aus Boston mitgebracht und nicht erst in White Crossing erstanden hat. Wenn er gewusst hätte, wie eng sich die Seide an ihre Kurven schmiegt, wie deutlich sich ihre harten Nippel unter dem weichen Stoff abzeichnen, wie sexy die halterlosen Strümpfe an ihren langen Beinen aussehen – er hätte heute Abend wahrscheinlich keinen Bissen hinuntergebracht und sich stattdessen in einen sabbernden Idioten verwandelt.

Besser spät als nie …

Er senkt seinen Mund auf ihre üppige Brust und beginnt, durch den glatten Seidenstoff an ihrem Nippel zu saugen.

+++

Er bringt mich um den Verstand. Mit jeder Berührung, jedem Saugen, jedem Schlag seiner Zunge bringt er mich mehr um den Verstand.

Ich wölbe mich ihm entgegen, ich will mehr von ihm, immer mehr, doch ich habe das Gefühl, dass es nicht genug sein wird – egal, wie viel er mir auch gibt.

Durch den dünnen Stoff meines BHs spüre ich die Nässe seiner Zunge, als er mich dort leckt, ich spüre, wie er an mir zu saugen beginnt, in meine Brustwarze beißt, gerade so stark, dass der Scherz noch lustvoll ist.

Es fühlt sich an, als wäre mein Körper ein Instrument und als würde Nathan genau wissen, wie er es spielen muss, allerdings bin ich mir noch nicht sicher, ob ich mich von ihm spielen lassen will.

Ich will ihn.

Das weiß ich genau.

Ich will ihn so sehr, dass es beinahe mein gesamtes Denken beherrscht – alles, bis auf den letzten kleinen Rest in meinem Kopf, den ich einfach nicht abschalten kann, vielleicht auch gar nicht abschalten will.

Doch Nathan spielt nicht fair. Ich hätte es besser wissen müssen, denn Typen wie er spielen niemals fair. Er küsst mich, küsst mich überall, bis ich kaum noch weiß, wo oben und wo unten ist. Ich habe keine Ahnung, wann er es geschafft hat, sich auszuziehen oder auch mir selbst die letzten Bekleidungsstücke vom Körper zu reißen, aber irgendwann kniet er nackt zwischen meinen Beinen.

„Ich glaube, die hier lassen wir an.“ Mit zwei Fingern fährt er die obere Kante des Spitzensaums meiner Strümpfe nach, dann hebt er mein Bein an und beißt die Innenseite meines Oberschenkels. Nicht so sehr, dass es schmerzhaft ist, es ist stattdessen gerade stark genug, um mich aufstöhnen und nach mehr betteln zu lassen. Er macht weiter, immer weiter, küsst, beißt, leckt, bis ich darum bettle, dass er endlich zu mir kommt.

Als seine nackte Brust meine berührt, fühlt es sich an wie Magie. Ich kann mich nicht entsinnen, jemals so etwas gespürt zu haben, mich so sehr nach jemandem gesehnt zu haben wie nach ihm.

„Küss mich“, flüstere ich, als er sich zwischen meinen Beinen positioniert. „Bitte – küss mich.“

Ich habe das Gefühl, vor Lust beinahe zu vergehen, und als er quälend langsam in mich eindringt, wölbe ich mich ihm entgegen, zerre an seinem Haar, beiße in seine Schulter und umklammere seine Hüften, damit er mir näher und noch näher kommt.

Irgendwann nimmt er einen beinahe trägen Rhythmus auf, stößt langsam zu, um sich nach und nach zu steigern. Ich komme ihm entgegen, sporne ihn an, klammere mich an ihm fest, bis wir beide den Gipfel erreichen, von dem aus es kein Zurück mehr gibt. Wir springen ab, stürzen über die Klippe und landen keuchend wieder auf der Erde.

Ich bin viel zu müde, um noch aufzustehen, viel zu müde, um mich aus seiner Umarmung zu befreien, als er mich später an seine Brust zieht und uns beide zudeckt. Vielleicht würde ich es auch gar nicht wollen, wenn ich weniger erschöpft wäre, denn sein nackter Körper fühlt sich einfach viel zu gut an meinem an.

Draußen hat der Wind zugenommen und zischt pfeifend um das Haus; das Geräusch lässt mich frösteln. Nathan scheint das zu spüren, denn er legt die Decke enger um uns, dreht sich auf den Rücken, bettet meinen Kopf auf seine Brust und schlingt seine Arme fest um mich.

Ich kann seinen Herzschlag hören und seinen Atem spüren, beides wird immer ruhiger und gleichmäßiger, und ich konzentriere mich nur noch auf diese beiden Empfindungen,bis ich merke, wie ich ruhiger werde, mich entspanne in einem Kokon aus Wärme und Geborgenheit, und ich schließlich einschlafe.

Kapitel 24

Irgendetwas ist in meinem Gesicht. Ich versuche, es mit der Hand wegzuschieben und mich umzudrehen, und für einen Moment ist Ruhe. Dann ist es wieder da. Es ist warm, feucht und penetrant. Ich öffne ein Auge, nur um in ein Paar gutmütiger, brauner Augen und auf eine leicht ergraute Schnauze zu blicken.

Einen Moment lang bin ich völlig irritiert.

„Whisper, was machst du denn hier?“, murmle ich, als ich nach und nach etwas klarer im Kopf werde. Ein rhythmisches, dumpfes Klopfen erklingt, vermutlich beginnt sie gerade mit dem Schwanz zu wedeln. Anschließend leckt sie mir erneut übers Gesicht. „Lass das! Ich will nicht geküsst werden …“

Zumindest nicht von einem Hund.

Ich schiebe sie weg, woraufhin sie leise zu winseln beginnt, schließlich öffne ich meine Augen komplett.

Als Erstes fällt mir auf, dass ich nicht im Bett im Gästezimmer liege, sondern in Nathans Bett. Dann fällt mir auf, dass ich allein bin. Bis auf Whisper natürlich, die allerdings in diesem Fall nicht wirklich zählt.

Langsam setze ich mich auf und sehe mich um.

Die Vorhänge sind nicht zugezogen und draußen ist es bereits heller Tag. Die Aussicht aus Nathans Fenster ist noch umwerfender als aus meinem, aber das nehme ich eher am Rande wahr.

Über einer Sessellehne liegen meine Sachen. Nathan muss sie dort deponiert haben, ordentlich übereinandergelegt, ansonsten weist der Raum keine Hinweise darauf auf, dass er überhaupt je hier gewesen ist – vom Abdruck seines Kopfes auf dem Kissen neben mir einmal abgesehen.

Ich meine, natürlich war er hier, es ist ja sein Schlafzimmer, und ich weiß, dass er hier war, denn in der vergangenen Nacht hatten wir atemberaubenden Sex. Doch heute Morgen ist er weg, und ich weiß nicht, was ich davon halten soll.

Noch etwas verschlafen schiebe ich die Bettdecke zurück, stehe auf und greife nach meinem Kleid, das ich mir überstreife, ohne mir vorher die Mühe zu machen, meine Unterwäsche anzuziehen. Alles, was ich jetzt brauche, ist eine heiße Dusche und ein starker Kaffee, um wieder auf klare Gedanken zu kommen.

Gestern Abend kam es mir noch so vor, als gäbe es gar keine andere Möglichkeit, als mit Nathan Callery ins Bett zu steigen, als wäre es unausweichlich, mein Schicksal – und seines vielleicht auch.

Heute Morgen sehe ich die Dinge etwas anders. Es liegt eigentlich nicht in meiner Art, so sehr den Kopf zu verlieren. Die Bezeichnung *Eisprinzessin* habe ich gewiss nicht zum ersten Mal gehört; gestört hat es mich nie. Ich denke manchmal, wenn die Menschheit insgesamt etwas rationaler und weniger affektgesteuert wäre, würde einiges auf dieser Welt besser laufen. Nur, irgendetwas an Nathan Callery bringt mich dazu, so etwas zu vergessen – und das ist ein Umstand, den ich nicht sonderlich begrüße.

Auch nachdem ich geduscht bin und mich angezogen habe, bin ich noch genauso ratlos wie zuvor, und von Nathan fehlt immer noch jede Spur.

Goldene Sonnenstrahlen tauchen die Küche in ein warmes Licht, aber mir ist heute kalt trotz der warmen Kleidung, die ich trage. Wie vereinbart mache ich Frühstück und setze einen extrastarken Kaffee auf, von dem ich mir umgehend eine Tasse einschenke.

Nachdenklich nippe ich am Kaffee und lese dabei die E-Mails über mein Handy. Es ist Weihnachten, da gibt es wenig berufliche Neuigkeiten, weil die meisten Menschen Besseres zu tun haben.

Als mein Handy plötzlich klingelt, wird die Stille in der Küche jäh gestört, und ich lasse es vor lauter Schreck beinahe fallen.

„Hallo, Sally!“

„Hi, Dana. Ich wollte mich nur mal erkundigen, wie es dir geht.“

„Es haben mich alle hier sehr herzlich aufgenommen.“ Ich bin wirklich eine große Meisterin, was das Ausweichen auf Fragen angeht, allerdings weiß ich selbst nicht so richtig, wie es mir geht.

„Das freut mich. Ansonsten wollte ich dir nur mitteilen, dass die meisten Flughäfen im Norden ihren Betrieb heute nach und nach wieder aufnehmen. Midway ist auch dabei. Du kannst also endlich zurück nach Hause! Bestimmt weißt du das längst selbst. Es läuft im Radio rauf und runter.“

„Oh, ich bin gerade erst aufgestanden und habe noch gar keine Nachrichten gehört.“

„Jetzt erst? Du stehst doch sonst immer schon im Morgengrauen auf!“

„Es ist gestern etwas später geworden …“ Das hätte ich nicht sagen sollen, denn Sally wird sofort hellhörig.

„Feiern die Callerys derart wilde Weihnachtsfeste?" Sie wäre auch eine hervorragende Anwältin geworden, da bin ich mir sicher. Sie hat einfach eine Superintuition für Dinge, die irgendwie nicht ganz stimmen. Das ist auch meistens sehr hilfreich – nur dann nicht, wenn ich plötzlich diejenige bin, die sie ins Visier nimmt.

„Wild war es eigentlich nicht, nur spät ist es geworden." Neben den ausweichenden Antworten werde ich auch im Lügen immer besser, aber was zwischen Nathan und mir passiert ist, geht niemand anderen etwas an.

Sally schweigt einen Moment, und trotz der Hunderten Kilometer, die zwischen uns liegen, kann ich beinahe spüren, wie sie aufgibt.

„Wenn es anders wäre, würdest du es mir erzählen?"

„Nein." Das zumindest war keine Lüge.

Sally lacht. „Das hatte ich befürchtet. Dabei hilft es manchmal, zu reden, weißt du?"

„Ja, ich weiß. Aber nur dann, wenn es auch etwas zu bereden gibt."

„Das stimmt natürlich. Soll ich dir einen Flug buchen oder kümmerst du dich selbst darum?"

„Du hast doch Urlaub, Sally."

„Den Flug würde ich dir nicht als Assistentin, sondern als Freundin buchen. Das sind diejenigen, mit denen man redet, wenn einem etwas auf dem Herzen liegt und so ..."

Ich muss ebenfalls lachen.

„Ich habe mal davon gehört, irgendwann. Oder war es ein Bericht in der Zeitung? Ich bin mir nicht sicher. Merkwürdiges Modell einer Beziehung. Will sich mir nicht richtig erschließen." Ich versuche, so ernst wie möglich zu klingen, aber ganz gelingt mir das nicht.

„Das hatte ich befürchtet." Wenn sie jetzt vor mir stehen würde, würde sie mir vermutlich zuzwinkern. „Also, was ist nun mit dem Flug?"

„Ich danke dir sehr, aber ich kümmere mich selbst darum. Ich muss erst mal schauen, wie ich überhaupt zum Flughafen komme, ob die Wege bereits geräumt sind." Irgendetwas in mir hofft, dass sie das noch nicht sind, während etwas anderes in mir es kaum abwarten kann, von hier abzuhauen und nach Hause zu kommen.

„Also gut. Dann melde dich, wenn du zurück in Boston bist, ja? Vielleicht können wir unseren Weihnachtsbrunch ja irgendwo nachholen."

„Das mache ich!", verspreche ich. „Und du genieß den letzten Feiertag noch. Eventuell sehen wir uns ja morgen auf der Arbeit."

„Ich versuche es. Meine Familie rastet völlig aus, wie jedes Jahr, und meine kleine Schwester ist schon wieder schwanger. Von Mann Nummer drei, aber nicht, dass sie verheiratet wären. Mein Vater hat den ganzen Abend gestern nicht mit ihr geredet. Die Stimmung ist also super …"

„O ja, das klingt nach Spaß!", sage ich ironisch. Denn wenn Sally von ihrer Familie erzählt, bin ich manchmal froh, dass meine mich Weihnachten nicht sehen will, so habe ich wenigstens meine Ruhe.

„Man erträgt es nur mit jeder Menge Alkohol. Wenn du Lust hast, können wir ja morgen in der Mittagspause eine Kleinigkeit zusammen essen. Dann erzähle ich dir alles in Ruhe."

„In Ordnung, hoffentlich bis morgen!"

„Ja, bis morgen. Ich wünsche dir einen guten Flug!"

Nachdem ich aufgelegt habe, stelle ich fest, dass sich Boston gerade sehr, sehr weit weg anfühlt, und das nicht nur räumlich. Ich kann mir gar nicht richtig vorstellen, morgen schon wieder dort zu sein; ich habe den Eindruck, als wäre ich wochenlang weg gewesen, beinahe so, als wäre es mir auf einmal ein bisschen fremd geworden. Bestimmt wird es besser, wenn ich morgen erst mal wieder im Büro sitze und arbeite. Wenn ich heute noch einen Flug bekommen sollte, kann ich morgen ganz normal zur Arbeit gehen, auch wenn ich es in den letzten Tagen versäumt habe, mich vernünftig darauf vorzubereiten. Da Sally mir jedoch bereits vorgestern alle wichtigen Unterlagen dazu gemailt hat, nehme ich mir vor, den Flug zur Vorbereitung zu nutzen.

Seufzend greife ich nach meinem Handy, um mir einen Flug nach Boston zu buchen.

Kapitel 25

„Sieht so aus, als würde so schnell erst mal kein Schnee mehr nachkommen. Ich habe gehört, dass die Straßen nach Midway ebenfalls geräumt sind, bis heute Nachmittag müsste man überall wieder durchkommen." Charles schließt die Scheune ab, in der sie vorhin den Schneepflug untergebracht haben. „Dann hast du dein Haus wieder für dich allein, mein Junge." Er sagt es mit seltsamem Nachdruck und schaut Nathan dabei so intensiv ins Gesicht, als würde er keine seiner Gefühlsregungen verpassen wollen.

Doch Nathan hat schon vor vielen Jahren gelernt, keine Gefühlsregungen zu zeigen, wenn er das nicht will – und gerade will er nicht.

„Dana wird sich freuen. Sie muss morgen arbeiten."

„Sie ist ein nettes Mädchen."

„Sie ist dreißig, Daddy. Da ist man wohl eher kein Mädchen mehr."

„Obendrein ist sie eine schöne Frau." Sein Vater will heute anscheinend nicht lockerlassen.

Nathan zuckt mit den Schultern.

„Vielleicht, wenn man auf den unterkühlten Typ Frau steht." Genervt tritt er gegen ein Stück festgefrorenen Schnee am Straßenrand.

„Und? Tust du's?"

„Wie bitte?"

„Ob du auf den unterkühlten Typ Frau stehst."

„Was wird das hier, wenn es fertig ist, Dad?" Nathan verschränkt die Arme vor der Brust und beugt sich vor.

Sein Vater zuckt mit den Schultern.

„Ein Gespräch unter Männern."

„Über die Schönheit der Frauen?"

„Meine Güte, Nathan. Du hast noch nie eine Frau mit nach Hause gebracht, und dabei bist auch du schon lange kein Junge mehr. Eine Zeit lang haben wir gedacht, du wärst vielleicht schwul, und wir wollten dir bereits sagen, dass das okay ist. Es ist uns egal, wen du liebst. Hauptsache, du bist glücklich. Aber wenn man den Gerüchten auch nur ansatzweise Beachtung schenkt, scheinst du alles andere als schwul zu sein." Charles räuspert sich, als wäre ihm dieses Gespräch ebenso unangenehm wie Nathan selbst. „Du wirst nächstes Jahr fünfunddreißig. Wir würden uns einfach freuen, wenn du irgendwann mal jemanden finden würdest."

„Eine Frau, meinst du?"

„Ja, natürlich. Warum denn nicht?"

„Ich will keine Beziehung, Dad. Mit der Eisprinzessin schon gar nicht."

„Was sehr schade ist. Wir hatten den Eindruck, dass sie dir gut gefällt und ..."

„Dad, hör auf damit! Zwischen Dana und mir ist nichts. Eure Verkupplungsversuche sind fehlgeschlagen."

„Schade!" Sein Vater grinst.

Kopfschüttelnd geht Nathan zu seinem Haus.

Es wird Zeit, dass der verdammte Schnee endlich verschwindet – und Dana ebenso.

+++

Ich musste mir eine Reisetasche von Nathan leihen, damit ich meine neu gekauften Wintersachen zurück mit nach Boston nehmen kann; zum Glück ist sie klein genug, sodass sie nachher ins Handgepäck passen wird.

„Ich schicke sie dir zurück, sobald ich es zur Post schaffe.“ Wir sitzen nebeneinander im Auto auf dem Weg zum Flughafen.

„Lass mal, du kannst sie behalten. Ich habe genug davon.“ Er blickt stur geradeaus.

„Okay. Na, dann danke.“

„Gern geschehen.“

Anschließend herrscht erneut Schweigen zwischen uns, so wie eigentlich bereits den ganzen Tag.

Wobei ich auch nicht weiß, was ich anderes erwartet habe. Worüber hätten wir auch reden sollen? Wir sind zwei erwachsene Menschen, die vergangene Nacht unverbindlichen Sex hatten, und nun werden sich unsere Wege wieder trennen.

Zum Glück.

Denn was würde ich schon mit einem schweigsamen, ewig griesgrämigen Typen wie Nathan Callery anfangen wollen? Schließlich bin ich ohne jegliche Beziehung vollkommen glücklich – und deutlich besser dran.

+++

Nathan sieht ihr hinterher, bis sie hinter der Absperrung zur Sicherheitsüberprüfung verschwunden ist.

Es fühlt sich seltsam an, dass sie geht, ohne sich noch einmal umzudrehen. Vielleicht hätte er sie zum Abschied küssen sollen, statt ihr erst die Hand und dann ihr Gepäck zu reichen, als wären sie nicht mehr als Geschäftspartner. Die Frage ist: Sind sie mehr?

Seit sein Vater ihn heute Morgen deswegen so wenig fachmännisch verhört hat, kann er nicht mehr aufhören, darüber nachzudenken.

Den ganzen Weg bis zurück nach White Crossing denkt er über nichts anderes nach, bis er sich letztendlich dazu entschließt, das Thema so weit wie möglich von sich zu schieben.

Er will keine Beziehung, er will keine Verantwortung, für nichts und niemanden auf der Welt. So einfach ist das.

Nathan ist schon beinahe so weit, sich selbst zu glauben, als er seine Haustür aufschließt. Whisper kommt ihm zwar entgegen, aber sie wedelt sehr verhalten, als wäre sie nur mäßig begeistert davon, dass er allein zurückkommt.

Ansonsten fühlt sich sein Haus auf einmal sehr leer an.

Unangenehm leer.

Seufzend geht er zuerst in die Küche und holt sich ein Bier aus dem Kühlschrank, bevor er sich aufs Sofa fallen lässt und den Fernseher einschaltet.

+++

Kälte umfängt mich, als ich den Flughafen verlasse und mir ein Taxi heranwinke. Der Taxifahrer verstaut mein Gepäck im Kofferraum, und ich nenne ihm meine Adresse, während ich mich auf den Rücksitz setze und in die weichen Polster sinken lasse.

Draußen ist es dunkel, doch die halbe Stadt ist mit Lichterketten und Weihnachtsmotiven geschmückt, sodass die Nacht weniger abweisend wirkt als sonst; aber ich fröstle dennoch. Nicht vor Kälte, sondern aus dem merkwürdigen Empfinden heraus, mich auf einmal verloren zu fühlen.

Die Fahrt bis zu meiner Wohnung dauert nicht allzu lange, und hier drin ist es warm und gemütlich.

Da ich morgen erst später zur Arbeit muss – zwischen den Feiertagen ist mein Chef da sehr großzügig –, bestelle ich mir Sushi und öffne eine Flasche Champagner, so wie ich es eigentlich bereits vor Tagen geplant hatte.

Nachdem mein bestelltes Essen angekommen ist – zum Glück ist das Restaurant dazu gleich um die Ecke –, schalte ich den Fernseher an und suche nach irgendeinem Liebesfilm, ohne fündig zu werden.

Vielleicht liegt es am Programm oder am Essen, vielleicht auch an mir selbst, aber das Essen und der Champagner haben schon mal besser geschmeckt als heute Abend. Nach einem halben Glas stelle ich ihn zur Seite, und der Großteil des Sushis landet ebenfalls ungegessen im Kühlschrank.

Kapitel 26

„Guten Morgen, Dana!“

Um ehrlich zu sein, ist es mir rätselhaft, wo Sally bereits am frühen Morgen die gute Laune hernimmt, aber als sie mir umgehend einen Kaffee herüberschiebt, doppelter Espresso mit extra viel Milchschaum, verzeihe ich ihr auf der Stelle.

Zufrieden grinsend beobachtet Sally mich dabei, wie ich an meinem Kaffee nippe und genüsslich die Augen schließe.

„So etwas Gutes gab es in White Crossing wohl nicht, was?“

„Nein, meistens gab es dort nur ganz normalen Filterkaffee.“ Was mich allerdings gar nicht weiter gestört hat. Ich habe früh gelernt, mich mit dem zufriedenzugeben, was gerade vorhanden ist, es war schließlich immer wesentlich mehr, als viele andere zur Verfügung hatten. Dennoch ist es nicht so, als würde ich ein bisschen Luxus nicht erkennen und zu schätzen wissen.

„Und wie war es sonst so?“ Sally mustert mich neugierig von Kopf bis Fuß, als würde sie hoffen, irgendwelche verräterischen Spuren an mir entdecken zu können. Ich hätte mir denken müssen, dass sie so schnell nicht lockerlassen wird.

„Sonst war es erfolgreich.“ Ich lächle sie so arglos wie möglich an. „Was steht denn heute an Terminen an?“ Nicht, dass ich das nicht selbst wüsste, doch normalerweise lenken sie solche Themen ziemlich gut ab.

„Nichts Besonderes …“ Sie setzt sich auf die Kante meines Schreibtischs und nimmt sich einen Lebkuchen aus einer Schale, die dort irgendwer, vermutlich Sally selbst, deponiert hat. „Um elf hast du eine Besprechung mit dem Chef – soweit ich informiert bin, sollst du nur noch mal über den Callery-Fall berichten. Um 13:00 Uhr kommt eine Mandantin wegen eines Scheidungsfalles. Ansonsten hast du den gesamten Tag zur Vorbereitung, Nachbereitung und Recherche übrig.“ Sie schnappt sich einen weiteren Lebkuchen, und ich wähne mich bereits in Sicherheit, als sie sich zu mir herüberlehnt. „Und natürlich hast du den ganzen Tag Zeit, um mir von Nathan Callery zu berichten.“

Ich verdrehe die Augen.

„Da gibt's nichts zu berichten. Und jetzt raus hier! Lass mich arbeiten.“

Lachend steht Sally auf.

„Es gibt *immer* etwas zu berichten. Das habe ich von dir gelernt. Du willst nur nicht!“

Sie zwinkert mir gut gelaunt zu, bevor sie mein Büro verlässt und die Tür hinter sich schließt.

Seufzend fahre ich den Rechner hoch und sehe mir die Fälle an, die im neuen Jahr anstehen werden. Ich muss zugeben, dass ich meine Arbeit schon mal mit deutlich mehr Elan erledigt habe. Wahrscheinlich bin ich einfach bloß müde und deshalb heute nicht ganz so motiviert wie sonst.

Aber seltsamerweise verfliegt das Gefühl auch den Rest der Woche nicht wirklich. Es ist, als würde ich etwas vermissen, was ich nicht erfassen kann, und meine

Gedanken schweifen immer wieder ab, nur um in White Crossing zu landen.

Ausgerechnet dort, in einem kleinen Kaff fernab jeglichen Großstadtflairs. Sosehr ich mich auch anstrenge, irgendwann muss ich mir eingestehen, dass ich diesen Ort mit all seinen Bewohnern ein wenig vermisse, und Nathan vermisse ich ganz besonders.

Diesen Gedanken finde ich reichlich verstörend, deshalb versuche ich, so wenig wie möglich daran zu denken – leider vergebens.

Einen Tag vor Silvester beginnt es erneut zu schneien.

Morgens nehme ich mir ein Taxi, statt wie sonst zu Fuß zur Arbeit zu gehen. Ich trage heute die beerenroten Stiefeletten, die Nathan mir zu Weihnachten geschenkt hat, und fühle mich ein klitzekleines bisschen verwegen darin – normalerweise bevorzuge ich eher gedeckte Töne, aber in Kombination mit meinem sandfarbenen Hosenanzug sind sie durchaus bürotauglich.

Die hohen Absätze klappern laut, als ich durch die Lobby des Bürogebäudes, in dem ich arbeite, auf den Aufzug zulaufe, und ich muss lächeln, als ich daran denke, wie ich sie in White Crossing erst im Haus der Callerys angezogen habe, um das Leder im Schnee nicht zu verderben. Das war ein schöner Abend mit einem großen Finale. Mein persönliches Weihnachtsgeschenk an mich selbst sozusagen, ein bisschen heißer Sex mit einem aufregenden Mann, und diese Schuhe erinnern mich daran, erinnern mich an eine der heißesten Nächte meines Lebens.

Zufrieden grinsend betrete ich mein Büro.

„Guten Morgen, Dana!“ Sally strahlt mich an, wie immer, und hält mir meinen Kaffee entgegen.

„Ach, du bist ein Schatz, Sally!“

„Ich weiß …“ Sie zwinkert mir zu. „Uh, schicke Schuhe!“, sagt sie, als sie sie entdeckt, und runzelt ein wenig verwundert die Stirn. „Tolle Farbe, sie stehen dir super. Du solltest dir öfter mal etwas mit Farbe zulegen. Das sieht großartig an dir aus.“

„Danke schön!“ Ich schmunzle, als ich an ihr vorbei in Richtung meines Büros gehe. „Liegt heute irgendetwas Besonderes an?“

„Nein, nichts. Für heute stehen keine Termine im Kalender, die Klienten scheinen alle schon in Feierlaune zu sein. Aber der große Chef will vor Jahresende saubere Schreibtische sehen. Wir haben also den ganzen Tag Zeit, um Akten zu archivieren und, wenn nötig, zu bearbeiten.“ Sally klingt alles andere als begeistert; ich selbst könnte mir ebenfalls Spannenderes vorstellen.

„Also dann ... Ich hoffe, du hast genug Schokolade da, um uns bei Laune zu halten?“

Sally lacht, bevor wir uns beide an die Arbeit machen.

Einen langen Arbeitstag später schneit es draußen noch immer.

„Hast du gehört, dass sie schon wieder die Flughäfen schließen? Was ist nur los in diesem Winter?“ Sally packt ihre Sachen zusammen, während ich meinen Mantel anziehe.

Ich zucke mit den Schultern.

„Über das arme Wetter meckern die Leute ständig. Schneit es im Winter nicht, wird gemeckert, schneit es zu viel, meckern auch alle."

„Weil das ja so auch kein gesundes Mittelmaß ist." Sally greift ebenfalls nach ihrem Mantel. „Aber du nimmst eh immer alles so hin, selbst, dass du für ein paar Tage in White Crossing festgehangen hast, hat dich ja anscheinend nicht sonderlich gestört." Sie mustert mich verstohlen von der Seite, und ich bewundere ihre Hartnäckigkeit. Wie gesagt, sie wäre eine hervorragende Anwältin geworden. Wenn sie denkt, dass irgendwo etwas nicht stimmt, lässt sie einfach nicht locker.

„Es war ja auch nicht zu ändern, und sich über Dinge aufzuregen, die man nicht ändern kann, macht bekanntlich wenig Sinn."

„Du und dein unerschütterlicher Pragmatismus!" Während sie sich ihre Tasche überhängt, gehen wir zusammen in Richtung Aufzug. „Wie wäre es, ladet ihr beide mich noch auf ein Glas Eierpunsch ein?"

„Mein Pragmatismus und ich? Wenn wir noch irgendwo Eierpunsch bekommen, könnten wir das machen. Gibt's den nach Weihnachten überhaupt noch?"

„Weihnachten ist doch erst seit vier Tagen vorbei. Natürlich bekommt man da noch Eierpunsch! Zum Beispiel in der kleinen Bar gleich um die Ecke."

„Na dann! Fühl dich von uns eingeladen."

„Wunderbar! Ich mag euch beide."

Lachend steigen wir in den Aufzug und fahren nach unten. Es schneit noch immer – oder vielleicht auch schon wieder.

„Tschüss, ihr zwei Süßen. Passt auf, dass ihr nicht im Schnee stecken bleibt. Ansonsten ruft mich an, hilflose Frauen sind meine Spezialität." Dan überholt uns und kann es anscheinend nicht lassen, uns dabei lasziv zuzuzwinkern. Ich klappe meinen Mantelkragen höher und Sally verdreht die Augen.

„Dan sollte mal besser aufpassen, dass meine Faust niemals in seiner Fresse stecken bleibt. Arschloch-Männer sind nämlich *meine* Spezialität."

Ich muss lachen.

„Was ist denn mit dir los heute? Hat Dan dir irgendetwas Besonderes angetan oder nervt er dich nur im Allgemeinen?"

„Weil seine eigene Assistentin im Urlaub ist, meint er ständig, mich mit irgendwelchen Aufträgen belästigen zu müssen. Gestern sollte ich sexy Unterwäsche für den Geburtstag seiner Frau kaufen. Wusstest du, dass sie Silvester Geburtstag hat?"

„Nein, das wusste ich nicht. Hast du ihr Unterwäsche besorgt?"

Sally schüttelt den Kopf.

„Nein, ich habe ihm gesagt, dass er sich um so etwas gefälligst selbst kümmern soll, woraufhin er mich als prüde bezeichnet hat."

„Wie hast du reagiert?"

„Ich war kurz davor, ihm den Stinkefinger zu zeigen, aber dann habe ich mich einfach umgedreht und habe gesagt, ich müsse noch einiges für dich erledigen. Er ist ein zu guter Anwalt – ich will mich lieber nicht unbeliebt bei ihm machen. Das würde dem großen Boss nicht gefallen."

Der große Boss ist unser gemeinsamer Chef, der kleine Boss bin ich, so hat Sally mir das mal erklärt. Obwohl wir mittlerweile auch Freundinnen sind, was jedoch der Qualität ihrer oder meiner Arbeit alles andere als schadet.

„Nein, wahrscheinlich würde ihm das nicht gefallen. Ich habe zwar keine Ahnung warum, aber Dan steht bei ihm hoch im Kurs." Ich muss schmunzeln. „Du hättest seiner Frau natürlich etwas in Nuttenrot aus sehr viel Spitze kaufen können, wahlweise in zwei Nummern zu groß oder zu klein."

„Du meinst, dann denkt sie, er hält sie für eine fette Schlampe, und ist sauer?"

„Ganz genau. Oder sie denkt, er hätte gerne etwas Schlankeres."

„Boah, bist du fies", sagt Sally beinahe bewundernd. „Nächstes Mal frage ich vorher einfach dich."

Kichernd gehen wir in die kleine Bar und suchen uns dort einen Tisch, trinken warmen Eggnog, quatschen, beobachten die anderen Menschen und schauen dem Schnee zu, der unablässig draußen fällt.

„Hoffentlich bekommen wir noch ein Taxi. Bei diesem Wetter wollen alle eins haben ..." Suchend schaut sich Sally um, als wir die Bar verlassen haben.

„Ich weiß. Ich habe mir heute Morgen auch eins genommen, obwohl ich ja sonst meistens zu Fuß gehe." Und das habe ich auch jetzt vor, schließlich trage ich meine neuen Lieblingsschuhe.

Sally wirft mir einen gespielt genervten Blick zu.

„Leute wie du sind daran schuld, dass es bei schlechtem Wetter ständig zu wenig Taxis gibt. Wenn ihr jeden Tag mit dem Taxi fahren würdet, würde es mehr davon geben, und ihr würdet bei schlechtem Wetter nicht die Leute davon abhalten, eins zu bekommen, die immer eins nehmen."

Ich muss lachen.

„Da kommt eins. Nimm du es, und schau, dass du bequem nach Hause kommst."

Sie winkt das Taxi heran und küsst mich auf die Wange, bevor sie einsteigt.

„Danke für das Taxi. Und danke für die Einladung. Wir sehen uns morgen!"

„Sehr gerne!" Ich sehe ein zweites Taxi heranfahren und winke ebenfalls. Zum Glück ist vor uns eine größere Kreuzung, und die Ampel dort steht manchmal Ewigkeiten auf Rot, sodass der Fahrer ohnehin langsamer werden musste und mich somit einfach nicht übersehen konnte.

Ich sitze gerade auf der Rückbank und bin dabei, mich anzuschnallen, als die Tür noch einmal aufgeht und ein Mann in einem schwarzen Mantel neben mir einsteigt.

„Ich fahre dahin, wo die Dame hinfährt!", teilt er dem Fahrer mit, bevor er sich zu mir dreht und mir ein Lächeln zuwirft, das mir wahrscheinlich die Beine weggezogen hätte, wenn ich nicht sitzen würde.

„Nathan!" Völlig entgeistert starre ich ihn an. „Was machst du denn hier?"

Er sieht mich an, und selbst in der Dunkelheit des Taxis leuchten seine Augen so erstaunlich grün, dass sie beinahe unecht wirken.

„Ich war beruflich in Boston und komme nicht mehr nach Hause. Die Flughäfen sind schon wieder geschlossen. Ich dachte, du hättest vielleicht noch ein Plätzchen für mich frei …“

„Oh!“, antworte ich und versuche, mich irgendwie zu sammeln. „Ja … ja, ich denke, das sollte irgendwie machbar sein“, stammle ich, während mein Herzschlag so laut in meinen Ohren dröhnt, dass ich beinahe mein eigenes Wort nicht mehr verstehe. Mit weit aufgerissenen Augen starre ich Nathan an, als hätte ich eine Erscheinung, und mein Gehirn läuft auf Hochtouren, um zu verarbeiten, was hier gerade geschieht.

Kapitel 27

Ich starre noch immer, als das Handy in meiner Handtasche zu brummen beginnt.

„Da muss ich kurz nachsehen“, sage ich entschuldigend zu Nathan, dankbar dafür, irgendetwas zu haben, was mir ein bisschen Zeit verschafft.

Alles in Ordnung bei dir?
Wer ist da zu dir ins Auto gestiegen?
Ist das etwa Nathan Callery?

Es ist Sally, und ich hätte mir eigentlich denken können, dass sie noch mitbekommen hat, wie Nathan mit in den Wagen gestiegen ist; schließlich stand ihr Taxi noch vor mir an der Ampel.

Ja, alles gut. Und ja, ist er.

Mehr fällt mir gerade beim besten Willen nicht ein. Mein Gehirn scheint noch immer wegen Überlastung geschlossen zu sein, aber ich will auch nicht, dass sie sich meinetwegen Sorgen macht.

Umständlicher als nötig packe ich mein Handy wieder weg und bemühe mich, etwas ruhiger zu atmen. Ohnehin besteht ja gar kein Grund, auf einmal so aufgeregt zu sein. Leider scheint mein Körper da völlig anderer Meinung zu sein als ich. Noch einmal atme ich tief ein, während ich meine Handtasche zuklappe, und nehme Nathans Duft wahr, der sich in dem kleinen Innenraum des Taxis sanft verbreitet hat. Mein blödes

Herz schlägt noch etwas schneller und die Schmetterlinge in meinem Bauch beginnen zu tanzen.

Schmetterlinge. Mitten im Winter.

Die dürften eigentlich gar nicht da sein, auch deshalb nicht, weil es ja nur Nathan ist.

„Was machst du denn in Boston?“, frage ich ihn endlich, als ich mich wieder dazu in der Lage fühle, einen verständlichen Satz zu formulieren.

Er lächelt erneut dieses umwerfende Lächeln, das meine sich gerade eben beruhigenden Nerven und Gefühle gleich wieder in Wallung bringt.

„Ich war beruflich in der Stadt, doch nun sieht es so aus, als würde ich hier festsitzen. Ich wollte dich im Büro besuchen, dort sagte man mir, du hättest schon Feierabend, seist mit deiner Assistentin aber wahrscheinlich noch in der Bar um die Ecke. Hier habe ich dich zum Glück im letzten Moment erwischt.“ Er wirkt überaus zufrieden mit sich.

„Das Gefühl, festzusitzen, kommt mir irgendwie bekannt vor.“ Ich versuche es mit einem Lächeln.

„Und ist es ein schlechtes Gefühl?“ Erwartungsvoll zieht er die Augenbrauen in die Höhe, während er seinen Blick nicht von mir löst.

„Nein, eigentlich nicht“, gestehe ich. „Jedenfalls dann nicht, wenn man so gut untergebracht wird, wie ich es war.“

„Ach so?“ Nathan verschränkt die Arme vor der Brust, und sein Lächeln bekommt auf einmal etwas Wölfisches. „Ob du mir denn auch den gleichen Service zuteilwerden lässt wie ich dir?“

Ach du meine Güte … So wie er *Service* betont, weiß ich ziemlich genau, was er damit meint, und mir wird auf einmal ganz heiß.

„Natürlich darfst du dir deinen Kaffee auch selbst kochen!“, kontere ich, meiner protestierenden Libido zum Trotz. Als wir uns verabschiedet haben, war Nathan mehr als frostig zu mir. Ich hätte mit einem Wiedersehen niemals gerechnet und fühle mich gerade … na ja. Ziemlich überrumpelt. Ich meine, mal ehrlich, kann er das machen, mir zum Abschied die Hand zu reichen nach so einer Nacht, wie wir sie zusammen hatten, und dann einfach unangemeldet wieder auftauchen und davon ausgehen, dass ich Sex mit ihm haben werde?

Ein Blick in seine Augen, die mich derart unverfroren mustern, dass ich mich trotz mehrerer Schichten Kleidung nackt fühle, zeigt mir mehr als deutlich, dass er ganz offenkundig genau davon ausgegangen ist, als er heute Abend nach mir gesucht hat. Wenn ich ehrlich zu mir selbst bin, muss ich zugeben, dass seine Chancen nicht schlecht stehen. Aber das muss er ja nicht wissen, und ich selbst muss mir erst einmal klar darüber werden, was ich überhaupt will – und was nicht.

Die Fahrt bis zu meinem Appartement ist schnell vorbei, und zum ersten Mal, seit ich hier wohne, wünsche ich mir, dass mein Zuhause weiter von meinem Arbeitsplatz entfernt wäre.

Bevor ich eingreifen kann, bezahlt Nathan das Taxi für mich, und da ich gerade etwas neben mir stehe, ist er sogar schnell genug, um mir die Wagentür zu öffnen und mir den Arm anzubieten, um mir beim Aussteigen behilflich zu sein. Als ich meine Hand auf seinen

Unterarm lege, kann ich die festen Muskeln durch den Wollstoff seines Mantels spüren und muss daran denken, wie ich meine Fingernägel in ebendiesen Unterarm gekrallt habe, als wir Sex miteinander hatten.

„Alles in Ordnung mit dir?“ Es ist beinahe, als hätte er meine Gedanken gelesen, und mein Mund fühlt sich plötzlich ganz trocken an.

„Ja, alles bestens. Ich bin nur etwas erstaunt, dass du hier bist.“

Mitten auf dem Gehweg bleibt er stehen, dreht sich zu mir herum und schaut mich an.

Eine Schneeflocke verfängt sich in seinen unverschämt langen Wimpern, und Nathan beugt sich zu mir vor, umfasst mein Gesicht mit beiden Händen und fährt sanft die Kontur meiner Wangenknochen nach.

„Soll ich lieber wieder gehen, Dana?“ In seiner Stimme schwingen Bedauern und Sorge mit, und meine eigenen Bedenken sind auf einmal wie weggeflogen.

„Nein“, murmle ich und drehe meinen Kopf so weit zur Seite, dass ich Nathans Handfläche küssen kann. „Nein, ich denke, ich möchte, dass du bleibst.“ Ich kann selbst kaum glauben, was ich da sage, aber es fühlt sich großartig an. Ich möchte, dass er bleibt. Ich möchte wilden, ungestümen Sex mit ihm haben, und das genau jetzt, in dieser Nacht.

„Gut.“ Seine Stimme klingt auf einmal ganz rau. „Das ist sehr gut.“

Dann zieht er mich zu sich heran und küsst mich. Sanft legt er seine Lippen auf meine, als wolle er mich nicht verschrecken.

Ich erwidere seinen Kuss, versuche, ebenso sanft und zärtlich zu sein, obwohl ich das Gefühl habe, dass mich das in den Wahnsinn treibt. Nun, da ich mich dazu entschieden habe, ihn mit in meine Wohnung zu nehmen und die Nacht mit ihm zu verbringen, kann es mir auf einmal gar nicht schnell genug gehen.

Dennoch übe ich mich in Geduld. Die wenigen Passanten, die bei diesem Wetter noch unterwegs sind, machen einen Bogen um uns, und ich lasse mich von Nathan küssen, bis ich vor lauter Aufregung und Vorfreude keine Luft mehr bekomme.

„Lass uns reingehen …“ Ich zupfe unruhig an Nathans Revers, und er beginnt an meinen Lippen leise zu lachen.

„So ungeduldig, Eisprinzessin?“

„Ja!“, antworte ich knapp, ergreife seine Hand und ziehe ihn hinter mir her.

Mit einem kurzen Kopfnicken begrüße ich den Concierge, der in meinem Apartmenthaus im Eingangsbereich Wache hält und Profi genug ist, um nicht verwundert zu wirken, dass ich einen Mann im Schlepptau habe. Ich habe noch niemals zuvor einen Mann mit hierhergebracht, und auch weibliche Gäste habe ich nur sehr selten.

Zum Glück müssen wir auf den Aufzug nicht lange warten, die Türen öffnen sich beinahe umgehend, nachdem ich auf den Knopf gedrückt habe.

Kaum dass sich die Türen wieder hinter uns geschlossen haben, schiebt mich Nathan gegen die verspiegelte Wand und küsst mich so heftig, dass mein Herz anfängt zu rasen. Sein Körper drückt sich groß und hart gegen meinen, und wir sind so miteinander beschäftigt, dass wir es beinahe nicht mitbekommen, das wir in der richtigen Etage ankommen.

Als wir es endlich in meine Wohnung geschafft haben, können wir gerade noch die Tür schließen, bevor Nathan damit beginnt, mich auszuziehen.

„Weißt du was, Eisprinzessin? Ich bin froh, dass du mich von der Straße weggeholt hast. Ich hätte ungern eine Anzeige wegen Erregung öffentlichen Ärgernisses riskiert, weil ich dich da unten gleich gegen eine Hauswand gedrückt und wie wild gevögelt hätte." Er beißt mir in den Hals. „Gut, dass wenigstens einer von uns halbwegs vernünftig geblieben ist."

„Hm", antworte ich ziemlich einsilbig, bevor Nathan meinen Mund erneut mit seinem verschließt.

Eigentlich bin ich ja gerade alles andere als vernünftig, aber verdammt, es fühlt sich einfach viel zu wundervoll an.

„Du hast mir gefehlt …", flüstert Nathan an meinem Hals, als er mir den Mantel von den Schultern streift und ihn achtlos zu Boden fallen lässt.

Ich habe ihm gefehlt …

Das hört sich ziemlich gut an und gefällt mir besser, als es wahrscheinlich sollte. Er schiebt seine eiskalten Hände unter meine Bluse, und ich quietsche auf, was er mit einem leisen Lachen quittiert.

„Ja, es ist verdammt kalt da draußen. Doch ich schätze, dass uns beiden schnell warm werden wird."

Ja – das vermute ich auch, denn trotz seiner eiskalten Hände auf meiner Haut kann ich es kaum erwarten, diese lästigen Klamotten loszuwerden, die uns trennen. Ich will ihn spüren, seine Haut an meiner, seinen Herzschlag an meinem, ihn schmecken, ihn fühlen, ihn keuchen hören, und das alles bitte möglichst schnell.

„Du hast es ja schon wieder so eilig!“ Nathans moosgrüne Augen blitzen auf; er macht nicht den Anschein, als ob ihn meine Hast sonderlich stören würde.

„Du bleibst doch noch die ganze Nacht, oder? Wir haben später Zeit, langsam zu machen.“

„Da allerdings hast du völlig recht!“

Gegenseitig ziehen wir uns aus, bis wir nackt voreinander stehen. Trotz aller Eile nehme ich mir einen Moment Zeit, ihn zu betrachten.

Er ist wunderschön – einfach perfekt. Groß, muskulös und … Ich komme einen Schritt näher und strecke meine Hand nach seiner stattlichen Erektion aus, spüre die samtige Haut und die Härte darunter und umfasse ihn sanft, bevor ich meine Hand langsam auf und ab zu bewegen beginne.

„O ja …“, knurrt er, während er sich zu mir herabbeugt. „Ich habe dich wirklich sehr vermisst.“

Er drängt mich weiter in meine Wohnung hinein, schiebt mich rückwärts, bis ich mit dem Po gegen etwas Hartes stoße, das ich als meinen Esstisch identifiziere. Bevor ich dazu komme, zu protestieren, hat er mich bereits hochgehoben und sich zwischen meinen Beinen positioniert. Dann küsst er mich so lange und innig, bis ich nachgebe und flach auf dem Tisch zu liegen komme, während sich seine Zunge in meinem Mund bewegt und sich seine Erektion aufs Köstlichste an meiner feuchten Mitte reibt.

„Du bist wunderschön!", flüstert er rau, seine Hände streichen dabei über meinen Körper, erkunden meine Brüste, spielen mit ihnen, mit meinen Brustwarzen, die sich ihm hart aufgerichtet entgegenrecken. Er erkundet sie mit Mund und Zähnen, und ich werfe den Kopf in den Nacken und stöhne, werde immer lauter, und als er sich schließlich eines meiner Beine über die Schulter legt und seinen Mund auf die empfindlichste Stelle zwischen meinen Beinen presst, gebe ich einen leisen Schrei von mir.

„Du bist wunderschön, und du schmeckst einfach köstlich." Seine Zunge fährt durch meine feuchte Spalte, findet meine kleine Perle, und ich stelle umgehend jegliches Denken ein, beginne, mich unter ihm zu winden, bis er mich festhalten muss, und höre mich selbst nach mehr betteln.

„Komm zu mir, komm!" Meine Stimme klingt heiser. „Ich will dich in mir spüren. Bitte!" Er richtet sich weit genug auf, um mich ansehen zu können. Im schwachen Licht, das von der Straßenbeleuchtung durch das Fenster scheint, wirkt sein Lächeln beinahe diabolisch.

„Bitte mich noch mal!", sagt er, bevor er den Kopf wieder hinuntersenkt, um quälend langsam mit seiner Zunge um das Zentrum meiner Lust zu kreisen. „Los, bitte mich noch mal …", flüstert er zwischen meinen Beinen und pustet auf meine nasse, überempfindliche Haut. Ich erschaudere.

„Bitte!", wiederhole ich – und dann noch einmal, als wäre es mein Mantra: „Bitte! Bitte, bitte, bitte, bitte, bitte …"

Nathan blickt erneut zu mir herab, sein Lächeln ist noch genauso teuflisch wie zuvor.

„Gut …“, raunt er. „Wenn du es unbedingt willst …“ Von irgendwo zaubert er ein Kondom hervor und zieht es sich über; endlich dringt er im Zeitlupentempo in mich ein. Nur, um sofort bewegungslos zu verharren.

„Bitte!“, murmle ich wieder und beginne mich zu bewegen, soweit meine Lage das zulässt. „Bitte! Ich brauche dich …“

Mein Becken beginnt wie von selbst zu kreisen, und irgendwann kann er sich anscheinend ebenfalls nicht mehr zurückhalten und kommt meinen Bewegungen mit langsamen, gleichmäßigen Stößen entgegen, die nach und nach immer schneller und heftiger werden.

„Komm für mich, Dana. Ich möchte sehen, wie du für mich kommst!“ Er nimmt seine Finger zu Hilfe, reibt meine kleine Perle im selben Rhythmus, in dem er in mich stößt, und Sekunden später gehorcht mein Körper Nathans Befehl, und ich ziehe mich um ihn herum zusammen, während ich den Kopf in den Nacken werfe und schreie.

+++

„Ich hoffe, dass deine Wohnung eine gute Schallisolierung hat!“

Er hat keine Ahnung, wie lange sie Sex hatten, erst auf dem Tisch, danach auf dem Sofa. Seine Uhr liegt vermutlich irgendwo auf dem Flurboden, er hat sie abgenommen, als sie sich ausgezogen haben, um Dana mit dem Metallarmband nicht versehentlich zu verletzen.

Aber eines weiß er sicher: Sex mit Dana ist einfach großartig. Sie ist einfach großartig, und gerade errötet sie ganz entzückend.

„Es tut mir leid … ich wollte das nicht … ich …“ Sie ist sichtbar verlegen, und er legt ihr seinen Zeigefinger auf die Lippen.

„Sch!“, macht er, zieht seinen Finger weg und ersetzt ihn durch einen kurzen Kuss. „Glaube mir, mir hat das sehr gefallen. Ich liebe es, wenn du schreist und nach mehr bettelst. Du weißt gar nicht, was so etwas mit dem Ego eines Mannes anstellen kann.“

„Und dabei war deins auch vorher bereits nicht gerade zu gering ausgeprägt.“ Nun sieht sie gar nicht mehr verlegen aus, was ihm viel besser gefällt.

„Wenn ich da an deine Schreie denke, ist das auch nicht völlig unbegründet.“ Er zwinkert ihr zu, als ihr Magen laut und vernehmlich zu knurren beginnt. „Wollen wir noch etwas essen gehen?“

„Jetzt noch?“ Dana sieht erstaunt aus. „Es ist doch schon so spät.“

„Ja, natürlich ist es das, aber du hast offenkundig Hunger. Oder hast du noch etwas im Haus? Ich kann dir auch was kochen.“

Sie lächelt, und irgendetwas an ihrem Lächeln lässt ihn dahinschmelzen. Es war eine gute Entscheidung, dass er sie heute gesucht hat, eine sehr gute.

„Du willst mich also zum Essen ausführen? Beinahe so, als hätten wir ein Date?“

„So etwas in der Art.“ Er hat das Wort noch nie sehr gemocht, aber mit ihr fühlt es sich gar nicht so falsch an wie gedacht.

„Also fein.“ Sie lächelt. „Gib mir fünf Minuten.“ Sie verschwindet Richtung Badezimmer, und kurz bevor sie die Tür erreicht hat, dreht sie sich noch einmal zu ihm um. „Und nur, damit das klar ist: Ich bezahle.“

+++

Kapitel 28

„Ich kann immer noch nicht glauben, dass du tatsächlich hier bist." Wir sitzen bei einem Glas Wein in einem kleinen italienischen Restaurant, das zum Glück bloß ein paar Häuser weiter ist, denn mittlerweile ist draußen ein furchtbares Verkehrschaos ausgebrochen. Da kann man von Glück reden, wenn man so wie ich beinahe alle wichtigen Einrichtungen fußläufig erreichen kann, zur Not sogar zu Fuß zur Arbeit kommt.

Nathan nippt an seinem Wein.

„Und ich kann es kaum glauben, dass du tatsächlich bloß fünf Minuten brauchst, wenn du fünf Minuten sagst. Übrigens siehst du trotzdem absolut großartig aus!"

Ich lache leise.

„Danke schön. Das Kompliment kann ich nur zurückgeben."

Er lächelt mich an, dann greift er über dem Tisch nach meiner Hand, und ich frage mich, wohin das hier alles führen soll. Ich starre auf unsere ineinander verschränkten Hände und sein Blick folgt mir. Auf einmal könnte ich schwören, dass er darüber nachdenkt, wie er seine Hand möglichst unauffällig wieder zurückziehen kann – und mir geht es genauso.

Miteinander Sex haben ist das eine. Miteinander essen gehen ist schon ein Schritt mehr in Richtung eines wirklichen Dates. Aber miteinander in der Öffentlichkeit Händchen halten – das hat mit Unverbindlichkeit nicht mehr allzu viel zu tun.

Zum Glück erlöst der Kellner uns von diesem peinlichen Augenblick, indem er unser Essen bringt, und ich war selten so dankbar dafür wie in diesem Moment. Nicht bloß, weil ich wahnsinnigen Hunger habe.

„Fast ebenso erstaunlich wie deine Geschwindigkeit vorhin im Bad finde ich es übrigens, dass du dich anscheinend nicht scheust, nach siebzehn Uhr noch Kohlenhydrate zu essen, und dabei trotzdem diese umwerfende Figur hast."

Beinahe amüsiert sieht er mir dabei zu, wie ich Pasta mit Fleischbällchen esse. Okay, ich schlinge ein wenig, aber nur ein kleines bisschen. Ich habe wirklich Hunger und es schmeckt einfach köstlich.

„Vermutlich bewege ich mich heute noch genug und baue die überflüssigen Kalorien somit mühelos wieder ab." Ich spreche gerade laut genug, dass nur er mich verstehen kann, und erkenne an seinem Blick: Er weiß ganz genau, wovon ich rede. Seine Augen werden eine halbe Nuance dunkler, wenn er erregt ist, genauso wie jetzt, und ich muss gestehen, dass ich mich darüber freue, wie mühelos mir dies gelungen ist.

„Darauf kannst du dich verlassen, Dana. Darauf, und dass du heute Nacht in der Tat sehr wenig Schlaf bekommen wirst."

Hitze macht sich in mir breit. Offensichtlich ist er nicht der Einzige, der mit nur wenigen Worten sehr erregbar ist.

„Was genau hast du in Boston eigentlich zu tun?", frage ich, um vom Thema abzulenken und nicht noch auf dumme Gedanken zu kommen.

„Ich habe einer Horde College-Jungs beim Eishockeyspielen zugesehen."

„Oh, ist das so spaßig, wie es sich anhört?"

Nathan lächelt, und ich könnte mich daran gewöhnen, ihn lächeln zu sehen. Ich mag es, wenn sich dabei um seine Augen dieses feine Netz kleiner Lachfältchen bildet und wie sich seine sonst oft so düstere Miene aufhellt.

„Meistens macht es Spaß, ja. Aber es ist auch anstrengend. Es ist anders, als normal zu einem Spiel zu gehen. Ich habe vorher eine Liste mit Namen und Dingen, auf die ich achten soll, und ab und an empfehle ich am Ende dem Verein einen ganz anderen Spieler. Oder auch gar keinen."

„Das heißt, jemand sortiert für dich vor, und du entscheidest dann, wer in den Verein aufgenommen wird und wer nicht?" Ich tupfe mir den Mund mit der Serviette ab, bevor ich nach meinem Weinglas greife.

„Ganz genau. Irgendwer wertet einen Haufen Statistiken aus, sodass der Computer jede Menge Namen von Spielern ausspuckt, die eventuell für eine Profikarriere infrage kommen würden. Das sind fast immer Collegespieler, denn die Colleges haben ihre eigenen Talentscouts, sodass im Prinzip schon vorher die Spreu vom Weizen getrennt worden ist. Ich versuche dann erst einmal, Videoaufnahmen von den entsprechenden Spielern zu bekommen. Man kann vieles erkennen, wenn man sie laufen sieht. Über ihre Spieltechnik hinaus achte ich zum Beispiel auch auf etwaige Fehlbelastungen, die später zu Arthrose führen können, was einen Verein teuer zu stehen kommen kann." Nathan trinkt ebenfalls noch einen Schluck Wein. „Aber ich will dich mit diesem Fachgesimpel nicht langweilen."

„Tust du nicht!“, antworte ich zwischen zwei Gabeln voll Spaghetti. „Ganz im Gegenteil. Ich habe mich schon immer gefragt, wie so etwas funktioniert. Erkennen die Spieler dich eigentlich, wenn du zuschaust? Die Collegespiele werden vermutlich deutlich weniger gut besucht sein als die der Profis.“

„Du würdest dich wahrscheinlich wundern, wenn du sehen würdest, wie voll es dort mitunter ist. Trotzdem erkennen mich ab und an mal Spieler. Doch das schadet auch nicht, so kann man zumindest beobachten, wie belastbar sie unter Stress sind und ob sie auch dann noch in der Lage sind, volle Leistung zu erbringen.“

„Ist es nicht manchmal schwer, über das Schicksal der Spieler zu entscheiden? So ein Profi-Vertrag ist ja eine große Sache, oder nicht? Kann man da persönliche Sympathien und Antipathien völlig heraushalten?“

„Zum Glück kenne ich die meisten der Spieler vorher nicht, das macht es einfacher. Aber ihre Persönlichkeit ist durchaus ein Kriterium, das ich beachte. Wenn jemand beispielsweise kein Team-Player ist, wird er dauerhaft im Mannschaftssport keinen Erfolg haben. Wenn jemand aufbrausend ist und sich leicht provozieren lässt, wird er vermutlich zu viele Strafminuten riskieren. Jemand, der zu ausgeglichen auf dem Feld ist, hat eventuell zu wenig Biss.“ Schulterzuckend schiebt Nathan seinen leeren Teller von sich. „Es ist auch immer ein bisschen Bauchgefühl mit dabei.“

„Hattest du genug Biss, als du selbst noch Profi warst?“

Nathan grinst und beugt sich ein bisschen zu mir herüber.

„Ich war ziemlich gut. Allerdings habe ich nur ein knappes Jahr gespielt, bis ich mir das Knie so schlimm verletzt habe, dass ich danach nicht mehr spielen konnte. Aber das weißt du sicherlich, oder?"

„Du weißt doch, dass ich meine Hausaufgaben gemacht habe", antworte ich schulterzuckend und schiebe ebenfalls meinen Teller von mir.

„Das hast du allerdings."

„Bist du manchmal neidisch auf die Spieler, die du auswählst? Weil sie ihre aktive Karriere als Spieler noch vor sich haben?"

Nathan lehnt sich zurück und verschränkt die Arme vor der Brust, und einen Moment lang befürchte ich, dass meine Frage zu persönlich war, doch sein Gesicht bleibt freundlich und entspannt.

„Kurz nach meiner Verletzung ist es mir sehr schwergefallen, da war ich wütend auf jeden, vor allem auf jeden, der im Gegensatz zu mir noch aufs Eis durfte und spielen konnte. Mittlerweile bin ich manchmal fast dankbar dafür." Nachdenklich fahren seine Finger die Tischkante nach. „So eine Profikarriere kostet einen sehr viel. Zeit, Gesundheit, Nerven und Privatsphäre. Ich kenne viele Spieler, die sind körperlich völlig am Ende, wenn sie aufhören zu spielen …"

„Was ist mit CTE? Diese Gehirnerkrankung, die Menschen bekommen, wenn sie zu viele Hirnverletzungen durch Erschütterungen hinter sich haben. Ein Mandant von mir ist ehemaliger Footballprofi, er hat eine Stiftung für Betroffene eingerichtet."

„Liam Brooks ist ein Mandant von dir?“ In seine Augen tritt etwas, was aussieht wie Bewunderung – ob nun für mich oder für Liam Brooks, weiß ich nicht sicher.

„Ich bin eben gut!“, antworte ich trotzdem und zwinkere ihm zu.

„Das bist du in vielerlei Hinsicht.“ Er schenkt mir ein schelmisches Lächeln, dann greift er nach seinem Weinglas und wird wieder ernst. „Meinem Wissen nach sind vor allem Footballspieler und Boxer davon betroffen, weil sie mehr Schläge gegen den Kopf bekommen. Eishockey ist zwar ebenfalls ein Kontaktsport, aber hier wird mehr auf den Körper gezielt. Schläge gegen den Kopf sind sogar verboten.“

„Trotzdem haben die wenigsten Spieler noch ihre eigenen Zähne.“

Nathan grinst und zeigt mir dabei seine eigenen, völlig unversehrten Zähne.

„Deshalb haben wir auch alle so ein strahlendes Lächeln, der modernen Zahntechnik und dem hervorragenden Zahnersatz sei Dank. Wenn man ein paar Jahre mit dabei ist, ist nichts mehr schief oder vergilbt, weil nichts mehr echt ist.“ Gut gelaunt zwinkert er mir zu. „Ich war nicht lange genug mit dabei – ich muss auch weiterhin zum Zahnarzt, bei mir ist bisher nichts ersetzt worden.“

„Das beruhigt mich irgendwie“, gebe ich zu.

„Mich auch.“ Erneut greift er nach meiner Hand. „Wollen wir langsam gehen oder möchtest du noch etwas?“

„Danke, ich bin vollkommen satt.“

„Dana? Darf ich dir eine Frage stellen?“ Sein Blick ist auf einmal furchtbar ernsthaft, beinahe feierlich, und ich runzle irritiert die Stirn.

„Frag …“

„Wärst du sehr beleidigt, wenn ich die Rechnung übernehmen würde?“

Lachend entziehe ich ihm meine Hand.

„Bevor dein Ego hinterher so angegriffen ist, dass du keinen mehr hochbekommst – bitte schön.“

Nathan lacht ebenfalls.

„Ganz so schlimm wäre es zwar nicht geworden, aber ich fühle mich trotzdem besser dabei.“

Zufrieden winkt er dem Kellner, und ich lehne mich kopfschüttelnd in meinem Stuhl zurück.

Kapitel 29

Am nächsten Morgen werde ich vom Duft von Kaffee geweckt und tapse noch etwas schlaftrunken in die Küche.

„Guten Morgen, Eisprinzessin! Da der Kaffee mit dem doppelten Milchschaum in deiner Hightechmaschine hier vorprogrammiert war, nehme ich mal an, dass das deine liebste Wahl ist?"

„Da hast du recht!" Ich greife nach der Tasse, die er mir hinhält. „Ich danke dir."

„Nichts zu danken. Ich hätte auch Frühstück gemacht, aber dein Kühlschrank gibt nicht wirklich viel her."

Entschuldigend zucke ich mit den Schultern.

„Meistens kaufe ich mir etwas auf dem Weg zur Arbeit."

„Apropos – wann musst du dort sein? Und bis wann arbeitest du heute?"

„In einer Stunde, und arbeiten muss ich heute nur bis Mittag. Es ist doch Silvester."

„Würdest du mich heute Abend noch mal bei dir aufnehmen? Was hast du überhaupt für Pläne für Silvester?"

„Ich bin bei einer Freundin eingeladen zu einer Party." Ich nippe an meinem Kaffee, bevor ich etwas zögerlich frage: „Möchtest du eventuell mitkommen?" Am liebsten würde ich die Frage gleich wieder zurücknehmen, denn das ist eindeutig noch eine Nummer größer, als in der Öffentlichkeit Händchen zu halten, und ich weiß weder, ob ihm das recht wäre, noch ob ich selbst das wirklich will. „Ich kann die Party aber auch absagen!“, schiebe ich deshalb schnell hinterher. „Ich mache mir ohnehin nicht viel aus Feiern, und Sally wird sicherlich Verständnis haben, wenn ich …“

„… wenn du dich lieber ins neue Jahr vögelst, statt zu feiern?“, beendet Nathan meinen Satz grinsend.

„Ganz genau, auch wenn ich es wahrscheinlich etwas weniger direkt ausgedrückt hätte.“ Mit der Nase in der Kaffeetasse warte ich seine Antwort ab.

„Ich denke, ich würde gerne mit dir zu dieser Party gehen, wenn sie dort noch ein Plätzchen für mich frei haben.“ Forschend sieht er mich an, während ich versuche, meine Gefühle und Gedanken zu sortieren.

Allerdings merke ich ziemlich schnell, dass mir der Gedanke sehr gut gefällt, mit Nathan auf eine Party zu gehen, und ich bin mir nicht ganz sicher, ob mich das erfreuen oder beunruhigen sollte; doch als Nathan zu lächeln beginnt, verfliegen auf einmal alle meine Bedenken. Was soll schon dabei sein? Ich bin eine erwachsene Frau, und ich kann zu einer Silvesterparty mitbringen, wen ich will, ohne denjenigen gleich heiraten zu müssen.

„Wunderbar. Dann fahre ich in mein Hotel und besorge mir frische Sachen und hole dich heute Mittag von der Arbeit ab. Was sagst du?“

„Klingt nach einem guten Plan!“, antworte ich, bis mir etwas auffällt. „Moment mal, du hast irgendwo hier in Boston ein Hotelzimmer? Ich dachte, du würdest festsitzen und wärst auf meine Hilfe angewiesen, weil durch den vielen Schnee und Silvester alles ausgebucht war!“

Völlig unbeeindruckt lehnt er sich an die Küchenarbeitsplatte und greift nach seiner Tasse.

„Dass ich hier festsitze, stimmt, und etwas anderes habe ich niemals behauptet." Da ist wieder dieses schelmische Lächeln, das ich bereits kenne und das ihn um Jahre jünger aussehen lässt. Er wirkt überaus zufrieden mit sich, und ich fange an zu lachen und kann erst wieder damit aufhören, als ich Seitenstechen davon bekomme.

„Ich sage das ja wirklich nur selten, aber das ist so romantisch!" Sally greift sich in einer theatralischen Geste ans Herz, und ich runzle die Stirn.

„Was genau daran? Dass er einen geschäftlichen Termin in Boston hatte, dass er mich angeschwindelt hat oder dass er Lust auf Sex mit mir hatte?"

„Du kannst auch alles kaputtmachen …" Mit gespielt beleidigter Miene reicht sie mir meinen Kaffee, den zweiten für heute, und anschließend eine kleine Papiertüte. „Da ich mir gedacht habe, dass du eine heiße Nacht hattest, und bestimmt keine Zeit zum Frühstücken gefunden hast, habe ich dir ein Schokoladencroissant mitgebracht."

„O Sally, du bist einfach großartig!" Dankbar nehme ich die Tüte entgegen.

„Dankbar genug, dass du mir ein paar heiße Details erzählst, bist du nicht zufällig, oder?"

Grinsend beiße ich in mein Croissant.

„Nein. So dankbar bin ich nicht. Aber ich kann dir zumindest berichten, dass es in der Tat sehr, sehr heiß war." Genussvoll beiße ich in das süße Gebäck und schließe kurz die Augen. Mir war gar nicht bewusst, wie viel Hunger ich schon wieder hatte.

„Du bist gemein, ehrlich. Ich selbst hatte seit Ewigkeiten keinen heißen Sex mehr."

„Warum eigentlich nicht?", frage ich kauend und betrachte Sally nachdenklich, ihren glatten, hellbraunen Longbob, ihre schönen haselnussbraunen Augen, die so schräg stehen, dass sie etwas Exotisches haben, und ihren beinahe elfenbeinfarbenen Teint. Sally ist wirklich eine schöne Frau.

„Ich habe keine Ahnung warum. Wahrscheinlich wegen der zwanzig Pfund zu viel, die ich auf den Hüften habe?"

„Spinnst du?" Um ein Haar hätte ich mich an meinem Croissant verschluckt. „Du siehst super aus, so wie du bist! Und ich dachte immer, Männer stehen auf Kurven und nicht auf Knochen, schließlich sind es keine Hunde!"

Sally lacht leise, wirklich überzeugend klingt es nicht.

„Wie auch immer … vielleicht habe ich ja heute Abend Glück, und irgendwer bringt einen tollen Mann mit auf meine Party, den ich noch nicht kenne. Du kommst doch auch, oder? Und bringst Nathan mit? Hat er eventuell einen Freund, der gerade Single ist?"

„Ich würde gern kommen, und Nathan würde ich auch gern mitbringen. Dass er einen Freund mitbringen kann, wage ich jedoch zu bezweifeln."

„Das ist allerdings sehr bedauerlich." Sally seufzt tief. „Aber ich freue mich zumindest, wenn ihr beide kommt. Zusammen!" Vor sich hinmurmelnd verlässt sie mein Büro. „Das ist so romantisch! Unglaublich romantisch!"

Kopfschüttend fahre ich den Rechner hoch und hoffe, mich die wenigen Arbeitsstunden heute halbwegs konzentrieren zu können.

Sally macht heute früher Feierabend. Sie hat einen Überstundenausgleich eingereicht, damit sie ihre Silvesterparty vorbereiten kann, und ich bin sehr dankbar dafür. Nicht, weil ich es nicht leiden kann, wenn sie hier ist – ganz im Gegenteil.

Dennoch bin ich froh darüber, dass ich für meinen gemeinsamen Auftritt mit Nathan noch Zeit bis heute Abend habe. Es ist ewig her, dass ich zusammen mit einem Mann irgendwo hingegangen bin, und verdammt … Ich weiß ja nicht mal, was das zwischen uns genau ist. Heute Abend wird es sicherlich zu voll sein, um diesbezüglich irgendwelche Fragen zu beantworten, was mich sehr beruhigt. Ein kleiner Aufschub, und das, wo ich die Dinge eigentlich am liebsten sofort in Angriff nehme, Problemen mit hocherhobenem Haupt entgegentrete und …

„Hey, worüber denkst du nach, Eisprinzessin?"

Nathan wartet bereits auf mich, als ich unten aus dem Aufzug steige; ich hätte irgendwie erst draußen mit ihm gerechnet und er bringt mich ein bisschen aus der Fassung.

„Ach, über nichts Wichtiges …", antworte ich ausweichend und stelle dabei wieder einmal fest, was er für ein unglaublich attraktiver Mann ist.

Langsam beugt er sich zu mir herunter und küsst mich auf die Stirn.

„Das sah aber alles andere als nach etwas Unwichtigem aus.“ Er greift nach meiner Hand und hängt sich eine kleine Reisetasche über seinen freien Arm, bevor wir nach draußen gehen. „Ich glaube, die Wege sind halbwegs geräumt. Wollen wir zu Fuß bis zu deiner Wohnung gehen?“

„Ja, gerne.“ Ich bemühe mich, souverän zu sein, doch meine Stimme klingt auf einmal merkwürdig dünn. „Ein bisschen frische Luft und ein wenig Bewegung wären gerade schön.“

„In Ordnung.“ Er lässt meine Hand nicht los. „Würdest du mir vielleicht wenigstens verraten, ob du dir Sorgen über uns machst? Geht es dir zu schnell? Habe ich dich überrumpelt?“

„War das eine ernst gemeinte Frage?“ Jetzt entziehe ich ihm meine Hand doch. „Du bist gestern einfach so zu mir ins Taxi gesprungen und hast mich mehr oder weniger genötigt, dich bei mir aufzunehmen. Natürlich hast du mich überrumpelt!“

Nathan seufzt.

„Du hast recht, und es tut mir leid. Ich hätte dich nicht derart überfallen dürfen. Eigentlich war das auch gar nicht mein Plan, ich wollte dich lediglich auf ein Glas Wein einladen und dann haben sich die Dinge irgendwie verselbstständigt …“

Wahrscheinlich ist genau das auch mein Problem. Mit Nathan verselbstständigen sich die Dinge, und plötzlich habe ich mich nicht mehr unter Kontrolle, träume von so etwas wie einer Beziehung, und das, obwohl ich bis vor ein paar Wochen noch geschworen hätte, dass es das Letzte ist, was ich will.

Seufzend greife ich wieder nach seiner Hand, und er drückt sie sanft, als er sie ergreift.

„Ich bin mir gar nicht sicher, ob es mir zu schnell geht. Ich bin es nur nicht gewohnt, dass ich die Dinge nicht unter Kontrolle habe."

„Aber ist es nicht immer so im Leben?" Er zieht mich näher zu sich heran und legt seinen Arm um meine Taille. „Dass das wahre Leben irgendwie passiert, während wir andere Pläne machen?"

Nachdenklich zucke ich mit den Schultern.

„Ja, vielleicht hast du recht."

„Ganz bestimmt sogar."

„Und was machen wir nun mit dem, was das Leben uns bringt?" Es fühlt sich ungewohnt an, solche Gespräche zu führen, allerdings hilft es ja auch nicht weiter, ihnen aus dem Weg zu gehen. „Eventuell irre ich mich ja, aber das, was wir hier im Moment haben, geht doch über ein bisschen Sex hinaus, oder? Etwas, was wir eigentlich beide nicht wollten, wenn ich mich nicht völlig irre."

„Du irrst nicht – in beiden Punkten nicht. Ich finde, so, wie es gerade ist, fühlt es sich gut an. Oder bist du anderer Meinung?" Er umfasst mich ein wenig fester, und ich lehne im Gehen meinen Kopf seitlich gegen seine Schulter.

„Nein, es fühlt sich gut an."

„Also lass uns doch einfach abwarten, wohin es noch führen wird, was meinst du? Wärst du damit einverstanden?"

Ich nicke, und wir bleiben beide stehen, weil wir mittlerweile vor dem Apartment angekommen sind.

Dann küssen wir uns zum zweiten Mal binnen weniger Stunden mitten auf dem Gehweg vor meinem Haus. Einfach abzuwarten, wie sich die Dinge so entwickeln, gehört zwar nicht unbedingt zu meinen Lieblingsstrategien, aber ich weiß auch, dass es manchmal keinen anderen Weg gibt, und Nathan versteht es absolut meisterlich, alle meine Bedenken wegzuküssen.

„Nun gut", flüstere ich, während ich meine Arme um seinen Hals schlinge und mich näher an ihn herandrücke. „Warten wir ab, wohin uns das Leben führt."

„Ich will hoffen, dass uns das Leben als Erstes und möglichst schnell in dein Bett führen wird." Er ergreift meine Hand und zieht mich hinter sich her ins Haus, und ich folge ihm, ohne Widerstand zu leisten.

Kapitel 30

„Wow, du siehst toll aus!“ Nathan zieht mich an sich und fährt mit zwei Fingern den Teil meiner Wirbelsäule nach, den der tiefe Rückenausschnitt meines Kleides freilässt, und hinterlässt eine Gänsehaut auf meinem Körper.

„Du bist auch nicht gerade zu verachten.“ Trotz meiner High Heels gelingt es mir erst, ihn zu küssen, als er den Kopf ein wenig nach unten neigt, sodass ich seine Lippen mit meinen erreichen kann.

Ich umfasse das Revers seines dunklen Anzugs und schiebe meine Finger darunter, bis sie den Bund seiner Hose erreichen, ohne dass ich dabei aufhören kann, ihn zu küssen.

„Dana …“, flüstert er an meinen Lippen, und ich kann sein Lächeln spüren. „Wenn du nicht aufhörst, dann gehen wir heute überhaupt nirgendwo mehr hin. Dann verbringen wir die Silvesternacht in deinem Bett. Nackt.“ Er tritt einen halben Schritt zurück und ich lasse ihn nur sehr ungern los. „Ich vermute, dass du dieses wunderschöne Kleid nicht bloß deshalb angezogen hast, damit ich es dir sofort ausziehe, oder?“

Ich seufze tief.

„Ich hätte nichts dagegen, wenn du es mir gleich wieder ausziehst, aber Sally wird es mir nie verzeihen, wenn wir nicht zu ihrer Party erscheinen.“

„Und ich befürchte, dass Sally dir wichtig ist?“

„Spielt das eine Rolle?“

„Allerdings. Wenn sie dir nicht wichtig ist, bleiben wir hier, in diesem Fall ist es egal, ob wir die Party verpassen oder nicht, denn ich kann mir heute Abend nichts Schöneres vorstellen, als dich wieder aus diesem Kleid zu holen."

Ich seufze erneut.

„Leider *ist* Sally mir wichtig. Obendrein ist sie die beste Assistentin, die ich jemals hatte."

„Also dann!" Nathan räuspert sich und streicht sein Jackett glatt. „In diesem Fall würde ich vorschlagen, dass wir so lange bleiben, wie es der Anstand gebietet, und uns trotzdem so schnell wie möglich heimlich davonstehlen."

Er haucht mir einen Kuss auf meinen Rücken, direkt zwischen meine Schulterblätter, und es fühlt sich wie ein Versprechen auf mehr an, worauf ich mich wohl den ganzen Abend freuen werde.

+++

Manche Abende vergehen wie im Fluge, andere ziehen sich dahin, als würden sie Wochen dauern. Dieser fällt in letztere Kategorie, was allerdings nicht an etwaiger schlechter Stimmung auf Sallys Feier liegt, sondern an Danas Kleid.

Das Teil ist schlicht, dunkelblau und knielang, von vorne hochgeschlossen, doch hinten reicht der Rückenausschnitt bis weit unter die Schulterblätter, wo der Stoff in weiche Wellen fällt, beinahe wie bei einem Wasserfall.

Nathan ist den gesamten Abend mit nichts anderem beschäftigt, als sich vorzustellen, wie er Dana den weichen Stoff über die Schultern schiebt, bis das Kleid ihren Oberkörper entblößt, um jeden Zentimeter frei gewordener Haut zu küssen.

Er hat keine Ahnung mehr, wie oft er an diesem Abend unauffällig versucht hat, die Lage seines besten Stücks neu zu positionieren, weil seine Erektion unangenehm gegen die Hose drückte – aber es war eindeutig viel zu oft.

Von der Party an sich bekommt er nicht viel mit, er könnte nicht mal sagen, ob das Essen gut ist und mit wem er sich alles unterhalten hat.

Mitternacht – er muss nur noch Mitternacht abwarten, dann wird er versuchen, Dana zum Gehen zu überreden.

+++

„Wollen wir nach Hause gehen?" Ich drehe mich zu Nathan um und küsse ihn, kaum dass wir auf das neue Jahr angestoßen haben. Ich meine, den Kuss auf meinen Rücken noch immer spüren zu können, und kann an kaum etwas anderes denken.

„Bitte …", flüstert er heiser, und seine Lippen kitzeln dabei die empfindliche Haut meines Ohres. „Am liebsten sofort."

Ich muss lächeln und küsse ihn erneut, bevor ich seine Hand nehme und wir zusammen nach Sally suchen, um uns zu verabschieden.

Alles, was ich will, ist, mit ihm nach Hause zu gehen und ihn in mein Bett zu zerren.

Früher konnte ich nie verstehen, warum es Menschen gibt, die ihre Finger nicht mehr voneinander lassen können, und ich habe die Nase darüber gerümpft, dass sie sich nicht besser im Griff haben.

„Ihr Turteltäubchen wollt schon gehen?" Sally versucht vorwurfsvoll auszusehen, kann aber ihr Grinsen kaum unterdrücken. Ich zucke betont lässig mit den Schultern.

„Nathans Flug geht morgen Vormittag, wir müssen also früh raus …"

„Ist klar …", antwortet Sally lachend und schiebt uns anschließend in Richtung Tür. Bevor wir hinausgehen, greift sie nach meinem Handgelenk und zieht mich noch einmal zu sich.

„Er ist wirklich heiß", sagt sie so leise, dass einzig ich sie hören kann. „Und er hatte den ganzen Abend nur Augen für dich. Also wenn du mich fragst, ist er völlig verrückt nach dir." Dann lässt sie mich wieder los. „Und jetzt verschwinde und amüsiere dich! Lass ihn nicht zu lange zappeln."

Worauf sie sich verlassen kann …

Ich winke ihr noch einmal zu, bevor ich Nathan ins Treppenhaus folge. Als er die Arme ausbreitet, lasse ich mich eine Stufe zu ihm hinunterfallen und werfe mich mitten hinein. Dabei kichere ich albern und ausgelassen wie ein kleines Schulmädchen und muss über mich selbst den Kopf schütteln.

„Hey, Prinzessin …" Ich werde davon wach, dass er mir einen Kuss zwischen die Schulterblätter haucht, und nehme noch etwas verschlafen wahr, dass er mich Prinzessin genannt hat. Prinzessin! Ohne Eis.

Irgendetwas in meinem Herzen regt sich, aber Nathan kitzelt mich am Ohr, und ich öffne die Augen, statt mir weiter Gedanken darüber zu machen.

„Guten Morgen!", murmle ich noch ziemlich schlaftrunken, denn die Nacht war mehr als kurz, und ich frage mich ernsthaft, wie Nathan bereits so munter sein kann – und so wahnsinnig gut aussehen.

Er räuspert sich.

„In drei Stunden geht mein Flug, was bedeutet, dass ich in spätestens einer Stunde losmuss. Ich dachte, wir könnten vorher vielleicht noch zusammen frühstücken."

„Oh, Frühstück, ja natürlich ..." Ich bin noch immer nicht richtig wach. „Gib mir fünf Minuten." Ich will mir wenigstens schnell die Zähne putzen, denn ich will ihn ja gerne küssen, aber nicht mit diesem ekligen Schlafgeschmack im Mund – unmöglich!

„Du hast ja tatsächlich wieder nur fünf Minuten gebraucht." Nathan lächelt, als ich in die Küche komme, was meine Knie umgehend in Pudding verwandelt.

„Meistens meine und mache ich genau das, was ich sage. Ich habe festgestellt, dass es das Leben deutlich unkomplizierter macht, wenn man nicht erwartet, dass sein Gegenüber zwischen den Zeilen oder sogar Gedanken lesen kann."

„Ich mag dich, Dana. Ich mag dich wirklich sehr." Er lehnt sich über den Tisch und streichelt mir über die Wange. Eine simple, zärtliche Geste, die irgendetwas Seltsames mit meinem Herz anstellt.

„Ich mag dich auch", flüstere ich und drehe meinen Kopf ein wenig, sodass ich seine Handfläche küssen kann.

Einen Moment lang sehen wir uns in die Augen, ohne dass wir uns Mühe geben, all unsere Emotionen voreinander zu verbergen, so wie sonst. Einen kostbaren Moment lang habe ich das Gefühl, bis in seine Seele schauen zu können, und ich bin überzeugt, dass da mehr ist. Mehr als nur eine Affäre oder eine Kurzzeitbeziehung, viel mehr; und ich habe den Eindruck, in den Spiegel meiner eigenen Seele zu blicken.

Dann ertönt ein lautes Klicken in meiner Küche, weil der Toaster die beiden gegrillten Scheiben Toast wieder ausspuckt, mit denen Nathan ihn vorhin gefüttert haben muss, und die Magie zwischen uns ist auf einmal verschwunden, beinahe so, als wäre sie niemals da gewesen.

Ich stehe auf, um das Toastbrot zu holen.

„Wann genau geht dein Flug?“, frage ich, als ich mich zurück an den Tisch setze, und komme mir dabei auf einmal seltsam vor.

Kapitel 31

Obwohl ich Nathan gerne zum Flughafen gebracht hätte, besteht er vehement darauf, dass das nicht nötig sei.

„Das Wetter ist immer noch so schlecht, ich will nicht, dass du hinterher stundenlang in der Kälte herumstehen und auf ein Taxi warten musst." Er küsst mich sanft, bevor er nach seinem Koffer greift. „Außerdem hasse ich Abschiede. Bitte, lass es uns kurz und schmerzlos machen, okay?"

„In Ordnung", antworte ich, auch wenn es sich seltsam anfühlt, ihn einfach so aus meiner Wohnung zu entlassen, ohne ihn wenigstens nach unten zu begleiten.

„Ich werde dich vermissen, Prinzessin. Ich danke dir für die schöne Zeit mit dir. Ich melde mich." Dann dreht er sich um, verlässt meine Wohnung und zieht die Tür hinter sich zu.

Ein wenig überrumpelt starre ich auf die geschlossene Tür und horche seinen Schritten nach, bis sie verklungen sind, vermutlich, weil er in den Aufzug gestiegen ist.

Beinahe hektisch laufe ich zu meinem Küchenfenster, das auf die Straße hinausgeht, und verrenke mir den Hals bei dem Versuch, unten auf der Straße etwas erkennen zu können, bis ich es kopfschüttelnd aufgebe.

Ich melde mich.

Sagen das Männer nicht im Allgemeinen, wenn sie genau das Gegenteil vorhaben?

Eine Weile laufe ich in meiner Wohnung auf und ab, wie bestellt und nicht abgeholt, mache mir Gedanken über Dinge, über die man wochenlang nachdenken könnte, ohne zu einer Lösung zu kommen; dann rufe ich

Sally an und frage sie, ob sie Hilfe beim Aufräumen braucht.

„Es erstaunt mich, dass du den Tag nicht lieber mit Nathan verbringst." Sie schließt die Tür zu der Wohnung ihres großen Bruders auf, in der wir gestern gefeiert haben, weil Sallys eigene Wohnung zu klein dafür ist. Die darf sie benutzen, wenn er nicht in Boston ist.

„Ich habe doch gesagt, dass sein Rückflug heute relativ früh geht."

„Das hast du, aber ich dachte, es war ein Scherz." Sie zögert einen Moment, als wir seufzend die Wohnung betreten und das Chaos betrachten. „So wie er dich angesehen hat, bin ich davon ausgegangen, dass er gleich bei dir einzieht."

„Du spinnst!", sage ich lachend, krame einen der großen Müllbeutel hervor, die ich mitgebracht habe, und beginne, die leeren Pappteller einzusammeln.

„Dass ich spinne, ist nichts Neues, allerdings habe ich durchaus schon abstrusere Theorien aufgestellt. Was ist da zwischen euch?"

Ich zucke mit den Schultern.

„So ganz genau weiß ich das selbst nicht. Wir haben … so etwas wie eine Affäre mit besonderen Vorzügen, wenn ich das richtig verstanden habe."

„Du meinst eine Freundschaft mit besonderen Vorzügen, oder?"

Sally sieht mich stirnrunzelnd an, während sie ein leeres Sektglas auf ein Tablett stellt.

„Nein. Es ist mehr als das, glaube ich." Hoffe ich.

„Ihr vögelt also ein bisschen miteinander und wartet mal ab, wohin es führt?“

Ich muss über ihre Direktheit lachen.

„Ja, genau so.“

„Okay …“ Sie zieht das Wort künstlich in die Länge.

„Du klingst sehr skeptisch.“ Nachdem ich alle leeren Teller eingesammelt habe, helfe ich Sally mit den Gläsern.

„Du weißt, dass ich klare Absprachen mag. Klare Absprachen führen dazu, dass hinterher niemand enttäuscht ist oder falsche Erwartungen hat. Oder beides.“

„Du meinst, so wie gute Verträge?“

„Ja, ganz genau. Klare Absprachen und gute Verträge. So etwas ist nicht umsonst erfunden worden.“

„Wir haben abgesprochen, dass wir erst einmal abwarten, was passiert, und ich kann damit gut leben.“

„Weil du ohnehin Schiss davor hast, eine tiefere Bindung einzugehen.“

Das Glas, das ich gerade in der Hand habe, rutscht mir aus den Händen und zerspringt auf dem Fliesenboden in Hunderte von Scherben.

„Vielleicht ist das so.“ Ich seufze tief, bevor ich mich auf die Suche nach einem Besen und einem Kehrblech mache. „Doch alte Gewohnheiten legt man einfach so schlecht ab.“

Sally lächelt.

„Wie die meisten Dinge im Leben ist auch das nur eine Frage des Willens.“

Während ich die Scherben einsammle, komme ich zu der Erkenntnis, dass sie damit vermutlich recht hat.

+++

Zum Glück hat Nathan seinen Wagen bei seinem Abflug im Flughafenparkhaus abgestellt, sodass dieser frei von Schnee geblieben ist.

Aber auch ansonsten hält sich das Schneechaos in Grenzen, die Straßen sind alle geräumt, und die Fahrt nach Hause verläuft zügig und stressfrei.

Als er zu Hause ankommt, macht er sich als Erstes auf die Suche nach Whisper, die normalerweise bei seinen Eltern bleibt, wenn er unterwegs ist.

Sie kommt ihm fröhlich schwanzwedelnd entgegen, kaum dass er die Tür zur Küche seiner Eltern geöffnet hat.

„Hallo, Nathan!" Isabella sitzt mit Ava im Schaukelstuhl, während seine Mutter am Herd steht und eine Hühnersuppe kocht, die es wie jedes Jahr traditionell an Neujahr gibt. „Frohes neues Jahr!"

„Das wünsche ich euch ebenfalls." Er lächelt und gibt erst seiner Mutter und anschließend Isabella einen Kuss auf die Wange, zuletzt streichelt er Ava über das beinahe noch haarlose Köpfchen.

Isabella strahlt ihn an, und Nathan stellt fest, dass sie viel besser aussieht als noch vor einer Woche. Die dunklen Ringe unter ihren Augen sind endlich verschwunden, und ihr Lächeln wirkt wieder offen und ehrlich, statt aufgesetzt und gezwungen, wie es noch vor Weihnachten der Fall war.

„Du siehst gut aus, Schwesterherz."

Sie beginnt zu grinsen, schaut zu ihm auf, legt den Kopf leicht schief und wird ernst.

„Du siehst ebenfalls erstaunlich gut aus. Hast du dich in Boston mit Dana getroffen?"

Hustend verschluckt sich Nathan an dem Kaffee, den er sich gerade eingeschenkt hat.

„Wie kommst du denn darauf?"

Seine Schwester zuckt mit den Schultern, während seine Mutter sich neugierig zu ihnen herumdreht.

„Wir haben alle bemerkt, wie du sie angeschaut hast, und live miterleben dürfen, wie schlecht du in den Tagen nach ihrer Abreise drauf warst. Jetzt bist du das nicht mehr. Du lächelst." Sie sagt es, als würde das an ein Weltwunder grenzen, und Nathan fühlt sich auf einmal, als wäre er sonst ein schlecht gelaunter Sonderling.

„Ich lächle doch ständig", erwidert er, und sowohl Isabella als auch seine Mom runzeln leicht belustigt die Stirn.

„Einigen wir uns auf ab und an mal", wirft seine Mutter versöhnlich ein.

„Aber so wie heute lächelst du sonst nicht."

Nathan wird es zu bunt.

„Können wir uns bitte über etwas anderes als über so etwas Banales wie Lächeln unterhalten?"

„Na klar." Isabella zwinkert ihrer Mutter gut gelaunt zu. „Erzähl uns stattdessen lieber, wie es in Boston war und wie es Dana geht."

Genervt seufzend lässt Nathan sich auf einen der Küchenstühle fallen und greift nach dem Teller mit Keksen, der auf dem Tisch steht.

„Habt ihr zwei während meiner Abwesenheit Pläne geschmiedet, wie ihr mich am besten quälen könnt?" Er schiebt sich gleich zwei Kekse auf einmal in den Mund.

„Ach Quatsch, so etwas würden wir niemals tun." Isabella klingt aufrichtig und besänftigend. „Du weißt ganz genau, dass wir dafür nichts planen müssen, das können wir ohne jegliche Vorbereitung."

Die beiden Frauen lachen und selbst Ava wirkt irgendwie amüsiert. Nathan versucht es ebenfalls mit einem Lächeln, schon allein, damit sie nicht denken, sie hätten tatsächlich einen wunden Punkt getroffen. Was sie allerdings haben. Einen ziemlich wunden Punkt sogar.

Als Dana nach Weihnachten aus White Crossing abgereist war, hat er sich eingestehen müssen, dass er sie vermisst. Er dachte, es würde vielleicht besser werden, wenn er sie einfach noch mal trifft. Damit ihr Reiz verfliegt, wenn er sich noch einmal mit ihr beschäftigt, sie in einer anderen Umgebung sieht, losgelöst von diesem wirklich sehr emotionalen Weihnachtsfest.

Doch das genaue Gegenteil ist der Fall. Er vermisst sie noch immer, sogar noch mehr als vorher, und das jagt ihm eine Heidenangst ein.

Er sitzt mit einem Großteil seiner Familie in der Küche, aber er fühlt sich einsamer als seit Jahren.

+++

Bin gut angekommen.
Bei dir war es schöner!
Nathan

Ich sitze auf meinem Sofa und bin froh, dass ich alleine bin, weil ich grinse wie ein debiles Honigkuchenpferd, als ich Nathans Nachricht auf meinem Handy lese.

Bevor ich noch lange darüber nachdenke, tippe ich auf „Antworten" und schreibe:

Das freut mich.
Wann kommst du also wieder her?
Oder soll ich dich das nächste Mal
besuchen kommen?

So schnell wie möglich drücke ich auf „Senden", denn ansonsten besteht die Gefahr, dass ich so lange über angemessene Worte nachdenke, bis es zu spät ist, überhaupt noch zu antworten, weil wir bereits im Jahr 2089 angekommen sind. Oder auch noch viel später.

Zwei Minuten später klingelt das Telefon, und als ich Nathans Nummer erkenne, schlägt mein Herz ein bisschen schneller.

Hi …", murmle ich, und meine Stimme klingt tiefer und rauer als sonst, ein bisschen so, als hätte ich einen Zweitjob, bei denen ich Männer mit obszönen Anrufen unterhalte.

Ich höre Nathan am anderen Ende der Leitung schlucken.

„Selber hi …", antwortet er schließlich.

„Hattest du einen angenehmen Flug?"

„Ja, den hatte ich – auch wenn ich zugegebenermaßen nichts dagegen gehabt hätte, wenn die Flughäfen noch ein paar Tage geschlossen gewesen wären."

„Ich ebenfalls nicht", gestehe ich mir ein und bin erstaunt, wie leicht und unkompliziert sich das alles auf einmal anfühlt.

„Schön. Dann hast du ja vielleicht nichts dagegen, wenn wir uns nächstes Wochenende schon treffen? Da habe ich frei – aber danach bin ich bis Ende Januar beruflich beinahe jedes Wochenende unterwegs."

Ich habe natürlich ganz und gar nichts dagegen, ihn so schnell wie möglich wiederzusehen.

„Wenn du möchtest, kann ich dich auch besuchen kommen!"

Er zögert einen Moment zu lange.

„Ich glaube, ich komme lieber zu dir. Bei dir haben wir mehr Ruhe und stehen weniger unter Beobachtung."

Bei ihm haben wir auch Ruhe und stehen nur insoweit unter Beobachtung, als dass seine Familie meinen Besuch bemerken würde – aber ich will nichts dazu sagen, denn ich kann ihn ja irgendwie verstehen. Wenn ich ihn besuchen käme, würde das unsere Beziehung gleich hochoffiziell machen, und ich würde ihn zum jetzigen Zeitpunkt meinen Eltern auch noch nicht vorstellen wollen. Dennoch versetzt mir diese Aussage einen kleinen Stich ins Herz – auch wenn sie es nicht sollte.

„Also dann sehen wir uns nächste Woche bei mir. Ich freue mich."

„Ich mich auch, Dana! Ich mich auch."

Und schon bin ich wieder besänftigt.

Wir telefonieren beinahe jeden Abend, zumindest immer dann, wenn unsere Zeit es zulässt, dennoch scheinen sich die Tage bis zu unserem nächsten Treffen wie Monate dahinzuziehen.

Am Freitag beeile ich mich, so schnell wie möglich Feierabend zu machen, damit ich es schaffe, Nathan pünktlich vom Flughafen abzuholen.

„Du hast es aber eilig heute!“, sagt Sally lachend, als ich nach meinem letzten Termin hektisch meine Sachen zusammensuche. „Liebe muss wirklich schön sein …“

Liebe …

Einen kurzen Moment verharre ich in meinen Bewegungen.

Liebe.

Was für ein hochtrabendes Wort, und im letzten Jahr hätte es mich wahrscheinlich noch zu Tode erschreckt; jetzt fühlt es sich durchaus wie ein Konzept an, an das ich mich gewöhnen könnte. Eines Tages vielleicht.

Statt einer Antwort zwinkere ich Sally gut gelaunt zu und beeile mich dann, das Büro so schnell wie möglich zu verlassen, bevor noch jemand auf die Idee kommt, mich aufhalten zu wollen.

Beinahe überhastet steige ich in den Aufzug und stürze wieder hinaus, nur um auf der Straße ins Stolpern zu kommen und umgehend von einem starken Paar Armen aufgefangen zu werden.

„Du solltest ganz dringend an deinem Gleichgewichtssinn arbeiten, Prinzessin. Das ist jetzt schon das wievielte Mal, dass ich dich retten muss? Das dritte?“

Ich blicke hoch, in seine intensivgrünen Augen, in denen kleine goldene Pigmente amüsiert zu tanzen scheinen.

„Das mache ich nur, damit du dich immer wieder aufs Neue wie ein Held fühlen kannst. Das gefällt Männern doch, oder nicht?“

Er lacht und beugt sich zu mir herab, um mich zu küssen.

„Was mir wirklich gefällt, bist du, wenn du dich unter mir windest und nach mehr bettelst. Dann fühle ich mich tatsächlich wie ein Held."

Er küsst mich erneut, bis ich am ganzen Körper eine Gänsehaut habe und jeder Zentimeter an mir zu kribbeln beginnt.

„Was machst du eigentlich schon hier?", flüstere ich an seinen Lippen, als er mich wieder zu Atem kommen lässt, und er lächelt.

„Ich habe einen früheren Flug genommen und dachte, ich könnte dich überraschen, indem ich dich von der Arbeit abhole."

„Überraschung gelungen!"

Ich greife nach seiner Hand und bin froh darüber, dass ich in meiner Eile vergessen habe, meine Handschuhe überzustreifen, denn so kann ich seine warmen, kräftigen Finger direkt auf meinen fühlen.

Ohne mich loszulassen, beugt er sich nach unten, um seine Reisetasche aufzuheben, und als er sich wieder aufrichtet und mich ansieht, kann ich deutlich erkennen, dass er genauso wie ich nur ein Ziel hat: möglichst schnell in meiner Wohnung anzukommen, damit ich dafür sorgen kann, dass er sich wie ein Held fühlt.

Nachdem wir unseren Hunger aneinander gestillt haben, gehen wir zusammen aus, zu dem kleinen Italiener, bei dem wir schon beim letzten Mal gegessen haben, unterhalten uns fröhlich über Gott und die Welt, und anschließend machen wir noch einen kleinen Spaziergang am Hafen entlang.

Hand in Hand schlendern wir über die Promenade und genießen schweigend die Nähe des anderen. Ich kann mich nicht erinnern, jemals so dermaßen glücklich gewesen zu sein.

Leider ist das Wochenende viel zu schnell vorbei, und bereits am Samstagabend bin ich ganz traurig, wenn ich daran denke, dass Nathan Sonntag wieder fahren muss.

Als er dann weg ist, lässt er eine unangenehme Leere in mir zurück, die sich auch in den nächsten Tagen einfach nicht vertreiben lassen will.

Ich stürze mich in meine Arbeit, treibe Sport und gehe mit Sally aus, aber dennoch fühle ich mich irgendwie unvollständig.

Kapitel 32

„Ist dir auch so schlecht? Mir ist schon seit heute Morgen so komisch. Ich glaub ja fast, dass die Zabaione gestern Abend nicht mehr in Ordnung gewesen ist." Alleine der Gedanke an diesen Nachtisch ruft erneut Übelkeit in mir hervor.

Sally runzelt die Stirn.

„Also ich merke nichts – aber ich habe im Gegensatz zu dir auch den Grappa nicht verschmäht, der mir angeboten worden ist." Lässig zuckt sie mit den Schultern. „Außerdem habe ich einen sehr robusten Magen!"

„Wie schön für dich …", murmle ich und schaffe es gerade noch bis zum Waschbecken in meinem Büro, als mein gesamter Mageninhalt sich von mir verabschiedet. „Verdammt." Ich lasse das Wasser laufen, bis alle verdächtigen Spuren beseitigt sind, und spüle mir danach mehrfach den Mund aus. Ich hasse es, mich zu übergeben. Zum Glück passiert mir das nicht sehr oft, denn eigentlich habe ich auch einen sehr robusten Magen.

Sally kommt in mein Büro und sieht mich besorgt an.

„Alles okay mit dir?"

„Jetzt wieder, glaube ich." Vorsichtig, um mein Make-up nicht zu ruinieren, spritze ich mir kaltes Wasser ins Gesicht.

„Soll ich dir vielleicht einen Tee kochen? Irgendwo habe ich bestimmt auch noch einen Kaugummi."

„Oh, ich glaube, ein Tee wäre großartig."

Noch etwas matt lasse ich mich auf meinen Schreibtischstuhl fallen, immerhin, es geht mir tatsächlich schon viel besser.

Fünf Minuten später kommt Sally zurück, in der Hand hält sie eine dampfende Tasse Tee.

„Kamillentee – etwas anderes hatten wir leider nicht da. Aber vielleicht hilft er ein bisschen, deinen Magen zu beruhigen."

„Kamillentee klingt großartig", antworte ich, obwohl ich das Gebräu ansonsten eigentlich verabscheue. „Und dir geht es wirklich immer noch gut?" Vorsichtig nippe ich an dem heißen Tee.

„Ja, alles bestens. Ich glaube eigentlich nicht, dass es an der Zabaione liegt. Obwohl sich bei mir natürlich auch erst später Symptome einstellen könnten …" Sie grinst schelmisch. „Vielleicht bist du ja schwanger!"

Ich seufze.

„Ich finde das nicht sonderlich witzig, wenn ich ehrlich sein soll. Wenn man als erwachsene Frau mal Appetit auf saure Gurken hat, müde ist oder unter Übelkeit leidet, meinen immer alle gleich, es auf eine Schwangerschaft schieben zu müssen."

„Stimmt. Aber es würde jedes dieser Symptome bestens erklären." Sie zwinkert mir gut gelaunt zu, bevor sie den Raum verlässt.

Ich verdrehe die Augen und fahre meinen Rechner hoch. Vielleicht lenkt mich die Arbeit ja von meinen kleinen Wehwehchen ab.

Obwohl es mir den Rest des Tages eigentlich gut ging, ist mir am nächsten Morgen schon wieder schlecht. Ich gehe ein paar Minuten früher von zu Hause los, um noch in einem Drogeriemarkt vorbeizugehen und mich mit Tee fürs Büro einzudecken. Außerdem kaufe ich mir ein Mundwasser in Reisegröße, damit ich mir im schlimmsten Fall den Mund ausspülen kann.

Ich will mich gerade auf den Weg zur Kasse machen, als ich etwas im Regal entdecke und beinahe schlitternd stehen bleibe.

Nachdenklich betrachte ich die kleinen rosafarbenen und hellblauen Kartons mit den Schwangerschaftstests, und auf einmal verkrallen sich meine Finger schmerzhaft um den Einkaufskorb in meinen Händen.

Meine letzte Regelblutung ist tatsächlich ziemlich lange her, und auch wenn sie nicht immer ganz regelmäßig eintritt, liegt sie wirklich schon auffällig lange zurück.

Auch wenn ich mir irgendwie albern dabei vorkomme, greife ich mir den erstbesten Test und lege ihn in meinen Korb. Ich gehöre nicht zu den Frauen, die einfach so ungewollt schwanger werden. Ich bin aufgeklärt und intelligent; und ich weiß, wie man verhütet. So wie alle intelligenten Frauen.

Aber obwohl wir verhütet haben, ist so etwas natürlich nie zu hundert Prozent sicher. Kondome können porös werden, wenn sie zu alt sind, und ich muss zugeben, dass wir beim Vorspiel diesbezüglich auch nicht immer auf Sicherheit geachtet haben. Dass ich das erste Mal Sex mit Nathan hatte, ist jetzt sechs Wochen her. Aber wie lange meine letzte Regelblutung zurückliegt, weiß ich nicht sicher. Acht Wochen vielleicht?

Schnell gehe ich zur Kasse, um meine Einkäufe zu bezahlen, anschließend verberge ich den Schwangerschaftstest so tief wie möglich in meiner Handtasche. Ich bin nicht schwanger. Niemals! Das kann … das darf einfach nicht sein.

Trotzdem lässt mich der Gedanke daran den Rest des Tages nicht mehr los, und er beschäftigt mich sogar noch mehr als diese verdammte Übelkeit, die heute einfach nicht aufhören will.

Dennoch reiße ich mich zusammen. Einen Schwangerschaftstest im Büro zu machen, um anschließend einen Nervenzusammenbruch zu erleiden, ist etwas, was ich auf jeden Fall vermeiden will. Eigentlich wollte ich es auch immer vermeiden, überhaupt je einen Schwangerschaftstest zu machen. Ich meine, ich und ein Baby … das ist einfach völlig abstrus. Mir gelingt es ja nicht mal, einen Kaktus länger als ein paar Wochen am Leben zu erhalten.

Als ich endlich Feierabend habe, verabschiede ich mich hektisch von Sally und lege den Weg bis zu mir nach Hause in Rekordgeschwindigkeit zurück.

Zehn Minuten später habe ich die kurze Anleitung gelesen und auf das kleine Stäbchen gepinkelt, das nun auf einer dicken Schicht Toilettenpapier auf meinem Couchtisch liegt und zwei fette, dunkelrote Striche anzeigt.

Fassungslos starre ich es an.

Das muss ein Irrtum sein! Es muss einfach ein Irrtum sein … Auch wenn die Packungsbeilage besagt, dass falsch positive Tests eigentlich nicht vorkommen können, höchstens, wenn man beispielsweise einen Tumor hat, der eine Hormonstörung auslöst, oder vielleicht an einer generellen Hormonstörung erkrankt ist. Bestimmte Medikamente können so einen Test wohl ebenfalls beeinflussen – aber auch die nehme ich nicht.

Ich öffne meinen Laptop und recherchiere im Internet, wie oft es vorkommt, dass so ein Test ein falsches Ergebnis anzeigt. Letztendlich muss ich mir eingestehen, dass eine Schwangerschaft mehr als wahrscheinlich ist.

Mit zitternden Händen klappe ich meinen Laptop wieder zu und lasse mich gegen die weiche Lehne meines Sofas sinken.

Ich bin schwanger.

Ich bin tatsächlich schwanger.

Verdammt noch mal, das darf einfach nicht wahr sein. Das ist eine Katastrophe!

Ich will kein Kind – und schon gar nicht mit Nathan.

Auch mit keinem anderen Mann, aber ich bin mir ziemlich sicher, dass Nathan ein genauso großes Problem damit hat, ein Kind zu bekommen, wie ich selbst – wenn nicht sogar ein noch viel größeres.

Verdammt.

Das hätte niemals passieren dürfen. Ich schaffe es gerade noch in mein Badezimmer, bevor ich mich laut würgend übergeben muss; langsam scheint das zur Gewohnheit zu werden. Ob es am Stress oder an der Schwangerschaft liegt, weiß ich zwar nicht, ändern würde es letztendlich auch nichts. Danach rolle ich mich völlig erschöpft auf dem Badezimmerboden zusammen und kämpfe mit den Tränen. Ich will nicht weinen. Ich will stark sein. Ich will .... Ach, Scheiße noch mal, ich weiß selbst nicht, was ich will. Jedenfalls nicht, dass die Dinge so kompliziert sind.

Dann überrollen mich die Tränen doch. Zitternd und weinend liege ich auf den kalten Fliesen. Sekunden werden zu Minuten, vielleicht sogar zu Stunden, jedenfalls braucht es eine Ewigkeit, bis ich mich halbwegs beruhigen kann.

Als ich das Gefühl habe, dass meine Beine mich wieder tragen können, richte ich mich langsam auf.

Ich schaue in den Spiegel, mein Gesicht sieht noch genauso aus wie vorher.

Langsam ziehe ich mich aus. Jede Bewegung kostet mich Unmengen an Kraft, aber irgendwann bin ich nackt.

Doch an meinem Körper kann ich keine Veränderungen feststellen. Mein Bauch ist noch genauso flach wie eh und je, meine Brüste sehen ebenfalls noch aus wie vorher, und auch sonst gibt es keinerlei verdächtige Anzeichen.

Auf einmal bin ich unendlich erschöpft. Ich streife mir mein Nachthemd über und schleppe mich in mein Schlafzimmer, wo ich todmüde in mein Bett falle.

Vielleicht wache ich ja morgen früh auf und stelle fest, dass alles nur ein schrecklicher, böser Traum gewesen ist.

Als ich am nächsten Morgen aufwache, werde ich als Erstes von einer Welle der Übelkeit erfasst. So viel zu meiner Hoffnung, dass ein bisschen Schlaf alles ungeschehen machen könnte.

Heute muss ich erst gegen Mittag im Büro sein, also beschließe ich, vorher noch zu meiner Frauenärztin zu gehen. Vielleicht habe ich ja auch ohne Termin eine

Chance, dass sie mich untersucht – ich habe sie damals bei ihrer Scheidung vertreten, insofern bin ich optimistisch.

„Ich gratuliere Ihnen, Ms. Donovan!" Meine Frauenärztin schenkt mir ein strahlendes Lächeln. „Sie sind tatsächlich schwanger. Laut Ultraschallbefund müssten Sie jetzt in der achten Woche sein." Sie dreht den Monitor so, dass ich ihn besser sehen kann. „Das hier ist der Kopf, die Ansätze von Armen und Beinen sind ebenfalls schon zu sehen, und bei dem pulsierenden Punkt in der Mitte handelt es sich um das Herz, das schön kräftig schlägt." Sie lächelt noch immer. „Ich drucke Ihnen das Bild aus. Es sieht alles bestens aus!"

Ich nicke und fühle mich nach wie vor völlig überfordert. Ein kräftig schlagendes Herz … In mir wächst ein Wesen heran, das bereits über ein kräftig schlagendes Herz verfügt.

Ich muss schlucken.

Gestern war ich viel zu durcheinander, um mir Gedanken darüber zu machen, ob ich das Kind behalten möchte oder nicht. Dennoch weiß ich natürlich, dass man ein Kind theoretisch bis zur zwölften Woche abtreiben lassen kann.

Aber es hat ein schlagendes Herz. Es wächst in mir heran und hat ein schlagendes Herz.

Zu meiner absoluten Verwirrung, zu meiner Angst, zu meiner völligen Überforderung gesellt sich ein neues Gefühl – das einer ganz leise aufkeimenden Zärtlichkeit, die mich mindestens genauso überfordert wie der ganze Rest.

Mit zitternden Händen nehme ich das Ultraschallbild an mich und verstaue es zusammen mit einem ganzen Stapel Ratgebern in meiner Tasche, bevor ich die Praxis verlasse, um zur Arbeit zu gehen.

„O mein Gott, Dana! Du siehst ja furchtbar aus!"

„Was für eine nette Begrüßung." Ich schaffe es, matt zu lächeln.

„So war das nicht gemeint. Aber was ist los mit dir? Ist deine Magenverstimmung schlimmer geworden?"

„Es liegt nicht am Magen." Ein wenig unbeholfen ziehe ich meinen Mantel aus und hänge ihn an die Garderobe, anschließend öffne ich meine Handtasche, suche das Ultraschallbild heraus und schiebe es Sally über den Schreibtisch.

„Oh!" Sie starrt es an und schlägt sich die Hand vor den Mund. Ihr Blick wandert zu mir, dann zurück zu dem Ultraschallbild und wieder zu mir. „Das ist … das ist …"

„Eine Katastrophe?", werfe ich helfend ein und umklammere die Kante ihres Schreibtischs.

„Ja. Nein! Es ist ein Wunder, Dana." Beinahe zärtlich tippt sie mit dem Finger auf das Bild. „Wie ist es für dich?"

„Ich weiß es nicht. Gestern Abend hatte ich deswegen einen Nervenzusammenbruch."

„Weiß Nathan schon Bescheid?"

„Nein." Ich lasse mich Sally gegenüber auf den Besucherstuhl sinken und verberge mein Gesicht in meinen Händen. „Er wird ausrasten, Sally! Er will niemals eigene Kinder, das weiß ich genau."

„Vielleicht wird er ja viel gelassener reagieren, als du befürchtest. Menschen sind anpassungsfähig, und du weißt ja, dass ich der Meinung bin, dass er völlig verrückt nach dir ist. Wahrscheinlich wird er es gar nicht so schlimm finden, du wirst schon sehen! Wann trefft ihr euch das nächste Mal?“

„Er kommt mich übermorgen besuchen.“

„Und dann sagst du es ihm?“

„Ja.“ Eigentlich würde ich es ihm lieber nicht sagen, niemals, aber er würde es ja ohnehin irgendwann herausfinden. Obendrein hat er ein Recht darauf, es zu erfahren, schließlich ist es ja nicht nur mein Kind.

„Du wirst schon sehen, es wird alles gut werden!“ Aufmunternd tätschelt Sally meine Hand.

„Dein Wort in Gottes Ohr!“, flüstere ich ein wenig heiser, bevor ich meine Schultern straffe und in mein eigenes Büro gehe.

Ich selbst bin deutlich weniger optimistisch, als Sally es ist, und der Gedanke daran, es Nathan zu erzählen, erfüllt mich mit blanker Panik.

Das hätte niemals passieren dürfen.

Aber jetzt ist es zu spät, und alles, was mir noch bleibt, ist, das Beste daraus zu machen.

Kapitel 33

Ich hole Nathan vom Flughafen ab, und bereits von Weitem kann ich sein Lächeln sehen. Er hat eine Reisetasche in der Hand, über die er seine Jacke gehängt hat, und er entdeckt mich, sobald er in Sichtweite ist, als hätte er schon vorher genau gewusst, wo ich stehe und warte. Mein Herz schlägt noch schneller, es trommelt in einem lauten Stakkato gegen meine Brust. Eine Mischung aus Angst und Freude, die mir beinahe die Luft zum Atmen nimmt.

Trotz der Kälte wische ich meine Hände mehrfach an meinem Mantel ab, weil sie vor Nervosität ganz nassgeschwitzt sind.

„Hallo, Prinzessin …“ Mit wenigen großen Schritten ist er bei mir und zieht mich an seine Brust. Ich spüre seine festen Muskeln unter dem rauen Stoff seines Pullovers und atme seinen einzigartigen Duft so tief ein, wie ich eben kann.

Dann küsst er mich, so lange, bis sich meine Knie noch weicher anfühlen als zuvor, und anschließend weiß ich kaum noch, wo oben und wo unten ist.

„Geht's dir gut?“ Prüfend schaut er mir ins Gesicht und zwischen seinen Augenbrauen bildet sich eine steile Falte.

Ich muss schlucken. Am liebsten würde ich ihm auf der Stelle sagen, was los ist, nur um es hinter mir zu haben. Aber hier und jetzt in der Vorhalle eines Flughafenterminals ist wohl eindeutig nicht der richtige Ort, um einem Mann, der niemals in seinem Leben Kinder haben will, zu gestehen, dass man von ihm schwanger ist.

Ganz eindeutig sollte man dafür eine andere Lokalität wählen.

„Ja, es geht mir gut!", antworte ich also, was ja vom Prinzip her auch stimmt, denn rein körperlich ist alles in Ordnung mit mir. Mit mir und auch mit dem Baby, zumindest soweit man das gestern schon erkennen konnte. „Ich habe ein kleines Abendessen in meiner Wohnung vorbereitet – hast du Hunger?"

„Immer …", flüstert er rau, und ich bin mir sicher, dass er damit keinen Hunger auf Essen meint. Trotz all meiner Aufregung hat Nathans Nähe ihre ganz eigene Wirkung auf mich, und ich sehne mich danach, so schnell wie möglich mit ihm allein zu sein. Nackt.

„Dann lass uns zusehen, dass wir ein Taxi bekommen." Ich hoffe, mein Lächeln wirkt halbwegs souverän, denn ich bin mir ziemlich sicher, dass ich es nicht bis nach Hause schaffe, ihm zu verschweigen, was mit mir los ist, sollte er mich noch einmal danach fragen.

Zum Glück ist das Wetter heute klar, kalt und sonnig – draußen sind genug Taxen vorhanden, und keine zwanzig Minuten später stehen wir vor meiner Wohnung.

Ich begrüße im Vorbeigehen den Concierge und ziehe Nathan so schnell es geht zu den Aufzügen.

„Hast du es eilig, Prinzessin?", fragt er mich lächelnd, als die Tür des Aufzuges sich öffnet. Ich bin mir sicher, dass ihm das Lächeln umgehend vergehen würde, wenn er wüsste, warum ich es so eilig habe, mit ihm allein zu sein.

Dennoch lasse ich mich im Aufzug von ihm umarmen und küssen, schmiege mich an ihn und erwidere seinen Kuss, als ob es unser letzter wäre.

Vielleicht ist er das ja auch, wer weiß das schon!

Als wir vor meiner Wohnung aussteigen, sind wir beide völlig außer Atem, und Nathans Pupillen sind dunkel vor Verlangen.

Meine Hände zittern so sehr, dass ich mich wundere, wie es mir gelingt, die Wohnungstür aufzuschließen, und als es so weit ist, schiebt Nathan mich umgehend ins Innere, küsst mich erneut und schließt die Tür mit einem Tritt.

„Seit ich heute Morgen aufgewacht bin, denke ich nur daran, dich endlich auszuziehen und zu küssen." Er streift mir meinen Mantel von den Schultern und ich protestiere leise.

„Ich muss dringend etwas mit dir besprechen, Nathan", flüstere ich an seinen Lippen, weil ich unfähig bin, mich von ihm zu lösen.

„Später, Dana. Egal, was es ist, ich bin mir sicher, dass es noch Zeit hat." Er zieht sich seinen Pullover über den Kopf und beginnt, sein Hemd aufzuknöpfen, während er zärtlich in meinen Hals beißt. „Aber das hier hat keine mehr." Er legt meine Hand auf seine Hose und ich spüre seine Erektion hart gegen den Stoff drücken. Als ich sanft darüber reibe, stöhnen wir beide auf.

Kurz denke ich darüber nach, ob ich ihn wohl vehementer von mir schieben sollte, darauf beharren, hier, jetzt und sofort mit ihm zu reden. Andererseits spielt es ja nun auch keine Rolle mehr, ob wir vorher Sex haben oder nicht, es ist ja ohnehin alles zu spät.

Wie von selbst finden meine Hände den Knopf seiner Jeans, öffnen ihn und ziehen sie hinunter, ertasten ihn beinahe fiebrig, suchen nach nackter Haut und nach mehr, nach viel mehr.

„Komm mit, Prinzessin …“ Nathan zieht mich in Richtung Schlafzimmer, und auf dem Weg dorthin gebe ich auch das letzte bisschen Widerstand auf. Später ist immer noch Zeit für andere Dinge, aber das hier und jetzt wird es nur ein Mal geben, und als Nathan mich wieder und wieder küsst, stelle ich fest, dass mir der Moment eindeutig zu kostbar ist, um ihn durch schlechte Nachrichten zu zerstören.

Kapitel 34

„Du bist bitte was?“ Er sitzt an meinem Küchentisch, und eine Sekunde vorher hat er noch gelächelt, als ich das Gefühl hatte, keine Sekunde länger mehr schweigen zu können.

Ich muss schlucken, und mein Mund fühlt sich auf einmal ganz trocken an, während meine verdammten Handflächen wieder zu schwitzen beginnen. Mir ist heiß und kalt zugleich, und in meinem Bauch hat sich ein eisiger Klumpen gebildet.

„Ich bin schwanger, Nathan.“ Ich öffne die Schublade an meinem Küchentisch, nehme das Ultraschallbild heraus, das die Ärztin mir mitgegeben hat, und schiebe es über den Tisch. „Ich weiß es selbst erst seit drei Tagen, und um ehrlich zu sein, habe ich keine Ahnung, was ich davon halten soll …“, sage ich vorsichtig.

Nathan starrt auf das Bild, als wäre es eine hochgiftige Schlange, die jede Sekunde zuschnappen könnte.

Er verschränkt die Arme vor der Brust und lehnt sich zurück, als wolle er möglichst viel Abstand zwischen sich selbst und dem Bild schaffen. Eventuell will er auch zu mir möglichst viel Abstand haben, sicher bin ich mir nicht.

„Ich weiß sehr wohl, was ich davon halten soll, Dana.“ Seine Stimme ist leise und erstaunlich klar, sein Gesicht verrät keine einzige Gemütsregung, es wirkt wie eine erstarrte Maske. „Ich weiß es sogar ganz genau.“

„Und das wäre?“, frage ich vorsichtig; ich bin mir nicht sicher, ob ich die Antwort tatsächlich hören will.

„Wenn du das Kind behalten willst, ist unsere Beziehung an dieser Stelle für mich beendet."

„Nathan!" Ich klinge wütend und verzweifelt und genauso fühle ich mich auch, obendrein hilflos und völlig überfordert.

„Nein, Dana. Jeder Mensch hat seine Grenzen, und bei mir ist das ein Kind, für das ich verantwortlich bin. Wenn du dieses Kind haben willst, kann ich dich nicht davon abhalten. Aber in diesem Fall musst du dir darüber im Klaren sein, dass du es ohne mich bekommen und aufziehen wirst."

„Nathan!", sage ich noch einmal, doch er schüttelt nur den Kopf.

„Das ist nicht verhandelbar." Ohne ein weiteres Wort zu verlieren, steht er auf und verlässt meine Küche.

Schweigend und wie ferngesteuert gehe ich hinter ihm her, sehe ihm dabei zu, wie er die wenigen seiner Sachen einsammelt, die er bereits ausgepackt hatte, und zurück in seine Reisetasche steckt – zügig, jedoch ohne Hast. Seine Bewegungen sind kontrolliert und effektiv, und ich suche verzweifelt nach irgendetwas, um ihn aufzuhalten, versuche die richtigen Wörter zu finden, um ihn dazu zu bringen, doch zu bleiben; aber das Chaos in meinem Kopf ist so groß, dass ich nicht dazu in der Lage bin, auch nur zwei sinnvoll zusammenhängende Silben zu bilden.

Stattdessen stehe ich stumm da, wickle meinen Morgenmantel ein wenig enger um mich. Es ist, als würde ich einen Film ansehen, in dem ich zwar die Hauptrolle spiele, auf dessen Handlung ich allerdings keinen Einfluss habe.

Mir ist kalt.

Das ist das einzige Gefühl, das ich klar benennen kann, während Nathan seine Winterjacke vom Boden aufhebt, die er dort vorhin achtlos hat fallen lassen. Vorhin, als wir uns so leidenschaftlich geküsst haben, dass für nichts anderes mehr Platz war. Es kommt mir vor, als wäre es ein halbes Leben lang her, so lang, dass es bereits beinahe nicht mehr wahr ist.

Nathan schlüpft in seine Jacke, anschließend sieht er mich an. Nur für den Bruchteil eines Augenblicks meine ich, so etwas wie Schmerz und Angst in seinem Gesicht aufblitzen zu sehen, doch sofort verbirgt er all seine Gefühle wieder unter einer perfekten, starren Maske.

„Also dann, Dana. Mach es gut." Seine Stimme hat er genauso gut im Griff wie seine Miene, und er ist schon fast bei der Tür, als er sich noch einmal nach mir umdreht und die Hand nach mir ausstreckt, wie um mich zu berühren.

Beinahe panisch weiche ich einen Schritt nach hinten aus und schüttle stumm den Kopf.

Ich bin mir sicher, dass ich zusammenbrechen werde, wenn er mich jetzt berührt, wenn er nun nicht endlich verschwindet.

Mit wenigen schnellen Schritten eile ich an ihm vorbei, umfasse die Türklinke so fest, dass meine Fingerknöchel weiß hervortreten und sich das kühle Metall schmerzhaft in meine Handfläche drückt, dann öffne ich die Tür.

„Geh jetzt, Nathan", zische ich zwischen zusammengebissenen Zähnen hervor. „Verschwinde aus meiner Wohnung."

Seine einzige Reaktion ist ein kaum wahrnehmbares Nicken, bevor er hinausgeht, dieses Mal ohne ein weiteres Zögern.

Es kostet mich all meine Kraft, die Tür leise hinter ihm zu schließen, aber ich will mir nicht die Blöße geben, sie zuzuknallen, weil ich ihm damit meine Wut, meine Verzweiflung und meinen Schmerz zeigen würde. Ich finde jedoch, dass er nicht eine einzige Emotion mehr verdient hat.

Langsam gehe ich in Richtung Dusche, weil ich erbärmlich zu frieren beginne. Ich drehe das heiße Wasser auf und hoffe, dass es die Umarmung eines warmen, menschlichen Körpers ersetzen kann, die ich in diesem Augenblick so nötig hätte, aber es ist nicht ansatzweise ein Ersatz. Es sorgt nicht einmal dafür, dass mir wieder etwas wärmer wird.

Ich würde gerne weinen. Tränen sollen ja befreiend wirken. Aber ich kann nicht. Ich schaffe es nur so gerade, mich in mein Bett zu legen, mein Bett, das noch immer nach Nathan riecht, mich zuzudecken und so lange ins Leere zu starren, bis es mir irgendwann endlich gelingt, einzuschlafen.

+++

Nathan gelingt es, die Kontrolle über sich zu behalten, bis er Danas Apartment verlassen hat. Es gelingt ihm, sich halbwegs gesittet zu verhalten, bis er die Tür zum Treppenhaus erreicht hat – um auf den Aufzug zu warten, fehlt ihm die Geduld.

Dann fängt er an zu laufen. Er nimmt zwei Stufen auf einmal, so schnell, dass es an ein Wunder grenzt, dass er überhaupt dazu in der Lage ist, die Gewalt über seine Beine zu behalten und nicht über seine eigenen Füße zu stolpern.

Er rennt an dem verwundert dreinsehenden Concierge vorbei, bis hinaus auf die Straße.

Obwohl die Sonne tagsüber die Luft auf ein angenehmes Maß erwärmt hatte, herrschen nun wieder Minustemperaturen. Die Kälte beißt in seine Brust, da er vorhin nur ein Hemd übergezogen hat und seine Jacke noch immer geöffnet ist.

Sein ursprünglicher Plan war es, sich ein Taxi zu nehmen und dann ein Hotel zu suchen, aber jetzt kann er einfach nicht mehr aufhören zu laufen, kann nicht genug Meter zwischen sich und Dana bringen, die ein Kind erwartet.

Sein Kind.

Zumindest daran hegt er keinerlei Zweifel, dafür ist Dana viel zu integer.

Sein Kind.

Bittere Galle scheint in ihm hochzusteigen, während in seinem Magen ein heiß brennendes Feuer tobt.

Verdammt noch mal, sein Kind!

Allein der Gedanke daran sorgt dafür, dass er noch schneller zu laufen beginnt, ein paar nächtliche Passanten ihm hektisch aus dem Weg springen und sich schimpfend nach ihm umdrehen.

Doch Nathan ist das alles egal.

Er will nur weg.

Er will sein altes Leben zurück, in dem es kein Kind gab, keine Dana, keine Verantwortung. Er will das alles vergessen.

Er läuft weiter, bis er schließlich am Flughafen angekommen ist, und dort gelingt es ihm irgendwie, einen Flug für die frühen Morgenstunden zu buchen.

Den Rest der Nacht verbringt er auf einem der unbequemen, harten Stühle im Wartebereich, die die Passagiere vermutlich dazu bringen sollen, sich lieber in eines der völlig überteuerten Cafés zu setzen, aber Nathan sind die Schmerzen heute gänzlich egal – im Gegenteil, er begrüßt sie sogar, weil sie wenigstens ein Gefühl darstellen, das er verstehen kann.

Sein Kind.

Das ist etwas, was er niemals gewollt hat. Nie.

Als Nathan morgens in das Flugzeug steigt, ist es noch immer dunkel, und als bei seinem Abflug über Boston langsam die Sonne aufgeht und den Himmel von Mitternachtsblau zu Violett verfärbt, wird ihm klar, dass es sein altes Leben vermutlich nie mehr so geben wird.

Leben ist das, was passiert, während wir andere Pläne machen, hat er noch vor wenigen Wochen so altklug zu Dana gesagt. Dabei hätte er sich niemals vorstellen können, wie bitter das sein kann.

+++

Ich werde vom Klingeln meines Handys geweckt, und für einen Moment bleibt mein verräterisches Herz stehen, weil ich denke, dass es vielleicht Nathan sein könnte.

Als ich stattdessen Sallys Namen auf dem Display erkenne, weiß ich nicht, ob mein Herz nun vor Erleichterung oder Enttäuschung weiterschlägt.

„Hallo, Dana!“ Sie klingt irgendwie seltsam. „Geht es dir gut?“

„Ich weiß nicht, ich bin gerade erst aufgewacht“, murmle ich und bin noch nicht ganz bei der Sache.

„Du hast den Termin heute Morgen verpasst.“

„Ach du Scheiße!“ Mit einem Schlag bin ich hellwach. Für heute Morgen war eine kurze Besprechung mit einem Mandanten angesagt, der aus beruflichen Gründen keinen anderen Termin wahrnehmen konnte. Und ich habe es völlig vergessen. Völlig! Das ist mir noch niemals zuvor passiert, und ich springe hektisch aus dem Bett – nur um es sofort wieder zu bereuen, weil mein Kreislauf schlappmacht und mir schwarz vor Augen wird. Stöhnend und mit zusammengebissenen Zähnen lasse ich mich zurück auf das Bett sinken.

„Mach ruhig, Dana. Es ist alles gut. Der Mandant hat in letzter Minute abgesagt. Ich habe nur angerufen, weil ich mir Sorgen um dich gemacht habe, da du so etwas noch nie vergessen hast. Geht es dir gut, Dana? Ist Nathan noch bei dir?“ Sally klingt aufrichtig besorgt, aber ich kämpfe zu sehr mit einer Welle von Übelkeit, die gerade in mir aufsteigt, um ihre Sorge schätzen zu können. Mit geschlossenen Augen taste ich nach der Schale, die ich bereits vor einigen Tagen auf meinem Nachttisch deponiert habe, da ich es schon einmal fast nicht bis ins Bad geschafft hätte, dann übergebe ich mich lautstark.

„Nein und nein“, antworte ich matt, nachdem ich fertig bin und wieder in der Lage, nach dem Telefon zu greifen.

„Ich bin in zehn Minuten bei dir! Bleib liegen – ich benutze den Zweitschlüssel.“ Mit diesen Worten legt Sally auf, und ich lasse mich zurück in die Kissen sinken.

Als ich höre, wie sie die Tür aufschließt, setze ich mich im Bett auf.

„Sally?“, rufe ich matt, und sobald sie dann bei mir im Schlafzimmer ist, fange ich an zu weinen.

„Alles gut, Dana. Alles ist gut.“ Sie krabbelt hinter mir ins Bett und schlingt die Arme um mich, und ich klammere mich an sie und weine hemmungslos wie ein kleines Kind. „Ich gehe davon aus, dass das Gespräch mit Nathan nicht sonderlich gut verlaufen ist?“, fragt sie mich, als ich mich wieder so weit beruhigt habe, dass ich in der Lage bin, zu sprechen.

„Er hat gesagt, dass er kein Kind will, und wenn ich es behalten will, würden sich unsere Wege trennen.“ Meine Stimme klingt tonlos.

„Das hat er nicht gesagt!“ Sally hört sich völlig fassungslos an. „So herzlos kann er unmöglich sein!“

„Doch, hat er.“ Ich kann es selbst kaum glauben. Ich hatte damit gerechnet, dass er schockiert sein wird, vielleicht hatte ich auch befürchtet, dass er erst mal ein bisschen Zeit für sich brauchen würde. Aber niemals hätte ich ernsthaft damit gerechnet, dass er ein Kind, unser Kind, so kategorisch ablehnen würde, um danach einfach zu verschwinden. Niemals!

„So ein mieses Arschloch!“ Sally bringt es auf den Punkt, ich selbst hätte es nicht besser ausdrücken können. „Eigentlich habe ich ihn ja irgendwie gemocht, aber wie kann jemand nur so fies sein?“ Sie schnappt empört nach Luft, bevor sie aus meinem Bett klettert.

„Ich wusste, dass er keine Kinder wollte. Er war jahrelang für seine Schwester verantwortlich, als er selbst noch ein Kind war.“

„Ich weiß, ich habe seine Akte gelesen. Trotzdem ist das kein Grund, so feige zu verschwinden. Ich habe mich auch ewig um meine Geschwister kümmern müssen, dennoch würde ich mich niemals vor meiner Verantwortung drücken." Sie schüttelt völlig fassungslos den Kopf. „Männer sind solche Schweine! Sie stecken ihre angeblich besten Teile überall rein, aber hinterher sind sie nicht Manns genug, um für die Folgen einzustehen."

Ich muss lächeln, auch wenn ich seit gestern Abend eigentlich gedacht hätte, dass ich zu solchen Gefühlsregungen nie wieder fähig sein würde.

„Ich hätte mit allem gerechnet, nur nicht damit, dass er einfach abhaut und mir klipp und klar sagt, dass er nichts mehr mit mir zu tun haben will."

„Soll ich noch mal wiederholen, dass er ein Arschloch ist?"

„Ja, bitte." Ich greife nach der Schachtel Papiertaschentücher auf meinem Nachttisch und putze mir die Nase.

„Er ist ein Arschloch, Dana! Du hast viel Besseres verdient. Nathan Callery soll bleiben, wo der Pfeffer wächst." Sie sieht sich in meinem Schlafzimmer um, dann krempelt sie sich die Ärmel hoch. „Du gehst jetzt duschen und ziehst dir etwas an. Etwas, was kein Schlafanzug ist, aber Leggings und Longpulli würde ich gelten lassen. Danach fühlst du dich vermutlich besser. Und in der Zwischenzeit räume ich hier auf und mache uns Frühstück. Zum Glück ist heute Samstag, und wir müssen beide nicht mehr zur Arbeit."

Bevor ich widersprechen kann, hat sie sich zu meiner großen Beschämung die Schale mit meinem Erbrochenen geschnappt, die noch halb unter meinem Bett stand, und macht sich auf den Weg in Richtung Gästebad, um sie zu entsorgen.

Als ich einen protestierenden Laut von mir gebe, dreht sie sich zu mir um und lächelt weich.

„Siehst du, Dana, das ist genau das, was ich meine. Ich habe jahrelang das Erbrochene meiner Geschwister wegmachen müssen, wann immer sie sich mal wieder irgendeinen Magen-Darm-Infekt eingefangen haben. Und Schlimmeres. Trotzdem macht es mir nichts aus, Verantwortung zu übernehmen, wenn es sein muss. Irgendwann ist man nämlich erwachsen und selbst für sein Leben und seine Handlungen zuständig, und es hilft nicht, sich ständig mit seiner ach so schlimmen Vergangenheit herauszureden. Das machen nur Feiglinge!"

Sally bleibt das gesamte Wochenende bei mir, sie geht einkaufen, kocht für uns und schläft nachts auf dem Sofa, auch wenn ich ihr sage, dass sie ruhig nach Hause gehen kann. Sie zwingt mich, mit ihr ins Kino zu gehen, und wählt irgendeinen Actionfilm ohne nennenswerte Handlung aus, was gut ist, da ich ohnehin bloß die Hälfte davon mitbekomme, aber dennoch nicht das Gefühl habe, etwas Entscheidendes verpasst zu haben.

Am Montag bin ich wieder so weit hergestellt, um zur Arbeit zu gehen, ohne dass mir jemand etwas anmerkt.

Kapitel 35

+++

„Was ist denn heute los mit dir, Nathan?“ Seine Chefin Sarah beugt sich zu ihm vor, während Eric McLeod, ihr Lebenspartner und Coach der Midway Icefoxes, sich mit verschränkten Armen auf seinem Stuhl zurücklehnt.

„Bitte was?“ Nathan zuckt zusammen.

„Ich habe dich schon zum dritten Mal gefragt, was du von dem Stürmer hältst, den du letzte Woche angesehen hast.“

„Steht alles im Bericht“, murmelt Nathan ein wenig abwesend. „Ich denke, wir sollten ihn nicht nehmen und lieber noch weitersuchen. Ich habe kein gutes Gefühl bei ihm, er ist ein Hitzkopf.“

„Bist du dir sicher? Du hast bereits mehrere Spieler abgelehnt und uns läuft langsam die Zeit davon.“

„Und bisher hatte ich immer recht mit meinen Diagnosen, oder?“

Eric nickt zustimmend.

„Das hattest du allerdings. Und wir werden auch nicht daran zweifeln, nur weil du in den letzten beiden Wochen ein klein bisschen merkwürdig bist.“ Eric wirft Sarah mahnende Blicke zu. „Wenn du nicht darüber reden willst, was mit dir los ist, ist das okay, solange deine Arbeit nicht darunter leidet. Wenn doch, weißt du, dass du immer zu uns kommen kannst.“

„Danke“, antwortet Nathan mechanisch, wohl wissend, dass er dieses Angebt niemals in Anspruch nehmen wird. Er hat keinen Redebedarf, weil er kein Problem hat. So einfach ist das.

„Also gut." Sarah lächelt ihm aufmunternd zu. „Dann lasse ich den Flug nach Boston für dich buchen."

Boston.

Bei diesem Ort verkrampft sich auf einmal sein Herz, denn Boston erinnert ihn zwangsläufig an Dana. Da kann er auf gar keinen Fall hinfliegen.

Er hat schon den Mund geöffnet, um zu sagen, dass der letzte Spieler auf seiner Liste vielleicht doch gar nicht so schlecht ist, als er ihn wieder schließt und stattdessen seine Unterlagen zusammenpackt.

Nachdem er sich verabschiedet hat und wieder in seinem Wagen sitzt, muss er sich eingestehen, dass er vielleicht doch ein Problem hat, und als er beinahe vom Weg abkommt, weil er plötzlich nur noch an Dana denken kann, muss er obendrein zugeben, dass es sich dabei um alles andere als ein kleines Problem handelt.

+++

Ich stürze mich jeden Tag in die Arbeit, und wenn ich abends nach Hause komme, bin ich so müde, dass ich meistens umgehend ins Bett falle. Ich könnte ständig schlafen.

Morgens ist mir immer noch übel, aber ansonsten geht es mir gut. Zumindest solange ich nicht an Nathan denke, und das kommt leider viel zu oft vor.

Die ersten Tage habe ich noch gehofft, dass er sich melden würde, aber es ist nicht geschehen, und mittlerweile bin ich so verletzt und wütend, dass ich es mir auch nicht mehr wünsche; ich kann es mir nicht einmal mehr vorstellen.

Er ist wie ein Feigling mit eingekniffenem Schwanz verschwunden, als es schwierig wurde; er hat uns nicht mal die Chance gegeben, vernünftig über alles zu reden und gemeinsam nach Lösungen zu suchen.

Was soll ich mit so einem Mann? Was soll ich mit jemandem, auf den ich mich nicht verlassen kann, der einfach verschwindet, wenn ich ihn brauche?

Ganz eindeutig bin ich ohne ihn besser dran, und vielleicht sollte ich dankbar dafür sein, dass ich es so früh erkannt habe und nicht erst später, wenn noch mehr Gefühle mit im Spiel gewesen wären – Gefühle, die die Zeit mitgebracht hätte. Denn es tut jetzt schon viel zu weh, manchmal ist es so schlimm, dass es mir beinahe die Luft zum Atmen nimmt.

Aber das Leben muss weitergehen, sowohl um meiner selbst willen als auch für das Kind, das in mir heranwächst und eine Mutter verdient hat, die es liebt und für es da ist, und die so glücklich ist, wie sie nur kann.

Ich habe mich damit abgefunden, dass ich mein Kind allein großziehen werde, egal, wie schwer das auch sein mag, und ich schmiede Pläne, wie ich das mit meinem Job unter einen Hut bekommen kann.

Wahrscheinlich werde ich mir eine andere Kanzlei suchen müssen, in der ich in Teilzeit arbeiten kann, und wenn ich daran denke, dass ich Sally dann nicht mehr jeden Tag sehen werde, bin ich jetzt schon traurig. Doch im Moment fühlt sich das alles noch weit weg und so unreal an, dass ich noch gar kein wirkliches Gefühl dafür habe, mir noch gar nicht wirklich vorstellen kann, wie es sein wird, wenn das Kind erst einmal da ist.

Ich muss an Isabella denken, die meinte, dass man vierzig Wochen Zeit hat, sich an den Gedanken, ein Kind zu bekommen, gewöhnen kann, dass man vierzig Wochen Zeit hat, sich in sein Kind zu verlieben. Ich hoffe, dass mir das am Ende dieser vierzig Wochen gelingt.

„Geht es dir gut, Dana?“ Sally kommt in mein Büro und fragt mich bestimmt zum vierten Mal heute nach meinem Befinden. Sie mutiert wirklich zur Glucke, aber ich genieße das Gefühl, dass es jemanden gibt, der sich um mich sorgt. Auch wenn dieser Jemand natürlich eigentlich Nathan sein sollte.

Ich räuspere mich.

„Ja, es geht mir gut. Und dir?“

Irritiert runzelt sie die Stirn.

„Wie soll es mir schon gehen?“

„Ebenfalls gut, hoffe ich.“ Ich muss lächeln.

„Wenn ich sehe, dass du schon wieder lächeln kannst, geht es mir auch gleich viel besser, Boss. Ich bin schließlich eine gute Assistentin.“ Sie zwinkert mir zu.

„Die beste, Sally, die beste.“ Mit dem Kopf deute ich auf den Stapel Papiere, die sie in der Hand hält.

„Bringst du neue Arbeit mit?“

„Leider ja.“ Mit einem Seufzen legt sie die Akten, die sie im Arm hält, vor mir ab. „Dan ist den Rest der Woche nicht da, und der große Boss meint, du könntest vielleicht einen seiner Fälle übernehmen. Ich habe schon angefangen, alles für dich zu sortieren, aber der Mann hat einfach kein System bei seiner Arbeit. Es ist mir rätselhaft, wie er so gut in seinem Job sein kann.“

„Er ist ein skrupelloses Arschloch, Sally." Irgendwo muss es anscheinend ein Nest davon geben.

„Allerdings." Sie grinst, als sie aus dem Zimmer geht, und kommt ein paar Minuten später mit einer Tasse Kamillentee für mich noch mal herein. Meinen Kaffee hat sie mir ersatzlos gestrichen, seit sie von meiner Schwangerschaft weiß, aber im Moment würde ich ohnehin keinen Schluck davon hinunterbekommen.

Ich stürze mich in die Arbeit, weil sie im Moment das Einzige ist, was mich davon abhält, vor Wut und Enttäuschung vor die Hunde zu gehen.

+++

Als es an seiner Tür klopft, stehen die Frauen seiner Familie davor.

„Was wollt ihr denn hier?" Nathan macht einen Schritt zur Seite, um sie hereinzulassen.

„Was für eine Begrüßung!" Isabella verdreht die Augen.

„Wir sind hier, um das zu machen, was wir am besten können – nämlich uns einzumischen." Selbstbewusst geht seine Mutter in die Küche vor und stellt ungebeten Nathans Kaffeemaschine an.

Nur Ava sagt nichts, sie sieht ihn nur an und schenkt ihm ein zahnloses Lächeln, und Nathan beschließt, dass er sie am liebsten von allen dreien leiden mag.

„In was genau wollt ihr euch denn einmischen?" Er befürchtet zwar, dass er diese Frage alsbald bereuen wird, aber er ist dennoch zu neugierig, um sie nicht zu stellen.

Isabella drückt ihm Ava auf den Arm und geht anschließend zu seinem Kühlschrank hinüber, vermutlich, um nach Milch zu suchen; Nathan setzt sich mit dem Baby auf dem Schoß hin und bringt gleichzeitig alles, was auf dem Tisch steht, aus Avas Reichweite. Sie ist jetzt vier Monate alt, und beginnt immer gezielter zu greifen. Leider reißt sie dabei oft alles hinunter, was nicht niet- und nagelfest ist.

„Eigentlich wollten wir dich fragen, ob du uns gar nichts zu sagen hast."

„Ich habe euch lieb, aber ihr seid nervig. War es das, was ihr hören wolltet?" Isabella und seine Mutter tauschen einen vielsagenden Blick.

„So läuft das nicht, mein Sohn. Auf den ‚Ich habe euch lieb'-Trick falle ich diesmal nicht herein. Du sagst es zwar mehr als selten, aber du brauchst dennoch nicht zu glauben, dass ich jedes Mal blind vor Rührung werde und alles andere vergesse, wenn du es doch tust."

„Schade", murmelt Nathan und greift nach der Kaffeetasse, die Isabella ihm hinschiebt, und rein mechanisch auch nach dem kleinen Zettel, den sie danebenlegt. „Scheiße!"

Er erkennt ihn sofort, es ist die mittlerweile ziemlich abgegriffene Ultraschallaufnahme seines Kindes, die Dana ihm bei ihren letzten Treffen gezeigt hat. Er hat sie unabsichtlich mitgenommen, aber seitdem hat er sie jeden Tag angestarrt und mit sich herumgeschleppt, als wäre sie ein Talisman.

„Nein, das ist ein Baby." Seine Mutter setzt sich zu ihm an den Tisch. „Und wenn ich das Datum auf der Aufnahme sowie die Tatsache berücksichtige, dass sie dir heute aus der Tasche gefallen ist, würde ich davon ausgehen, dass es sich dabei um Danas und dein Kind handelt." Sie schweigt einen Moment, und als keine Reaktion erfolgt, schaut sie ihn an. „Habe ich recht, Nathan?"

Er zuckt mit den Schultern.

„Du weißt es doch eh schon, was soll ich jetzt sagen?"

Isabella schnauft, aber Kelly legt ihr beschwichtigend die Hand auf den Arm.

„Du könntest uns zum Beispiel erzählen, warum du seit über drei Wochen nicht mehr in Boston gewesen bist, und außerdem, warum du uns verschwiegen hast, dass du Vater wirst."

„Weil es nichts zu erzählen gibt. Dana und ich haben uns getrennt, und ich habe nicht vor, den Vater dieses Kindes zu spielen." Seines Kindes, verdammt noch mal. Seines Kindes.

„Und warum bitte nicht?" Isabella ist auf einmal ganz ruhig.

Nathan runzelt die Stirn.

„Das weißt du doch ganz genau. Ihr wisst ganz genau, warum."

„Nein; Nathan, ich weiß es nicht. Ich habe keine Ahnung, was meinen sonst so verantwortungsvollen Bruder dazu bringt, sich wie ein Feigling davonzustehlen und Dana mit all der Verantwortung alleinzulassen. Ich verstehe es nicht im Geringsten. Also bitte – sei so gut und erkläre es mir!"

„Ich will kein Kind, weil ich schon erlebt habe, wie es ist, die Verantwortung für eins zu haben, und die Belastung hat mich beinahe umgebracht."

„Aber damals warst du noch ein Kind."

„Ja, verdammt, ich war selbst noch ein Kind, und gerade deshalb will ich so etwas nie wieder erleben."

Er denkt an die Verzweiflung zurück, die er empfunden hat, wenn Isabella geschrien hat und er sie einfach nicht beruhigen konnte. Wie es war, wenn sie ihm auf Schritt und Tritt gefolgt ist und er sie angebrüllt hat, weil er völlig überfordert war, nur um es sofort wieder zu bereuen, wenn sie deswegen angefangen hat zu weinen.

Manchmal hat er mit dem Gedanken gespielt, einfach davonzulaufen, ganz weit weg, aber er konnte den Gedanken nicht ertragen, sie alleinzulassen. Auch wenn er nur fünf Jahre älter als sie ist, war er sich darüber im Klaren, dass es wohl ihren Tod bedeutet hätte, wenn er wirklich abgehauen wäre.

Er ist nicht mehr zur Schule gegangen, um für ihr Überleben zu sorgen, denn ihre Mutter war dazu nicht in der Lage – wenn sie überhaupt mal zu Hause war, dann nur, um ihren Rausch auszuschlafen. Manchmal hat sie ihnen ein bisschen Geld dagelassen, meistens hatten sie keins. Also hat Nathan ihnen im Supermarkt um die Ecke Lebensmittel gestohlen, jedes Mal mit der Angst, erwischt und eingesperrt zu werden. Manchmal hat er sich sogar fast danach gesehnt, denn dann hätte er sich endlich um nichts mehr kümmern müssen. Aber was wäre dann aus seiner kleinen Schwester geworden?

Er musste stark sein für sie beide. Aber Herrgott … Wie oft ist er nachts völlig panisch wach geworden und hat sie in ihrem kleinen Bett mit seiner Taschenlampe angeleuchtet, nur um zu schauen, ob sie überhaupt noch lebt. Strom hatten sie zu diesem Zeitpunkt schon lange keinen mehr, und ihre Mutter hat sich immer weniger blicken lassen, bis sie schließlich gar nicht mehr nach Hause kam.

Und dann ist seine Schwester krank geworden, sie hat geglüht vor Fieber und ist überhaupt nicht mehr zu sich gekommen.

Er hat sie auf dem Arm durch die halbe Stadt geschleppt, um sie ins Krankenhaus zu bringen, und sich dort mit Händen und Füßen dagegen gewehrt, sie allein zu lassen aus Angst, dass er sie dann niemals mehr wiedersehen könnte.

Angst.

Blanke Panik.

Außerdem das Gefühl, nie gut genug zu sein.

Das ist es, was er damit verbindet, die Verantwortung für ein Kind übernehmen zu müssen.

„Früher hast du diese Schokodinger geliebt, erinnerst du dich noch? Diese süße, klebrige Mischung aus Milchschokolade und Erdnussbutter. Erinnerst du dich noch?“ Seine Mutter lächelt auf diese ganz bestimmte Art und Weise, wie sie es immer macht, wenn sie in Erinnerungen festhängt. Es rettet ihn aus seinen finstersten Zeiten und weckt Gedanken an seine zweite, seine echte Kindheit. „Hast du in letzter Zeit noch mal welche davon gekauft?“

„Damals war ich ein Kind, Mom. Ich mag diese Dinger schon Ewigkeiten nicht mehr. Sie sind mir viel zu süß.“

Seine Mutter lächelt.

„Genau das meine ich.“

„Womit?“ Sie macht ihn manchmal fertig, wirklich.

„Als du für Isabella verantwortlich warst, warst du ein Kind. Du warst dieser Aufgabe nicht gewachsen, und es war schrecklich und hätte nicht sein dürfen. Du hättest jemanden haben müssen, der sich um dich kümmert, stattdessen hast du dich um Isabella kümmern müssen. Und das tut mir sehr, sehr leid. Aber manchmal ist es wie mit den Süßigkeiten. Wenn man erwachsen ist, verändern sich bestimmte Dinge. Man steht nicht mehr auf Erdnussbutter mit Schokolade, dafür schmeckt einem plötzlich Kaffee, den man als Kind absolut ekelhaft fand." Sie macht einen Moment Pause. „Ich kann natürlich nur von mir sprechen, wenn ich sage, dass es auch wunderschön sein kann, für seine Kinder Verantwortung zu übernehmen, wenn man sie heranwachsen sieht und stolz auf sie sein kann." Sie lächelt erneut. „Vor allem dann, wenn man sieht, wie selbstverständlich sie mittlerweile Verantwortung für andere übernehmen, selbst wenn es ihnen gar nicht bewusst ist." Mit dem Kopf deutet sie auf Ava, die in der Zwischenzeit auf Nathans Schoß eingeschlafen ist, und auf den Tisch, den er in ihrem Aktionsradius freigeräumt hat, damit sie sich weder verletzt noch etwas herunterwerfen kann. Mit ihr dazusitzen fühlt sich gut an, frei von jeglicher Angst oder Panik.

Nachdenklich streichelt er Ava über ihr kleines, weiches Köpfchen, und dann kehrt Schweigen in der Küche ein, das manchmal bedeutender sein kann, als Worte es sind.

+++

Kapitel 36

Sally kommt herein und räuspert sich auf eine Art und Weise, wie sie es sonst nur macht, wenn Ärger ansteht – und das kommt überaus selten vor.

Alarmiert schaue ich vom Rechner hoch.

„Alles in Ordnung, Sally?“ Eigentlich ist diese Frage völlig überflüssig, ihr Räuspern hat mir schon längst verraten, dass etwas nicht in Ordnung ist, ihre hochroten Wangen und weit aufgerissenen Augen bestätigen meinen Verdacht.

„Da ist jemand, der dich sprechen möchte.“ Sie macht eine Kopfbewegung in Richtung meiner Bürotür.

Ich runzle die Stirn.

„Hat dieser Jemand vielleicht auch einen Namen? Oder sogar einen Termin?“ Um sicherzugehen, dass ich nichts übersehen habe, werfe ich einen Blick in meinen Kalender, doch Sally schüttelt den Kopf.

„Nein, hat er nicht.“ Sie zögert einen Moment. „Es ist Nathan Callery!“

„Oh!“, antworte ich, dann lasse ich mich zurück in meinen Bürostuhl plumpsen, aus dem ich bereits halb aufgestanden war, und klammere mich an die Tischkante. „Hat er gesagt, was er hier will?“ Verdammt, ich war schon halb über ihn hinweg. Oder zumindest ein Viertel. Na ja, immerhin habe ich Fortschritte gemacht, was schließlich auch etwas wert ist.

„Dich sprechen, sagt er.“

„Okay …“ Ich lasse die Tischkante endlich los, weil meine Knöchel mittlerweile weiß hervortreten. „Das ist … überraschend.“ Etwas Besseres fällt mir dazu nicht ein.

„Soll ich ihn wegschicken?“ Besorgt kommt Sally näher. „Wahlweise verpasse ich ihm auch einen kräftigen Tritt in die Eier. Ich habe heute sogar die spitz zulaufenden Schuhe an. Als ob ich so etwas heute Morgen geahnt hätte!“ Sie klingt scherzhaft, aber ich bin mir nicht sicher, ob sie ihre Worte nicht wirklich in die Tat umsetzen würde, wenn ich sie ließe.

„Ich denke, ich sollte mir vielleicht wenigstens mal anhören, was er zu sagen hat. Was meinst du?“

„Ich meine, dass er ein riesengroßes Arschloch ist. Und ein Feigling noch dazu.“ Ärgerlich verschränkt sie die Arme vor der Brust.

„Dem kann ich leider nicht widersprechen, und ich wünschte wirklich, dass ich über den Vater meines Kindes nettere Dinge sagen könnte.“ In mir vermengen sich Wut, Trauer und Nervosität zu einer ziemlich explosiven Mischung, und ich muss mich zwingen, die Ruhe zu bewahren, auch wenn mir das schwerfällt. Mit geschlossenen Augen atme ich ein paarmal tief durch, um die aufsteigende Übelkeit zu unterdrücken, die mich im Moment ständig plagt. „Aber weißt du was?“, sage ich schließlich. „Selbst die miesesten Verbrecher dürfen vor Gericht eine Aussage machen. Vielleicht sollte ich wenigstens fair genug sein, um mir anzuhören, was Nathan zu sagen hat.“

„Du bist der Boss!“, antwortet Sally, und ich kann ihr ansehen, dass sie es lieber hätte, wenn sie ihn hochkant wieder hinauswerfen könnte. „Soll ich ihn zu dir hereinschicken?“

„Ja, bitte, mach das." Sally ist schon fast zur Tür hinaus, als ich sie noch einmal zurückrufe. „Warte mal, ist draußen viel los?"

„Nein, der große Boss ist nicht da, und alle anderen sind heute Vormittag entweder vor Gericht oder sonst wie außer Haus. Wir sind quasi allein im Büro."

„In Ordnung. Dann gehe ich lieber zu ihm." Das hat den großen Vorteil, dass ich einfach verschwinden kann, wenn es mir zu bunt mit ihm wird, außerdem wirkt es weniger einladend. Denn eigentlich will ich ihn nicht sehen. Ich bin so schrecklich wütend und verletzt, und ich weiß, dass es bloß noch schlimmer wird, wenn ich ihm jetzt gegenübertrete, dass alle Emotionen ihm gegenüber wieder aufwallen werden, wenn ich ihm nun begegne.

Dennoch stehe ich auf, streiche mein Kleid glatt und wappne mich innerlich für das, was gleich kommen wird.

Meine Knie fühlen sich an, als bestünden sie nur noch aus Wackelpudding, und die Schmetterlinge, die ich früher im Bauch hatte, wenn es um Nathan ging, sind durch eine Horde Trampeltiere ersetzt worden, die dort Polka tanzen, ohne auf den Rhythmus zu achten.

Ich verlasse mein Büro, gehe durch den kleinen Vorraum, in dem Sally bereits wieder hinter ihrem Schreibtisch Position bezogen hat, und steuere auf die Tür zu.

Meine Hand verweilt einen Moment länger als nötig auf der Klinke, und ich kann Sallys besorgte Blicke in meinem Rücken spüren, als ich sie schließlich doch hinunterdrücke.

Ich entdecke Nathan sofort, als ich zur Tür hinausgehe. Er sitzt auf einem der Stühle, auf denen sonst meine Klienten warten, er hat die Ellenbogen auf die Knie gestützt, seine Handflächen sind aneinandergepresst, und er sieht aus, als hätte er mindestens eine Woche lang nicht geschlafen.

Dennoch schlägt mein dummes, leichtsinniges Herz Kapriolen, als er nun den Kopf dreht, um mich anzusehen. Unter seinen Augen haben sich dunkle Ringe gebildet, und seine Lippen sind so fest zusammengepresst, dass sie eine schmale Linie bilden. Er sieht wirklich alles andere als gut aus.

Während ich näherkomme, steht er auf und versucht etwas, was vermutlich ein Lächeln darstellen soll, stattdessen wirkt es nur wie der Abklatsch einer freundlichen Emotion.

„Guten Tag, Nathan." Ich halte weit genug Abstand, auch wenn ich trotz allem gerade nichts lieber tun würde, als mich in seine Arme zu werfen. Meine Beine zittern so sehr, dass ich mich an der Lehne von einem der Stühle festhalten muss, die ihm gegenüberstehen. „Was verschafft mir die Ehre deines Besuchs?" Leider ist meine Stimme plötzlich so tonlos, dass meine Worte nicht halb so sarkastisch klingen, wie ich es mir gewünscht hätte.

„Dana … ich …" Zögerlich kommt er einen Schritt auf mich zu, aber ich hebe abwehrend die Hände und gehe selbst einen Schritt nach hinten. Seine Kiefer pressen sich aufeinander, und in seiner Wange zuckt ein Muskel; er wirkt wie ein müdes, altes Raubtier. „Können wir vielleicht irgendwo reden?"

Ich versuche, so lässig und abgeklärt wie möglich zu wirken, obwohl in mir alles ein heilloses Durcheinander ist.

„Bitte!“, sage ich. „Wenn du reden willst, dann rede.“

Das Muskelzucken nimmt zu, und ich kann sehen, wie er mit den Zähnen knirscht.

„Können wir nicht irgendwo hingehen? Irgendwo, wo wir ein bisschen ungestörter sind?“

„Bei einem der letzten Male, als wir irgendwo waren, wo wir etwas ungestörter gewesen sind, hast du die Gelegenheit genutzt, um mich zu schwängern, Nathan. Da ich jedoch die Erfahrung machen musste, dass du nicht zu denjenigen gehörst, die zu ihren Taten stehen, sondern lieber den Schwanz einziehst und abhaust, werde ich mich hüten, noch einmal mit dir irgendwo hinzugehen, wo wir ungestört sind.“ Er weicht meinem Blick aus, etwas, was ich noch nie bei ihm erlebt habe, aber ich bin viel zu verletzt und zu wütend, um so etwas wie Mitleid mit ihm zu empfinden. „Wenn du reden willst, dann rede!“, wiederhole ich noch einmal. „Hier und jetzt.“

Er läuft ein paar Schritte auf und ab und fährt sich mit beiden Händen durchs Haar, anschließend schüttelt er den Kopf und lässt sich zurück auf den Stuhl sinken.

„Reden gehört nicht unbedingt zu meinen Stärken, wie du vielleicht weißt.“

„Oh, bei unserem letzten Treffen hatte ich das Gefühl, dass du sehr genau wusstest, was du sagst.“

„Du hast mich überrumpelt, Dana!“

„Darin bist ja sonst du der wahre Meister.“

„Dana, bitte. Können wir nicht wie zwei vernünftige Menschen miteinander reden? Irgendwo anders als in deinem Büro?“

„Das habe ich ja gewollt, aber du hast mir unmissverständlich zu verstehen gegeben, dass ich mit meinem ungeborenen Kind verschwinden und mich nach Möglichkeit nie mehr wieder bei dir blicken lassen soll, weil du uns nicht haben willst."

„So wie du es sagst, klingt es irgendwie unmenschlich hart."

„Das war es auch. Ich …" Meine Stimme wird dünn und brüchig, und ich fühle mich, als würde ich jeden Moment ohnmächtig werden. Zum Glück wählt Sally genau diesen Augenblick, um ihre Tür zu öffnen.

„Dana?", fragt sie vorsichtig. „Ich störe ja nur ungern, aber du hast einen wichtigen Anruf."

„Danke, Sally, ich komme sofort." Ich nicke kurz in ihre Richtung, dann wende ich mich wieder Nathan zu. „Leb wohl, Nathan. Ich wünsche dir wirklich, dass du irgendwann einen Weg findest, um glücklich zu sein." Genau das ist es, was ich mir selbst ebenfalls wünsche, auch wenn dieser Weg momentan in weiter Ferne zu liegen scheint. Ohne ihn noch einmal anzusehen, gehe ich zurück zu Sally, die die Tür hinter mir schließt, mich in mein Büro bugsiert und auf den Bürostuhl verfrachtet.

Dort breche ich in Tränen aus. Ich schluchze so laut, dass ich mir die Hände vor den Mund pressen muss, weil ich Sorge habe, dass man mich bis auf den Flur hinaus hören kann.

Sally steht besorgt neben mir und streichelt mir beruhigend über die Schultern.

„Hey, ganz ruhig, hörst du? Versuch zu atmen. Atmen, Dana! Mach ganz ruhig …"

Dennoch dauert es eine Weile, bis ich wieder halbwegs Luft bekomme, und Sally geht mir ein Taschentuch sowie ein Glas Wasser holen.

„Was ist eigentlich mit dem Anrufer? Wartet der etwa immer noch in der Leitung?" Geräuschvoll putze ich mir die Nase.

„Es gab keinen Anrufer, aber ich habe dich durch den schmalen Fensterstreifen neben der Tür beobachtet. Du sahst aus, als würdest du jeden Moment zusammenbrechen, und ich dachte, dass du das vielleicht ungern vor Nathan tun würdest …"

„Da hattest du allerdings völlig recht." Einmal mehr bin ich dankbar dafür, dass sie so oft so geistesgegenwärtig ist und eine solch schnelle Auffassungsgabe hat. Erneut putze ich mir die Nase. „Was für ein Glück, dass ich heute keine Termine mehr mit Mandanten habe. Ich muss furchtbar aussehen." Vorsichtig betaste ich mein Gesicht, das sich durch das Weinen ganz heiß anfühlt.

„Du siehst immer wunderschön aus, Dana, auch wenn du weinst. Ich koche dir jetzt einen Kamillentee, und dann isst du ein paar von den Nüssen, die ich dir mitgebracht habe, okay? Danach schaue ich, was ich noch dahabe, um dich wieder gesellschaftstauglich zu machen, und anschließend sehen wir mal weiter."

Nachdem ich mich von Sally habe füttern und versorgen lassen, stürze ich mich den Rest des Tages in meine Arbeit, weil es das Einzige ist, was mich halbwegs ablenkt. Dabei versuche ich, die Sorgerechtsfälle aufzuschieben und mich stattdessen voll und ganz auf die

Scheidungen zu konzentrieren, bei denen ich einen der Noch-Ehepartner vertrete, und bemerke erneut, wie gut ich damit dran bin, Single zu sein. Ganz eindeutig.

Der Tag ist im Nu vorbei, und ausnahmsweise nehme ich mir abends ein Taxi nach Hause. Obwohl ich befürchtet hatte, in dieser Nacht kein Auge zutun zu können, weil mich die Gedanken an Nathan verfolgen, muss ich feststellen, dass mich eine bleierne Müdigkeit erfasst, unmittelbar nachdem ich die Wohnungstür hinter mir geschlossen habe. Ich schaffe es gerade noch so, mir ein Sandwich zuzubereiten, bevor mir fast die Augen zufallen. Müde schlurfe ich ins Bad und mache mich für die Nacht fertig, und kaum dass ich im Bett liege, bin ich auch schon eingeschlafen.

Am nächsten Morgen wache ich erst auf, als der Wecker klingelt, etwas, was mir nur höchst selten passiert. Normalerweise bin ich lange vorher wach – und nun muss ich mich ein bisschen beeilen. Auch gut, so bleibt mir wenigstens keine Zeit zum Nachgrübeln.

Als ich auf der Arbeit ankomme, ist Sally bereits da, sie mustert mich nachdenklich, als ich den Raum betrete.

„Du hast Blumen bekommen. Es war eine Karte dran, aber ich habe sie nicht gelesen.“ Sie klingt, als wäre sie sehr stolz auf sich, und ich muss schmunzeln. Ich bekomme öfter mal Blumen geschickt, manche Klienten bedanken sich auf diese Weise, nachdem ihre Fälle erfolgreich abgeschlossen worden sind. Doch als ich mein Büro betrete, erkenne ich sofort, dass diese Blumen unmöglich von einem Klienten kommen können.

Auf meinem Schreibtisch steht ein riesiger Strauß mit langstieligen roten Rosen, zwischen denen einige weiße Rosen hervorblitzen.

„Kannst du den Strauß einfach wegnehmen, bitte, und wir behaupten, er wäre niemals hier angekommen?“

„Du bist doch Anwältin, Dana. Ich habe den Empfang quittiert. Du weißt, dass so etwas als ziemlich zuverlässiges Beweismittel für die Zustellung gilt.“

Ich schleiche um meinen Schreibtisch herum und lasse mich in meinen Bürostuhl fallen. Dabei lasse ich die Rosen nicht aus den Augen, beinahe so, als könnten sie jeden Moment explodieren. Im Sitzen wirkt der Strauß noch größer, er hat ein beinahe schon verstörendes Ausmaß.

Zögerlich strecke ich meine Hand nach der Karte aus, die an den Blumen angebracht worden ist, nur um meine Finger im letzten Augenblick wieder zurückzuziehen.

„Hast du Angst, die Karte könnte bissig sein?“ Sally hebt amüsiert eine Augenbraue in die Höhe. „Also wenn du willst, dann lese ich sie doch für dich.“

Ein Blick von mir genügt, um sie zum Schweigen zu bringen, auch wenn sie noch immer leicht belustigt aussieht.

Erneut greife ich nach der Karte – diesmal ziehe ich es durch – und entferne sie von den Rosen.

Ich habe gelesen, dass der älteste
Mensch der Welt 122 Jahre alt geworden ist.
Wenn mir das gelingen würde, hätte
ich noch 88 Jahre zu leben.
Die roten Rosen stehen für jedes
dieser 88 Jahre, jedes einzelne davon

würde ich gerne mit dir verbringen.
Die weißen Rosen stehen für unser ungeborenes Kind. Ich habe keine Ahnung, wie lange Kinder durchschnittlich bei ihren Eltern leben, aber mir gefällt der Gedanke, dass ich dich nach zwanzig Jahren wieder für mich allein habe.
Bitte rede mit mir!
N.

Die ganze Zeit über kann ich Sallys neugierige Blicke auf mir spüren, dennoch kommen mir die Tränen. Irgendetwas in meinem Körper scheint in den letzten Tagen nicht ganz dicht zu sein, denn ich mutiere zu einer waschechten Heulsuse, und ich schäme mich ein bisschen dafür.

„Was schreibt er? Ist es von Nathan? O verdammt! Das Telefon …“ Diesmal klingelt es tatsächlich, und ich bin dankbar dafür, dass es mich rettet.

Entschlossen stehe ich auf und stelle die Rosen hinter mir auf einen Beistelltisch, wo ich sie nicht ständig sehen muss; sie wegzuwerfen bringe ich einfach nicht übers Herz. Der Brief von Nathan allerdings wandert umgehend in meinen Papierkorb.

Anschließend atme ich ein paarmal tief durch und mache mich an die Arbeit. Ich muss noch einige Akten durchsehen, dann bin ich den restlichen Tag im Gericht. Genug Arbeit, genug Ablenkung. Ich kann nur hoffen, dass das noch eine Weile funktioniert.

Der Tag verläuft zäh, die Fälle sind unspektakulär, ich denke leider ständig an Nathan. Aber immerhin schaffe ich es, nicht noch einmal zu weinen.

Na ja, bis auf das eine Mal, als ich zwischen zwei Fällen auf der Toilette saß, doch das zählt nicht, weil es niemand mitbekommen hat. Auch an diesem Abend falle ich wie tot ins Bett und freue mich darüber, dass meine Schwangerschaft anscheinend ihren Tribut fordert.

Am nächsten Morgen schneit es schon wieder, und ich frage mich, ob dieser Winter wohl jemals ein Ende nehmen wird. Mistverdammter Schnee, ich kann ihn nicht mehr sehen. Er lässt die Stadt im Nu schmuddelig grau werden, ich bekomme kein Taxi, obwohl ich mir diesen Luxus in den letzten Tagen ziemlich oft geleistet habe, und auf den möchte ich heute Morgen nur überaus widerwillig verzichten.

Als ich endlich im Büro ankomme, fühle ich mich bereits erschöpft, und übel ist mir außerdem.

„Was ist los, Sally?“ Sie guckt wieder so merkwürdig, und ich ahne nichts Gutes.

„In deinem Zimmer steht ein Präsentkorb ...“

„Was an sich ja nichts Schlimmes ist!“ Ich hänge meinen Mantel an die Garderobe und drehe mich erneut zu ihr um.

„Als schlimm würde ich es auch beim besten Willen nicht bezeichnen“, sagt Sally nun kryptisch.

„Was soll das denn heißen?“

„Ach, sieh einfach selbst.“ Sie beobachtet mich, während ich in mein Büro gehe. „Die Karte habe ich übrigens wieder nicht gelesen!“, ruft sie mir hinterher, und ich kann hören, wie sie von ihrem Stuhl aufsteht, um mir zu folgen.

Der Präsentkorb auf meinem Schreibtisch ist nicht weniger beeindruckend als die Rosen von gestern, die noch immer mein Büro einnehmen, und ich schaue fasziniert die Dinge an, die Nathan für mich ausgesucht hat, bevor ich die dazugehörige Karte lese.

Dana,
leider weiß ich nicht, wie es dir momentan geht.
Leidest du unter Übelkeit? Falls ja, habe ich dir
Gingerale und Cracker eingepackt, das soll
helfen. Hast du nachts kalte Füße? Ich
würde sie dir gern selbst wärmen, aber weil
das momentan nicht funktioniert, habe ich dir
eines von diesen elektrischen Heizkissen gekauft.
Außerdem mehrere Sorten Tee, die in der Schwangerschaft
gut und hilfreich sein sollen. Es ist erstaunlich, was es
für ein riesiges Angebot gibt! Die Smoothies sollen
für Eisen und alle notwendigen Vitamine sorgen, und die
Mozart-CD ist sowohl für dich als auch für das Baby.
Ich habe gelesen, dass so etwas Mutter und Kind
entspannen soll. Ich hoffe, es geht euch beiden gut.
Nathan

Fassungslos starre ich abwechselnd auf Brief und Korb, der außerdem noch mit jeder Menge Obst, einer Thermoskanne und einem Becher mit Schneeflocken darauf vollgestopft ist.

„Du kannst nicht abstreiten, dass er sich Mühe gibt. Wenn der letzte Typ, der meine Schwester geschwängert hat, sich so viel Mühe gegeben hätte, wäre sie vielleicht immer noch mit ihm zusammen und nicht von Kerl Nummer drei schwanger."

„Soweit ich weiß, hat der Exfreund deiner Schwester aber auch nicht die Beine in die Hand genommen und umgehend die Flucht ergriffen, als sie ihm verkündet hat, dass sie ein Kind von ihm erwartet."

„Nein, das hat er nicht. Doch im Gegensatz zu Nathan hat er auch keine traumatische Kindheit hinter sich. Was ihn übrigens dennoch nicht davon abgehalten hat, ein verantwortungsloses Arschloch zu sein."

Seufzend nehme ich den Tee und die Thermoskanne aus dem Korb.

„Ach Sally, es ist alles so kompliziert."

„Ja, ich weiß. Und ich würde Nathan so gerne weiterhin für einen dämlichen Wichser halten, allerdings musst du zugeben, dass die Blumen und der Korb schon irgendwie toll sind."

„Ja", antworte ich einsilbig und tue so, als würde ich die Zutatenliste des Schwangerschaftstees lesen.

„Weißt du, ich war gestern bei meiner Familie zum Abendessen. Du weißt ja, wie es dabei zugeht, alle reden durcheinander, sodass es gar nicht auffällt, wenn jemand nichts sagt. Ich hatte also Zeit zum Nachdenken." Sie macht einen Moment Pause, dann setzt sie sich in den Stuhl mir gegenüber und nimmt mir den Tee aus der Hand.

„Als du den Schwangerschaftstest gemacht hast, warst du allein zu Hause, oder?"

„Ja, das war ich."

„Wie hast du reagiert?"

„Ich wollte es nicht wahrhaben und habe einen Panikanfall bekommen, inklusive Heulkrampf.“ Nicht sehr heldenhaft, wenn ich es genauer überdenke.

„Genau. Wie lange hast du gebraucht, bis du dich dazu entschlossen hast, das Kind zu bekommen? Und wie lange hast du gebraucht, um nicht jedes Mal in Panik zu geraten, wenn du daran denkst, dass du bald Mutter wirst?“

„Ich gerate noch immer in Panik, wenn ich daran denke.“

„Siehst du …“ Sally nimmt auch die Thermoskanne an sich. „Ganz genau das meine ich. Du hast eigentlich genauso reagiert wie Nathan. Du hattest nur den Vorteil, dass er dich dabei nicht sehen konnte und du ihn nicht damit verletzen konntest. Obendrein hättest du das Kind nicht bekommen müssen, wenn du es nicht gewollt hättest. Natürlich kann man sich über die moralischen und ethischen Aspekte einer Abtreibung streiten, dennoch hättest du dich nicht für die Schwangerschaft entscheiden müssen. Aber Nathan hatte diese Möglichkeit nicht. Du hast ihn vor vollendete Tatsachen gestellt, er hatte keine Wahlmöglichkeit, und er ist ein bisschen in Panik geraten.“

„Ein bisschen ist gut …“

Sally lächelt.

„Ich glaube, bei dir war es auch mehr als nur ein bisschen Panik, oder? Eigentlich hast du dich gar nicht anders verhalten als er. Also wenn man es genau nimmt.“

„Seit wann nimmst du es denn genau?“, frage ich seufzend und nehme mir einen Smoothie aus dem Korb.

„Schon immer, wenn es um solche Dinge wie Gerechtigkeit geht. Natürlich hast du mich nicht gefragt, aber wenn du es tun würdest, würde ich dir sagen, dass er sich wie ein Arschloch verhalten hat, und es okay war, ihn ein bisschen leiden zu lassen. Denn du hast deswegen auch gelitten, und er hat dich im Stich gelassen, als du ihn gebraucht hast. Allerdings finde ich es mittlerweile nachvollziehbar, dass er sich wie ein Arschloch verhalten hat, und ich denke, dass es nun an der Zeit ist, ihn vielleicht wenigstens mal anzuhören." Schulterzuckend steht sie auf und nimmt Tee und Thermoskanne mit, während sie zur Tür geht. „Ich gehe jetzt mal diesen Tee für dich kochen. Alles andere ist letztendlich deine Entscheidung." Danach lässt sie mich allein in meinem Büro zurück.

Nachmittags habe ich frei, zumindest theoretisch, denn meistens helfe ich an meinen freien Tagen bei meiner Freundin Cherry aus, die eine Einrichtung für sozial benachteiligte Kinder hat. Dort berate ich die betroffenen Eltern kostenlos, wenn sie Rechtsfragen haben, und übernehme auch den einen oder anderen Fall pro bono.

Dazu haben wir eine Art offene Sprechstunde eingerichtet, in der ich mich mit ihrem Mann Grayson abwechsle, der ebenfalls Jurist ist.

Ich mag diese Arbeit, weil man nie weiß, was einen erwartet, und weil es mir wichtig ist, anderen zu helfen; was das angeht, bin ich wohl doch sehr das Kind meiner Eltern.

Heute Nachmittag ist es zu meinem großen Bedauern ziemlich ruhig. Normalerweise beschäftige ich mich dann mit meinen Fallakten, aber heute kann ich mich auf nichts konzentrieren.

„Möchtest du vielleicht einen Kaffee?“ Cherry stellt die Maschine an, und ich schüttle den Kopf. Seit ich schwanger bin, finde ich Kaffee ekelhaft.

„Nein, danke“, antworte ich, und Cherry dreht sich verwundert zu mir herum.

„Seit wann willst du keinen Kaffee trinken?“

„Manchmal mag ich einfach keinen.“ Ich versuche, so beiläufig wie möglich zu klingen.

„Ganz am Anfang meiner Schwangerschaft mochte ich auch keinen.“ Nachdenklich tätschelt sie ihren dicken Bauch, der mittlerweile aussieht, als müsse sie jeden Moment platzen. Der errechnete Geburtstermin für ihr Kind ist in anderthalb Wochen, doch dafür ist sie noch erstaunlich fit.

„Mittlerweile magst du ihn wieder?“ Ich finde den Gedanken irgendwie beruhigend, dass ich meinen sonst so geliebten Muntermacher irgendwann wieder zu mir nehmen kann, ohne dass mir speiübel dabei wird.

„Ja, aber ich bin vorsichtig damit geworden. Der Arzt hat gesagt, ich soll nicht mehr als ein bis zwei Tassen davon am Tag trinken.“

„Das hat mir mein Arzt auch gesagt“, antworte ich, und als mir bewusst wird, was ich da gerade gesagt habe, ist es zu spät, denn Cherry ist alles andere als dumm und hat eine verdammt schnelle Auffassungsgabe.

„Moment mal – du bist schwanger?“, sagt sie da auch schon und reißt erstaunt die Augen auf, während sich ihr Mund zu einem O formt.

„Eigentlich wollte ich das noch niemandem erzählen …“, gebe ich kleinlaut zu. „Das ist mir einfach so rausgerutscht.“

Cherry lächelt und setzt sich zu mir an den Tisch, dabei schiebt sie mir eine Flasche Wasser und ein Glas zu.

„Das macht doch nichts. Du weißt, dass solche Geheimnisse bei mir in den besten Händen sind.“ Dann lehnt sie sich zurück und lacht leise. „Grayson hat übrigens überall herumerzählt, dass wir ein Kind erwarten, obwohl ich noch gar nicht über den dritten Monat und somit die kritische Phase hinaus war.“

Er hat es überall herumerzählt, weil er sich so sehr gefreut hat. Ich muss schlucken.

„Aber es ist ja alles gut gegangen.“ Ich greife nach dem Wasser, das mir momentan viel mehr zusagt als der Kaffee, den Cherry trinkt.

„Ja, zum Glück ist alles gut gegangen.“ Nachdenklich streichelt sie über ihren Bauch, und ich kann mir gar nicht vorstellen, dass meiner in ein paar Monaten vermutlich ebenfalls so prall und rund aussehen wird wie ihrer. „Ich hätte dich irgendwie nie für den Typ gehalten, der selbst Kinder haben will. Ich freue mich sehr für dich.“ Über den Tisch hinweg greift sie nach meiner Hand und drückt sie kurz, und ich muss lächeln.

„Weißt du, manchmal ist Leben das, was passiert, während wir andere Pläne machen.“

Ich trinke noch einen Schluck Wasser und fühle mich auf einmal viel besser.

Es ist bereits dunkel, als ich nach Hause komme, und ich kann nur noch daran denken, endlich schlafen zu gehen. Ich bin so müde, dass es mir sogar im Taxi schon schwergefallen ist, die Augen offen zu halten. Ich bin bloß froh, dass ich kein eigenes Auto habe, das hätte ich heute Abend vermutlich vor den nächsten Laternenmast gesetzt.

„Guten Abend, Ms. Donovan. Ich habe einen Brief für Sie, der heute Mittag abgegeben wurde." Der Concierge überreicht mir einen kleinen Luftpolsterumschlag, auf dem mein Name steht; ich erkenne Nathans Handschrift sofort, schließlich habe ich seine beiden Karten wieder und wieder gelesen.

„Vielen Dank." Ich nehme den Umschlag an mich und drücke ihn an meine Brust, während ich auf den Aufzugknopf drücke. Mein Herz schlägt ein bisschen schneller, als ich den Umschlag noch einmal ansehe, und zum ersten Mal seit Tagen sind da wieder Schmetterlinge statt der Trampeltiere in meinem Bauch.

In meiner Wohnung lege ich den Umschlag auf mein Bett und mache mich zuerst nachtfertig, bevor ich unter die Decke schlüpfe, um ihn zu öffnen.

Liebe Dana,
heute muss ich leider zurück nach White Crossing.
Aber ich will nicht fahren, ohne dir noch einmal
mitgeteilt zu haben, dass ich an dich denke und
gern bei dir wäre – jetzt und auch in Zukunft.
Heute habe ich im Drogeriemarkt diesen Schnuller
gefunden. Er leuchtet im Dunklen, und ich dachte,

das wäre eine praktische Angelegenheit. So könnte ich ihn finden und unserem Kind zurückgeben, ohne vorher Licht machen zu müssen und dich zu wecken.

Du fehlst mir!

Nathan

Mit dem Brief fest an meine Brust gepresst, als wäre er ein Kuscheltier, schlafe ich schließlich ein.

Kapitel 37

„Du hast tatsächlich den Rest der Woche Urlaub eingereicht? Einfach so?“ Sally klingt entsetzt. „Bist du krank? Du nimmst doch sonst nur Urlaub, wenn der große Boss dich dazu zwingt, weil er der Meinung ist, jeder müsse mal freinehmen.“

„Ich habe tatsächlich den Rest der Woche Urlaub eingereicht!“, bestätige ich ihr und kann es selbst kaum fassen. „Außerdem habe ich einen Flug nach Midway gebucht.“ Grinsend beiße ich mir auf die Unterlippe und beobachte Sallys Augen dabei, wie sie immer größer werden.

„O Dana!“ Sie kommt zu mir, um mich zu umarmen. „Ich denke, das ist eine hervorragende Entscheidung. Und wenn sich Nathan noch einmal wie ein Arschloch benehmen sollte, sag mir Bescheid. Dann ziehe ich die spitz zulaufenden Schuhe wieder an – und nächstes Mal werde ich mich nicht davon abhalten lassen, ihm doch noch in die Weichteile zu treten.“

Ich erwidere ihre Umarmung.

„Das ist ein sehr beruhigender Gedanke.“

„Ja, das finde ich auch. Und jetzt sieh zu, dass du nach Hause kommst, um deine Sachen zu packen, damit du rechtzeitig am Flughafen bist.“

„Wird gemacht, Chefin!“, erwidere ich lächelnd und verlasse das Büro.

Normalerweise machen mir selbst lange Flüge wenig aus, ich habe sonst meistens etwas zu tun – Akten bearbeiten, Berichte lesen, was auch immer. Aber dieses

Mal habe ich mir bewusst keine Arbeit mitgenommen, was ich bereits kurz nach dem Abheben bereue, denn der Flug scheint sich dadurch beinahe endlos in die Länge zu ziehen.

Weil ich nichts zu tun habe, denke ich stattdessen nach. Ich denke darüber nach, was ich Nathan sagen will, wenn ich schließlich vor ihm stehe, ob es wohl die richtige Entscheidung gewesen ist, mich auf den Weg zu ihm zu machen, ohne mich vorher bei ihm anzukündigen oder ihn zu fragen, ob ihm das überhaupt recht ist. Immerhin war es ihm das vor ein paar Wochen noch nicht; da wollte er nicht, dass ich ihn besuchen komme, weil er nicht wollte, dass seine Familie von uns erfährt.

Vielleicht wäre es also klüger gewesen, ihn irgendwo anders um ein Treffen und um eine Aussprache zu bitten?

Andererseits wird er mich ja gar nicht mehr geheim halten können, wenn das Baby erst einmal da ist; ich kann mir zumindest nicht vorstellen, dass er das geplant hat.

Dennoch habe ich Kopfschmerzen vor lauter Grübeleien, als ich endlich in Midway aus dem Flugzeug steige, und im Gegensatz zum letzten Mal wartet diesmal kein Nathan auf mich, der mich, wenn auch bloß widerwillig, abholt.

Stattdessen stelle ich mich am Leihwagenschalter an, um mir einen Wagen zu mieten, und wenig später bin ich auf dem Highway Richtung White Crossing.

Als ich schließlich vor Nathans Haus anhalte, bin ich völlig mit den Nerven fertig und beinahe zum Umfallen erschöpft. Obwohl ich es wirklich besser hätte wissen müssen, habe ich meine verdammte Müdigkeit gänzlich unterschätzt. In Kombination mit der Aufregung, die ich empfinde, wird die Erschöpfung noch schlimmer.

Ich schwanke leicht, als ich aus dem Wagen steige, fange mich aber wieder, bis ich so weit bin, um an seine Tür zu klopfen.

Zunächst höre ich nichts, schließlich nehme ich Whispers aufgeregtes Gebell wahr, und danach erkenne ich Nathans energische Schritte..

Nur wenige Augenblicke später höre ich seine Stimme durch die Tür.

„Verdammt noch mal, ich habe euch doch gesagt, dass ich meine Ruhe haben will, eure ewigen Nachfragen machen es wirklich nicht besser …"

Dann öffnet er endlich und wirkt auf einmal so erstaunt, als hätte er einen Geist gesehen.

„Dana", flüstert er tonlos und streckt die Hand nach mir aus, um mich zu berühren, als könne er nicht glauben, dass ich tatsächlich vor ihm stehe. Seine Finger streicheln zart über meine Wange, ansonsten bleibt er völlig regungslos. „Was machst du denn hier?"

Ich lege meine Finger auf seine und schmiege meine Wange in seine Handfläche, während ich zitternd vor seiner Tür stehe.

„Das elektrische Heizkissen, das du mir geschenkt hast, funktioniert nicht richtig und meine Füße sind kalt."

Einen langen, qualvollen Moment lang rührt er sich noch immer nicht, aber er zieht auch seine Hand nicht weg, was ich als ein gutes Zeichen werte.

Irgendwann schüttelt er den Kopf, und ein Lächeln zeigt sich, das bei seinen Augen beginnt und sich schließlich über sein ganzes Gesicht ausbreitet.

„Dafür kommst du extra her?“ Er zieht mich ins Haus und in seine Arme, verpasst der Tür einen Tritt, sodass sie ins Schloss fällt, während Whisper fröhlich bellend um uns herumspringt.

„Ich dachte, du hättest vielleicht die Quittung aufgehoben, damit ich das kaputte Ding umtauschen kann“, murmle ich an seiner Brust, und ich kann sein Lachen spüren, bevor ich es hören kann. Es beginnt als kaum wahrnehmbares Vibrieren, wird dann zu einem leisen, tiefen Grollen und erweitert sich zu einem lauten, ungehemmten Geräusch der Erleichterung. Erst lache ich mit ihm, wir lachen zusammen, eng umschlungen, und die Erleichterung, die ich in diesem Moment verspüre, ist grenzenlos. Die ganze Anspannung der letzten Wochen fällt auf einmal von mir ab, und ich kann nichts dagegen tun, als mein Gelächter auf einmal zu Tränen wird und ich in Nathans Armen hemmungslos zu schluchzen beginne.

Er braucht einen Moment, bis er es begreift, dann hebt er mich einfach hoch, trägt mich auf sein Sofa, zieht mir fürsorglich meinen Mantel aus und streift mir meine Stiefel von den Füßen, hüllt uns beide in eine Decke und hält mich eng umschlungen, bis ich mich endlich beruhigt habe.

„Alles in Ordnung bei dir?“, fragt er mich, als meine Atmung wieder gleichmäßiger wird und ich halbwegs zu Luft gekommen bin.

„Ja, jetzt ja. Ich bin nur immer so schrecklich müde, seit ich schwanger bin. Aber ich glaube, jetzt wird alles gut.“

Ich kuschle mich noch ein bisschen enger an ihn und er küsst mir die Stirn.

„Und es wird auch gut bleiben, Dana. Ich verspreche dir, dass ich alles in meiner Macht Stehende dafür tun werde, dass auch alles gut bleibt."

Müde lächle ich ihn an, dann ist die Erschöpfung auf einmal so groß, dass ich es gerade noch schaffe, meinen Kopf gegen seine Brust zu lehnen, bevor ich einschlafe.

+++

Eine halbe Ewigkeit bleibt Nathan einfach mit Dana im Arm auf dem Sofa sitzen und beobachtet sie beim Schlafen. Es dauert lange, bis sie ruhig atmet, und er kann sein Glück kaum fassen, dass sie hier ist und ihm offenkundig verziehen hat, obwohl er sich nicht ganz sicher ist, ob er selbst sich verziehen hätte. Er hat sich wie ein feiges Arschloch verhalten – so viel steht mal fest.

„Meine müde, schöne Eisprinzessin", flüstert er beinahe andächtig und streicht ihr die Haare aus der Stirn. Sie sieht völlig erschöpft aus, und die Tränen haben eindeutige Spuren auf ihrem Gesicht hinterlassen, dennoch ist sie die schönste Frau, der er jemals begegnet ist.

Als es an der Tür klopft, verdreht er genervt die Augen und schiebt Dana so vorsichtig wie möglich von seinem Schoß, um sie nicht zu wecken.

Seine Mutter steht draußen, Isabella im Schlepptau, die Ava auf dem Arm trägt, und alle drei Frauen schaffen es, ihn so vorwurfsvoll anzusehen, dass er umgehend ein schlechtes Gewissen bekommt, ohne dass er überhaupt weiß, was er gemacht haben soll.

„Ist das dein Ernst?“, zischt Isabella, und Ava verzieht ihren Mund zu einer unwilligen kleinen Schnute, als würde sie sein Verhalten – welches nun auch immer – ebenfalls missbilligen.

Hoffentlich bekommt er einen Sohn! Dana und ein kleines weibliches Mini-Me, die ihn im Doppelpack auf diese Art ansehen würden, wären vermutlich sein Untergang.

„Was soll mein Ernst sein?“ Nathan fragt aus reiner Neugierde und wider besseres Wissen, denn normalerweise tut man in solchen Momenten gut daran, möglichst reuig zu schauen und so zu tun, als hätte man ein furchtbar schlechtes Gewissen. Nur, dass er gerade wirklich keinen blassen Schimmer hat, worum es eigentlich geht.

„Hast du das wirklich getan, Nathan? Hast du wirklich eine Frau bei dir zu Besuch? Und das, obwohl du uns gestern noch erzählt hast, dass du alles tun willst, um Dana wiederzubekommen?“ Seine Mutter deutet auf den Wagen vor seiner Tür, den Dana sich vermutlich am Flughafen geliehen hat.

Nathan muss sich ein Grinsen verkneifen, als er begreift, was seine Familie anscheinend von ihm denkt. Er verschränkt ebenfalls die Arme vor der Brust und lehnt sich seitlich gegen den Türrahmen.

„Wenn ihr bitte ein bisschen leiser sein könntet? Mein Besuch schläft.“ Einen Moment lang gönnt er sich, um sich an den empörten Gesichtern der Frauen vor seiner Tür zu erfreuen. „Ich habe mir sagen lassen, dass Schlaf in einer Schwangerschaft für Mutter und Kind sehr wichtig ist, vor allem in der frühen Phase …“

Er beobachtet, wie die Verwirrung zuerst noch zunimmt und sich schließlich in Erkenntnis verwandelt. Seine Mutter begreift es zuerst.

„Das heißt, dass Dana zu Besuch ist, Nathan?“

Jetzt kann er ein breites Lächeln nicht mehr unterdrücken und nickt zufrieden.

„O Nathan!“ Isabella quietscht beinahe vor Freude und fällt ihm um den Hals. „Nathan, das ist ja wunderbar. Ich freue mich sehr für dich!“, fährt sie dann deutlich leiser fort und küsst ihn auf die Wange.

„Und wir hatten schon das Schlimmste vermutet …“, gibt seine Mutter kleinlaut zu.

„Was denn? Dass ich mich mit anderen Frauen amüsiere? Dass ich mich so über Dana hinwegtröste? Ihr habt ja eine großartige Meinung von mir.“ Wahrscheinlich hätte er allen Grund, beleidigt zu sein, aber gerade ist er viel zu glücklich, um sich ernsthaft darüber aufzuregen.

„Na ja, wir haben das Auto vor der Tür gesehen … und die Fußspuren, die zu deinem Haus führen stammen eindeutig von Schuhen mit hohen Absätzen.“ Isabella deutet auf die Einfahrt, die durch die erst halb getauten Schneemassen dieses Winters zu einer ziemlich schlammigen Angelegenheit geworden ist. Danas Schritte haben dort tatsächlich eindeutige Spuren hinterlassen.

„Und dass ich nur einfach so Besuch bekommen habe, könnte nicht sein?“

Seine Mutter zuckt mit den Schultern.

„Du bekommst sonst nie Damenbesuch hierher, höchstens von Sarah, und sie fährt einen SUV. Was sollten fremde Frauen sonst hier wollen?“

„Außer Sex?“ Er kann sehen, wie die beiden Frauen rot anlaufen, aber er findet, dass sie das für ihr Misstrauen verdient haben.

„Ach verdammt, Nathan! Wir haben uns doch nur Sorgen um dich gemacht und wollten dich davor bewahren, Dinge zu tun, die du hinterher vielleicht bereust. Du warst so durch den Wind in den letzten Tagen, und manchmal macht man dann Dinge, die man mit klarem Kopf vielleicht nicht tun würde.“

Nathan seufzt und ist auf einmal besänftigt.

„Ich danke euch für eure Sorge. Aber ich denke, dass jetzt alles gut wird. Ich hoffe es. Und ich will alles in meiner Macht Stehende dafür tun. Ihr braucht euch keine Sorgen zu machen, okay? Auch wenn es vielleicht nicht so einfach werden wird – Dana und ich werden das schon hinbekommen. Und jetzt würde ich gerne zu ihr hineingehen, damit ich da bin, wenn sie wach wird.“

Beide Frauen umarmen ihn, bevor sie gehen, und auch Ava scheint wieder friedlich gestimmt zu sein und streckt ihre kleinen Händchen nach ihm aus, um ihm liebevoll ins Gesicht zu patschen.

Vielleicht wäre eine Tochter doch auch sehr schön.

So leise wie möglich schließt er die Tür hinter sich und geht zurück zu Dana, die von all der Aufregung nichts mitbekommen hat und noch immer friedlich auf dem Sofa schläft.

+++

Ich werde davon wach, dass mich irgendetwas anstupst. Unwillig drehe ich mich auf die andere Seite, aber das Stupsen hört nicht auf und wird nun auch noch von einem leisen Winseln begleitet, und irgendwann gebe ich auf und öffne meine Augen doch.

Es dauert einen Moment, bis ich wirklich wach bin und verarbeitet habe, wo ich mich gerade befinde und warum.

Langsam setze ich mich auf, weil mir in letzter Zeit oft schwindelig geworden ist, wenn ich dabei zu hektisch gewesen bin, und beginne zu lächeln.

„Hallo, mein Mädchen. Meinst du, ich hätte nun lange genug geschlafen?“ Zärtlich kraule ich Whisper hinter den Ohren und sie schnaubt zufrieden auf.

„Ich habe doch gesagt, dass du bei mir in der Küche bleiben und Dana in Ruhe lassen sollst!“ Nathan taucht im Wohnzimmer auf und schaut kopfschüttelnd auf seine Hündin und mich.

„Ach, lass sie doch. Ich habe ohnehin lang genug geschlafen.“ Ich blicke zu ihm hoch, und mein Herz macht einen kleinen Satz, als ich ihn lächeln sehe. Jetzt, wo ich hier bin, weiß ich gar nicht, wie ich es hätte ertragen sollen, dauerhaft ohne ihn zu sein. Allein der Gedanke daran schnürt mir das Herz ab.

„Whisper wollte schon die ganze Zeit zu dir, ich habe nur ein paar Minuten nicht aufgepasst, als ich das Baguette in den Ofen geschoben habe. Sie hat permanent gewinselt. Sie liebt dich halt.“ Nachdenklich betrachtet er uns beide. „Und weißt du was? Ich finde, sie hat einen hervorragenden Geschmack. Denn ich liebe dich auch.“

Einen Moment lang starre ich ihn fassungslos an, dann springe ich auf die Beine, ohne auf meinen Kreislauf Rücksicht zu nehmen, und es würde auch keine Rolle spielen, wenn ich umfallen würde, denn Nathan fängt mich auf und hält mich fest.

„Ich liebe dich auch, Nathan", flüstere ich, schlinge meine Arme um seinen Hals und beginne ihn zu küssen. Sosehr ich mich auch anstrenge, ich kann mich nicht erinnern, mich jemals in meinem Leben besser gefühlt zu haben, und schließlich kommt der Moment, in dem ich mich an gar nichts mehr erinnere und nur noch für das Hier und Jetzt lebe.

Epilog

„Whisper, lass Alessya in Ruhe!“ Mit einer Handbewegung verscheucht Nathan Whisper, die zum bestimmt zehnten Mal an diesem Tag versucht, seiner Tochter einen Hundekuss zu geben. Lächelnd hebt er das Baby ein wenig höher und bettet das kleine Köpfchen des Kindes an seine Schulter. „Ich weiß, dass du sie liebst, so wie alles, was ich auch liebe.“

Er krault Whisper die Ohren und betrachtet nachdenklich seine Frau, die gerade dabei ist, mit seiner Mutter die Füllung für den Truthahn zuzubereiten, den es morgen geben soll.

Alessya beginnt, unruhig zu werden und sich zu winden, bevor sie ein leises Krähen von sich gibt, das sich schnell zu einem ausgewachsenen Brüllen steigert.

„Ich glaube, sie hat schon wieder Hunger!“ Nathan gibt seiner kleinen Tochter einen Kuss, bevor er sie an Dana weiterreicht, die sich mit ihr in den Schaukelstuhl neben dem Kamin setzt, um sie zu stillen.

„Du bist genauso energisch wie deine Patentante Sally, wenn du etwas willst.“ Zärtlich lächelnd streichelt Dana dem Baby über das Köpfchen. „Im neuen Jahr werden wir sie wieder besuchen, was meinst du? Dann kann Daddy Talente sichten und deine Mommy kann sich mit ihren Freundinnen treffen und ein bisschen quatschen.“

Dana wird sich ein Jahr Auszeit nehmen, dafür wird sie ihn zusammen mit Alessya so oft wie möglich begleiten, wenn er beruflich unterwegs ist. Danach will sie sich vielleicht mit einer eigenen kleinen

Anwaltskanzlei in Midway niederlassen, sodass sie sich ihre Zeit besser selbst einteilen kann, als es ihr als Angestellte möglich war. Aber im Moment genießt sie ihre Zeit als Mutter voll und ganz und ist dabei glücklicher, als sie jemals geahnt hätte, sein zu können.

Danas Blick wandert zum Fenster. Der Himmel draußen ist grau, und ab heute Nachmittag ist wieder Schnee vorhergesagt, pünktlich zu Heiligabend.

„Nathan, kommst du? Dad und Jayden warten schon draußen, um den Tisch in den Garten zu stellen und den Grill vorzubereiten." Isabella kommt in die Küche, die kleine Ava im Schlepptau, die pünktlich an ihrem ersten Geburtstag ihre ersten Schritte gemacht hat und nun leicht wackelig hinter ihrer Mutter herwatschelt.

Später sitzen sie im Garten zusammen. Der Schnee hat alles bereits mit einem Hauch von Puderzucker überzogen, aber genau wie im letzten Jahr haben sie Glück mit dem Wetter und können essen, ohne dass sie völlig eingeschneit werden.

„Ich habe wieder fliegendes Wunschpapier besorgt!" Isabella lächelt und holt die Zettel sowie einige Stifte hervor und legt die Sachen auf den Tisch.

Während Dana ihren Zettel beschriftet, versucht Nathan ihr über die Schulter zu schauen, doch sie dreht lachend ihren Zettel um, sodass er nichts von dem lesen kann, was sie sich notiert hat.

„Was hast du dir gewünscht?", fragt er sie und schaut ihr dabei zu, wie sie das Papier an der Flamme einer Kerze entzündet und es anschließend so hält, dass es in

Richtung Himmel steigen kann, ohne dabei irgendetwas in Brand zu setzen.

Dana lacht leise.

„Das verrate ich dir nicht. Solche Wünsche müssen immer geheim bleiben, sonst gehen sie nicht in Erfüllung."

„An so etwas glaubst du?" Skeptisch runzelt Nathan die Stirn, und seine Frau zuckt mit den Schultern.

„Alles, was ich mir im letzten Jahr gewünscht habe, ist zumindest in Erfüllung gegangen. Somit liegt die Erfolgsquote dieser Wünsche für mich bei hundert Prozent." Lächelnd blickt sie zu ihm hoch und sein Herz schlägt ein bisschen schneller. „Früher habe ich nie daran geglaubt, dass es so etwas geben könnte, aber momentan beweist die Statistik eindeutig das Gegenteil: Weihnachtswunder gibt es doch."

Mit der kleinen Alessya auf dem Arm beugt Nathan sich hinunter, um Dana zu küssen, und als sich das Baby zwischen ihnen bewegt, beginnt es wieder zu schneien.

Rezept: Eggnog mit Amaretto

Zutaten:
2 Eier
40g Zucker
1 Päckchen Vanillezucker
150ml Milch
200ml Sahne
50ml Amaretto
50ml brauner Rum
Je eine Prise Zimt und Kardamom
Abgeriebene Schale einer halben Orange

Zubereitung:
Eier trennen, Eiweiß beiseite stellen.

Eigelb mit dem Zucker vermischen, bis eine helle Masse entsteht, Alkohol, Milch, Gewürze, Orangenschale und die Hälfte der Sahne untermischen, mindestens zwei Stunden im Kühlschrank ziehen lassen.

Anschließend Eiweiß und Sahne getrennt voreinander steifschlagen, und unter die vorbreitete Masse heben.

Weitere Bücher von Hannah Kaiser

„Die Verführung des Mondes“

Eigentlich will sich Luna nur einen ruhigen, kinderlosen Abend zu Hause machen, als sie überraschend in das Leben des ebenso reichen wie attraktiven Anwalts Phillip Dawn stolpert.

Zwischen den beiden knistert es gewaltig, aber Luna ist sich nicht sicher, ob es zwischen ihnen tatsächlich eine Zukunft geben wird.

Und während sie sich noch Gedanken über die Zukunft macht, wird sie von ihrer Vergangenheit eingeholt.

März 2013 (ca. 320 Taschenbuchseiten)

„Die Verlockung des Glücks“
Teil 1

Sophie hat, nach einigen herben Enttäuschungen, den Männern eigentlich schon lange abgeschworen. Sie ist fest davon überzeugt, dass es sich alleine einfach viel besser lebt.

Doch eines Tages tritt Matt, der amerikanische Enkelsohn ihrer Nachbarin, auf sehr ungalante Art und

Weise in ihr Leben. Sophie ist sich ganz sicher, dass sie diesen überheblichen Typ auf den Tod nicht ausstehen kann, denn er benimmt sich kaum besser als ein eingebildeter Neandertaler. Wäre da nur nicht dieses verdächtige Kribbeln, das sich in ihr breit macht, wann immer er in ihrer Nähe ist …

Juni 2013 (ca. 206 Taschenbuchseiten)

„Die Verlockung des Glücks"
Teil 2

Zweiter und letzter Teil der Reihe „Die Verlockung des Glücks".

Endlich hat Sophie der Verlockung des Glücks nachgegeben und ist zu Matt in die USA geflogen.

Dort angekommen ist ihr gemeinsames Leben allerdings nicht so ungetrübt wie erhofft. Das große Interesse der Öffentlichkeit an Matt, Sophies Selbstzweifel und eine Frau, die aus Matts Vergangenheit zu kommen scheint, legen ihnen immer wieder Steine in den Weg.

Werden sie es dennoch schaffen, einen gemeinsamen Weg zum Glück zu finden?

August 2013 (ca. 238 Taschenbuchseiten)

„Die Versuchung der Hoffnung“

Hopes Leben ist auch ohne die große Liebe schon voll genug: Studium, Job, die Familie und ihr kranker Bruder fordern all ihre Zeit und Energie. Doch dann tritt John Petterson in ihr Leben, Sänger einer Rockband kurz vorm großen Durchbruch, und wirbelt ihre Gefühle und ihr Leben ordentlich durcheinander. Trotzdem reichen tiefe Gefühle allein manchmal nicht aus, um auf Dauer miteinander glücklich zu sein … oder?

Dezember 2013 (ca. 342 Taschenbuchseiten)

"Der Kuss von Vergissmeinnicht"

Junes Leben besteht vor allem aus einem – nämlich aus Arbeit. Doch eines Tages fällt ihr das Schicksal geradezu vor die Füße. Und zwar in Form eines Mannes, der vom Mountainbike gestürzt ist und sich nun an nichts mehr erinnern kann. Allerdings verschwindet er nach ein paar Tagen genauso abrupt wieder aus ihrem Leben, wie er darin aufgekreuzt ist. Und das, obwohl June gerade dabei war, sich in ihn zu verlieben …

März 2014 (ca. 298 Taschenbuchseiten)

„Herzkirschen"

Grayson White hat zwei große Leidenschaften: Football und Frauen. Zu seinem großen Frust darf er jedoch nach einem Unfall nicht mehr als Profi spielen und stürzt sich stattdessen in wilde Partys, ebenso wilde Affären und diverse Prügeleien.

Leider findet sein Werbepartner die negative Aufmerksamkeit, die Grayson dadurch auf sich zieht, gar nicht witzig.

Um sein Image wieder aufzupolieren, zwingen sie ihn, ehrenamtlich in einer Einrichtung für sozial benachteiligte Kinder zu arbeiten. Andernfalls winkt ihm eine dicke Vertragsstrafe. Grayson findet das überhaupt nicht witzig, zumal die Chefin der Einrichtung, Cherry Devenor, eine frustrierte Zicke zu sein scheint, die gegen seine Reize völlig immun ist …

Juni 2014 (ca. 262 Taschenbuchseiten)

„Sein Kuss und andere Katastrophen"

Chloe Winterfield kauft eine Farm in ihrer alten Heimat Nebraska und hofft dort, die unliebsamen Erinnerungen an ihren Ex-Verlobten loszuwerden. Aber leider bleiben Erinnerungen nicht einfach an Ort und Stelle, sie reisen immer mit. Zusätzlich ist Chloe im Nu auch noch mit einer anderen Episode ihrer Vergangenheit konfrontiert, die sie beinahe schon vergessen hatte.

August 2014 (- Kurzroman - ca. 135 Taschenbuchseiten)

„Zimtzucker"

Sarah Wellington hat ihren Job verloren, der bisher ihr ganzer Lebensinhalt war. Nun macht sie sich auf den Weg zu ihrem Vater und ihrer fünfzehnjährigen Halbschwester, um den beiden in einer schweren Lebenslage zur Seite zu stehen. Doch bereits am Flughafen begegnet sie einem geheimnisvollen Fremden, den sie einfach nicht mehr aus dem Kopf bekommt.

November 2014 (ca. 272 Taschenbuchseiten)

„Pfefferminzeis"

Als Theresa Bennetts Kerzenladen abbrennt, steht sie vor dem finanziellen Ruin. Ihr bleibt nichts anderes übrig, als in einer Bar zu arbeiten, damit sie wenigstens die nächste Mahlzeit für sich und ihre neurotische Katze bezahlen kann. Dort lernt sie Devon Frenley kennen, einen Eishockey-Torhüter auf der Flucht vor einer aufdringlichen Stalkerin. Er macht Theresa ein Angebot, das sie nicht ablehnen kann. Allerdings bringt es die beiden schnell in die unmöglichsten Situationen und auch Theresas traumatische Vergangenheit lässt sich nicht so einfach ignorieren, wie sie es gerne hätte.

März 2015 (ca. 326 Taschenbuchseiten)

„Unverkäufliches Liebhaberstück“

Lilly Hurlington verlässt ihren Mann, nachdem sie ihn mit der Babysitterin im Bett erwischt hat. Die Wunden der Trennung sind noch nicht verheilt, als sie auf einem Parkplatz buchstäblich in ihre Jugendliebe hineinläuft: Ryan Stanford, dem seit ihrer Kindheit ihr Herz gehört und von dem sie sich innerlich nie ganz getrennt hat. Im Nu stürzen komplizierte Gefühle und ungelöste Konflikte Lilly mitten ins Chaos.

September 2015 (ca.278 Taschenbuchseiten)

„Marzipanrosen“

Annabelle Sinclair war in ihrer Kindheit ein gefeierter Fernsehstar, bis ihr der Erfolg über den Kopf wuchs. Seit einigen Jahren lebt sie bei ihrer Großmutter in der Einöde Nebraskas. Sie liebt das beschauliche Landleben, die Abgeschiedenheit ihres Dorfes und ihren kleinen Catering-Service. Hier hat sie Ruhe vor ihrer Vergangenheit, ihren Problemen und vor allem vor den Männern. Als eines Tages ihr Auto mitten auf einer

Kreuzung seinen Geist aufgibt, hilft ihr der erfolgreiche Unternehmer Maxwell Montgomery. Er hasst das Leben in der Pampa – und Annabelle hasst ihn. Dennoch bekommt sie ihn einfach nicht mehr aus dem Kopf, und dabei steht für Annabelle weit mehr auf dem Spiel, als sich nur unglücklich zu verlieben.

Dezember 2015 (ca. 296 Taschenbuchseiten)

„Sekundenträume“

Bevor Katelyn Montgomery mit der Leitung einer großen Baustelle im ländlichen Greenwish, Nebraska so richtig beginnen kann, geschehen bereits die ersten Katastrophen: Ausgerechnet auf ihrer Baustelle wurde ein Skelett gefunden, und als vorläufiger Gutachter taucht Alexander McLearie auf, in den sie als Teenager hoffnungslos verliebt war. Auch jetzt noch schlägt seine geheimnisvolle Ausstrahlung sie sofort in ihren Bann. Doch beide tragen Geheimnisse aus ihrer Vergangenheit mit sich herum, die sie bis heute nicht loslassen. Außerdem ist da noch Katelyns Freund, der ungeduldig in New York auf sie wartet …

April 2016 (ca. 342 Taschenbuchseiten)

„Please don't touch – Bitte nicht anfassen“

Gwen Campbell sucht dringend einen neuen Job, um sich selbst und ihre Tochter Livie durchzubringen – und

Liam Brooks sucht dringend eine Haushälterin. Obwohl sie ihren zukünftigen Chef gleich beim Vorstellungsgespräch ausgerechnet mit dem Gärtner verwechselt, wird sie seine Angestellte – und noch viel mehr als das. Doch noch bevor Gwen sich entscheiden kann, ihre mühsam errichteten Schutzmauern fallen zu lassen, werden beide von ihrer Vergangenheit eingeholt, die alles zu zerstören droht …

September 2016 (ca. 400 Tachenbuchseiten)

Impressum

Hannah Kaiser
c/o Papyrus Autoren-Club
Pettenkoferstr. 16-18
10247 Berlin
Tel.: 030 / 49997373
E-Mail: hannah.kaiser79@gmx.de

30756939R00197

Printed in Poland
by Amazon Fulfillment
Poland Sp. z o.o., Wrocław